稲田利徳編

校注 徒然草

和泉書院

目　次

凡　例

一　本書は、短期大学・大学の講読や演習用教材になることを主眼とし、あわせて一般教養人の通読に資するために編集したものである。

一　本書の底本には、江戸時代以来、広く流布している烏丸光広本（慶長十八年刊古活字版）を用い、正徹本・常縁本を用いて校訂した。

一　本文の翻刻に際しては、できるかぎり底本に忠実に行なったが、読解の便宜のため、必要に応じて漢字を仮名に改め、仮名に漢字を当てたところがある。また、振り仮名や句読点を付して読解しやすくした。仮名づかいは、歴史的仮名づかいに統一した。

一　頭注は、あまり詳細になることを避け、人名・地名などの固有名詞、出典、難語句などにつき、学習の便を考慮して施した。頭注に書ききれないものは、巻末に補注を付したので、あわせて参照してほしい。

一　巻末に、兼好の伝記を中心とした年表を付した。

一　本書は、拙著『徒然草上・下（日本の文学　古典編）』（ほるぷ出版）を基底にして編集している。あわせて参照していただければ幸甚である。

昭和六十二年二月

稲　田　利　徳

徒然草　上

徒然草　下

本文

徒然草　上

序段

[一]つれづれなるままに、日くらし、硯《すずり》にむかひて、心に[二]うつりゆくよしなしごとを、そこはかとなく書きつくれば、あやしうこそ[三]ものぐるほしけれ。

一　これといってなすこともない情態。
二　「映り」または「移り」とも解せる。
三　書いた内容または執筆心理が「ものぐるほし」とも解せるが、前者とみておく〔補注一〕。

第一段

いでや、この世に生れては、願はしかるべきことこそ多かめれ。

御門《みかど》の御位《おほんくらゐ》はいともかしこし。[一]竹の園生《そのふ》の末葉《すゑば》まで、[二]人間の種《たね》ならぬぞやんごとなき。[三]一の人の御有様はさらなり。[四]ただ人も、[五]舎人《とねり》など賜《たま》はるきはは、ゆゆしと見ゆ。その子・孫《むまご》までは、はふれにたれど、なほなまめかし。それより下つかたは、ほどにつけつつ、時にあひ、したり顔なるも、

一　梁《りょう》の孝王が、竹を植えた庭園を「竹園」と称した故事（『史記』梁孝王世家）から、天皇の御子を「竹園」、という。「末葉」は天皇の御子孫のこと。
二　「此の花は是れ人間の種にあらず」（『和漢朗詠集』親王付王孫）を典拠とし、皇族は神の子孫で、人間の子孫ではないとする考え。
三　摂政・関白の異称。
四　摂政・関白以外の貴族の総称。
五　随身《ずいじん》。即ち、貴族の警護のために配属される近衛府の武官。

みづからはいみじと思ふらめど、いとくちをし。

法師ばかり羨《うらや》ましからぬものはあらじ。「[一]人には木の端《はし》のやうに思はるるよ」と[二]清少納言が書けるも、げにさることぞかし。いきほひまうに、ののしりたるにつけて、いみじとはみえず。[三]増賀《そうが》ひじりの言ひけんやうに、[四]名《みやう》聞《もん》ぐるしく、仏の御をしへにたがふらんとぞおぼゆる。ひたふるの世捨人《よすてびと》は、なかなかあらまほしきかたもありなん。

人は、かたち・ありさまのすぐれたらんこそ、あらまほしかるべけれ。ものうち言ひたる、聞きにくからず、愛敬《あいぎやう》ありて、言葉おほからぬこそ、あかず向はまほしけれ。めでたしと見る人の、心劣りせらるる本性《ほんしやう》みえんこそ、口をしかるべけれ。しな・かたちこそ生れつきたらめ、心はなどか[五]賢きより賢きにも、移さば移らざらん。かたち・心ざまよき人も、才《ざえ》なく成りぬれば、しなくだり、顔にくさげなる人にも立ちまじりて、かけずけおさるるこそ、本意《ほい》なきわざなれ。

ありたきことは、まことしき文《ふみ》の道、作文《さくもん》、和歌、管絃《くわんげん》の道、また有職《いうそく》に公事《くじ》の方、人の鏡ならんこそいみじかるべけれ。手などつたなからず走りがき、声をかしくて拍子《ひやうし》とり、いたましうするものから、下戸《げこ》ならぬこ

一 『枕草子』(前田家本)に、「思はん子を法師になさむこそ、いと心苦しけれ。同じ人ながら、烏帽子《えぼし》・冠のなきばかりに、木の端などのやうに人の思ひたるよ」とある。

二 清原元輔の娘。一条天皇の中宮定子に仕えた。『枕草子』、家集『清少納言集』などがある。

三 天台宗の高僧増賀上人(九一七―一〇〇三)。名利を厭って、大和の国の多武《とおの》峰《みね》に隠棲。奇行譚が諸書に伝わる〔補注二〕。

四 名声・名誉は僧にとって苦痛であるの意。増賀の言として、「名聞こそ苦しかりけれ。かたゐのみぞ楽しかりける」(『発心集』巻一)が伝わる。

五 『論語』(学而)の「賢賢易色」を、「賢きより賢からんとならば色を易《か》へよ」と訓読して、ここに用いたか(『徒然草寿命院抄』)。

そをのこはよけれ。

第二段

いにしへのひじり[一]の御代《みよ》の政《まつりごと》をもわすれ、民の愁《うれ》へ、国のそこなはるるをも知らず、よろづにきよらをつくしていみじと思ひ、所せきさましたる人こそ、うたて、思ふところなく見ゆれ。

「[二]衣冠《いくわん》より馬・車にいたるまで、あるにしたがひて用ゐよ。美麗《びれい》をもとむることなかれ」とぞ、[三]九条殿《くでうどの》の遺誡《ゆいかい》にも侍る。[四]順徳院の禁中のことども書かせ給へるにも、「[五]おほやけの奉りものは、おろそかなるをもてよしとす」とこそ侍れ。

第三段

万《よろづ》にいみじくとも、色好まざらん男は、いとさうざうしく、[六]玉の巵《さかづき》の当《そこ》なきここちぞすべき。

一　昔の聖帝の立派な政治。中国では堯《ぎょう》・舜《しゅん》、日本では、延喜・天暦（醍醐・村上）の治世を指すことが多い。

二　「衣冠より始めて、車馬に及ぶまで、有るに随ひてこれを用ゐよ。美麗を求むるこの勿《なか》れ」（『九条右丞相遺誡』）とある。

三　藤原師輔《もろすけ》（九〇八―九六〇）が、その子孫に書き残した貴族の日常生活上の心得を指示した家訓書。

四　順徳天皇（一一九七―一二四二）の『禁秘抄』をさす。

五　「但し、天位着御の物は、疎《おろそか》なるを以て、美と為す」とある。

六　「玉の巵《さかづき》の当《そこ》無きは、宝と雖も用に非ず」（『文選』巻一・三都賦序）。

露霜にしほたれて、[一]所さだめずまどひありき、親のいさめ、世のそしりをつつむに心のいとまなく、[二]あふさきるさに思ひみだれ、さるは独寝《ひとりね》がちに、まどろむ夜なきこそをかしけれ。

さりとて、[三]ひたすらたはれたる方にはあらで、女にたやすからず思はれんこそ、あらまほしかるべきわざなれ。

第四段

[四]後の世のこと、心にわすれず、仏の道うとからぬ、こころにくし。

第五段

不幸に愁《うれ》へにしづめる人の、頭《かしら》おろしなど、ふつつかに思ひとりたるにはあらで、あるかなきかに門《かど》さしこめて、待つこともなく明し暮したる、さるかたにあらまほし。

[五]顕基《あきもとの》中納言のいひけん、[六]配所《はいしょ》の月、罪なくて見んこと、さも覚えぬべし。

一　「ある女の、なりひらの朝臣を、ところさだめずありきすと思ひて」(『古今集』恋四・詞書)。

二　「そゑにとてとすればかかりかくすればあないひしらずあふさきるさに」(『古今集』誹諧歌)。「とすればかかり、あふさきるさにて、なのめに、さてもありぬべき人のすくなきを」(『源氏物語』帚木)。

三　女色におぼれて本心を失うというのではなくて。

四　仏道でいうところの来世。極楽往生に対す関心をこめる。

五　権中納言源顕基(一〇〇〇―一〇四七)。源俊賢《としかた》の子。後一条天皇の寵臣。

六　「配所」は流刑地。「入道中納言顕基卿の、罪なくて配所の月を見ばやと願ひ給ひし」(『宝物集』巻七・八冊本)、「中納言顕基は、(中略)いといみじきすき人にて、朝夕、琵琶をひきつつ、罪なくて罪をかうぶりて、配所の月を見ばやとなむ、願はれける」(『発心集』巻五)などと伝える〔補注三〕。

第六段

わが身のやんごとなからんにも、まして数ならざらんにも、子といふものなくてありなん。

[一]前中書王《さきのちゅうしょわう》・[二]九条太政大臣《くでうのだいじやうだいじん》・[三]花園左大臣《はなぞののさだいじん》、みな族絶《ぞうた》えんことをねがひ給へり。[四]染殿大臣《そめどののおとど》も、「子孫おはせぬぞよく侍る。末のおくれ給へるはわろきことなり」とぞ、[五]世継《よつぎ》の翁《おきな》の物語にはいへる。[六]聖徳太子の、御墓をかねて築《つ》かせ給ひける時も、「ここを切れ、かしこを断《た》て。子孫あらせじと思ふなり」と侍りけるとかや。

第七段

[七]あだし野の露きゆる時なく、[八]鳥部山《とりべやま》の煙立ち去らでのみ住み果つるならひならば、いかにもののあはれもなからん。世はさだめなきこそ、いみじけれ。

一　中務卿兼明《かねあきら》親王（九一四―九八七）。醍醐天皇の皇子。

二　藤原信長（一〇二二―一〇九四）。関白教通の子。「三郎にては、九条の太上大臣信長とておはせし。それもはかばかしき末もおはせぬなるべし」（『今鏡』巻四）。

三　源有仁（一一〇三―一一四七）。後三条天皇の孫。『今鏡』（巻八）に、有仁みずから、「いとしもなき子などのあらむは、いと本意なかるべし。村上の御門の末、中務宮の孫などいふ人々見るに、させる事なき人どもこそ多く見ゆめれ。我子などありとも、かひなかるべし」と言ったとする。

四　藤原良房（八〇四―八七二）。清和天皇の外祖父。『大鏡』に「かくいみじきさいはひ人の、子のおはしまさぬこそ口惜しけれ」とある。

五　『大鏡』をさすが、この引用文はみあたらない。

六　用明天皇の皇子（五七四―六二二）。『聖徳太子伝暦』に、墓を作るのを見て、「此処《ここ》は必ず断て、彼処《かしこ》は必ず切れ、応《まさ》に子孫の後を絶たしめんと欲す」と言ったとする。

七　京都嵯峨野の奥、愛宕山の麓にあった墓地。

八　京都東山にあった火葬場。

命あるものを見るに、人ばかり久しきはなし。[一]かげろふのゆふべを待ち、[二]夏の蟬の春秋《はるあき》を知らぬもあるぞかし。つくづくと一年《ひととせ》を暮すほどだにも、こよなうのどけしや。あかず惜しと思はば、千年《ちとせ》を過《すぐ》すとも一夜《ひとよ》の夢の心地こそせめ。住み果てぬ世に、みにくき姿を待ちえて何かはせん。[三]命長ければ辱《はぢ》多し。長くとも、四十《よそぢ》にたらぬほどにて死なんこそ、めやすかるべけれ。そのほど過ぎぬれば、かたちを恥づる心もなく、人に出でまじらはんことを思ひ、[四]夕《ゆふべ》の陽《ひ》に子孫を愛して、さかゆく末を見んまでの命をあらまし、ひたすら世をむさぼる心のみ深く、もののあはれも知らずなりゆくなん、あさましき。

第八段

世の人の心まどはすこと、色欲にはしかず。人の心はおろかなるものかな。匂《にほ》ひなどはかりのものなるに、しばらく衣裳《いしやう》に薫《たき》物すと知りながら、えならぬ匂ひには、必ず[五]心ときめきするものなり。[六]久米《くめ》の仙人の、物洗ふ女の脛《はぎ》の白きを見て、通《つう》を失ひけんは、誠に手足・はだへなどのきよらに、

一　「蜉蝣《かげろふ》は朝に生れて暮に死す」(『淮南子』説林訓)。「未だ暮景に及ばず、蜉蝣の世常無し」(『新撰朗詠集』無常)。

二　「蟪蛄《けいこ》(夏蟬)は春秋を知らず」(『荘子』逍遥遊)。「蟪蛄春秋を識らずと言ふが如し」(『往生拾因』)。

三　「寿《いのちなが》ければ、則ち辱多し」(『荘子』天地)。

四　「夕の陽」は、余命のない老人の意。「憐れむべし八九十、歯堕ち双眸《そうぼう》昏《くら》し。朝露に名利を貪《むさぼ》り、夕陽に子孫を憂ふ」(『白氏文集』不致仕)。源信の『観心略要集』にも、「朝露の底に名利を貪り、夕陽の前に子孫を愛す」とある。

五　「心ときめきするもの。(中略)よき薫物たきて一人臥したる」(『枕草子』三巻本・二十七段)。

六　大和国久米寺の開祖。この逸話は、『今昔物語集』(巻十一)、『発心集』、『扶桑略記』、『元亨釈書』などの諸書に伝えられて著名〔補注四〕。

肥えあぶらづきたらんは、外《ほか》の色ならねば、さもあらんかし。

第九段

女《をんな》は髪のめでたからんこそ、人の目たつべかめれ。人のほど、心ばへなどは、もの言ひたるけはひにこそ、ものごしにも知らるれ。ことにふれて、うちあるさまにも人の心をまどはし、すべて女の、[一]うちとけたる寝《い》も寝ず、身を惜しとも思ひたらず、堪《た》ゆべくもあらぬわざにもよく堪へしのぶは、ただ色を思ふがゆゑなり。

まことに、愛著《あいぢやく》の道、その根深く、源《みなもと》遠し。[二]六塵《ろくぢん》の楽欲《げうよく》多しといへども、皆厭離《えんり》しつべし。その中に、ただ、かのまどひのひとつやめがたきのみぞ、老いたるも若きも、智あるも愚かなるも、かはる所なしとみゆる。

されば、[三]女の髪すぢをよれる綱には、大象《だいざう》もよくつながれ、[四]女のはける足駄《あしだ》にて作れる笛には、秋の鹿、必ず寄るとぞ言ひ伝へ侍る。みづから戒めて、恐るべく慎《つつし》むべきは、このまどひなり。

一　安心して眠ることなく。恋に溺れた女性の一面。「心とけたる寝だに寝られずなん。昼はながめ、夜はねざめがちなれば」（『源氏物語』空蟬）といった状況

二　仏教では、眼・耳・鼻・舌・身・意の六根を通して感受される外界の刺激を、色・声・香・味・触・法の六つに分類、これらが人間の心を汚すものとして「六塵」という。

三　『五苦章句経』に、「仏の言はく、大白象有り。力壮《さか》んにして山を移し、地を壊《こぼ》ちて澗《たに》となし、樹を抜き、石を砕く。象の力無双なり。人有り、髪を以て、其の脚を絆繋《はんけい》す。象これが為めに躄《あしな》へて、復動くこと能はず」とある。

四　女の下駄で作った鹿笛《ししぶえ》。この話の出典未詳。室町時代に成立の『就弓馬儀大概聞書』（美人草）に、「鹿笛の事、かり人の申すは、はやるけいせい（傾城）のあしだにてつくりたるが、よくよると申すなり。又はじめて人のつくりたるも能くよると云ふ也」とある。

第十段

家居《いへゐ》のつきづきしく、あらまほしきこそ、[一]仮《かり》の宿りとは思へど、興あるものなれ。

よき人の、のどやかに住みなしたる所は、さし入りたる月の色も、一きはしみじみと見ゆるぞかし。今めかしくきららかならねど、[二]木だちものふりて、わざとならぬ庭の草も心あるさまに、[三]簀子《すのこ》・[四]透垣《すいがい》のたよりをかしく、うちある[五]調度《てうど》も昔覚えてやすらかなるこそ、心にくしと見ゆれ。

多くの工《たくみ》の心をつくしてみがきたて、唐《から》の、大和の、めづらしく、えならぬ調度どももならべ置き、前栽《せんざい》の草木まで心のままならず作りなせるは、見る目も苦しく、いとわびし。さてもやは、ながらへ住むべき。また、[六]時のまの煙ともなりなんとぞ、うち見るより思はるる。大方《おほかた》は、家居にこそ、ことざまはおしはからるれ。

[七]後徳大寺大臣《ごとくだいじのおとど》の、寝殿に鳶《とび》ゐさせじとて縄をはられたりけるを、[八]西行が見て、「[九]鳶のゐたらんは、何かはくるしかるべき。この殿の御心、さばかりにこそ」とて、その後は参らざりけると聞き侍るに、[一〇]綾小路宮《あやのこうぢのみや》のおはしま

一　現世における一時的な宿。仏教的な考え方。「旅の空かりの宿りと思へどもあらまほしきはこのすまひかな」（『明恵上人集』）。

二　庭木がなんとはなく古びて。作者好みの景色。第四十三段・第一三九段にもみえる。

三　ひさしの外にある濡れ縁。

四　竹や板で作った、間を透かした垣。

五　室内に置いてある道具類。

六　一瞬の間に焼失すること。兼好の友人道我の和歌の詞書にも、「諸堂ならびに房舎どものこりすくなく時のまの煙となり侍りける」（『新千載集』雑下）とある。

七　藤原実定（一一三九―一一九一）。新古今時代の歌人。家集『林下集』。祖父の実能《さねよし》が徳大寺左大臣と称されたので、区別するため「後」を付して呼ぶ。

八　俗名佐藤義清《のりきよ》（一一一八―一一九〇）。隠遁歌人として著名。『山家集』ほかの家集がある。

九　この逸話は『古今著聞集』（巻十五・宿執）にみえる〔補注五〕。

一〇　亀山天皇の第十二皇子性恵《しようえ》法親王。妙法院の門跡。

す[一]小坂殿《こさかどの》の棟《むね》に、いつぞや縄をひかれたりしかば、かのためし思ひいでられ侍りしに、誠《まこと》や、「烏《からす》のむれゐて池の蛙《かへる》をとりければ、御覧じかなしませ給ひてなん」と人の語りしこそ、さてはいみじくこそと覚えしか。徳大寺[二]にもいかなる故か侍りけん。

第十一段

[三]神無月《かみなづき》の比《ころ》、[四]栗栖野《くるすの》といふ所を過ぎて、ある山里にたづね入ること侍りしに、遙《はる》かなる苔の細道をふみわけて、心ぼそく住みなしたる庵あり。木の葉に埋もるる[五]懸樋《かけひ》のしづくならでは、つゆおとなふものなし。[六]閼伽棚《あかだな》に菊・紅葉など折り散らしたる、さすがに住む人のあればなるべし。かくてもあられけるよと、あはれに見るほどに、かなたの庭に、大きなる[七]柑子《かうじ》の木の、枝もたわわになりたるがまはりをきびしく囲ひたりしこそ、少しことさめて、この木なからましかばと覚えしか。

第十二段

一　妙法院内の性恵の居所か。妙法院の別号か。

二　ここは実定個人でなく、小坂殿に対し、徳大寺邸をさす。

三　陰暦十月。初冬の荒涼たる季節感をこめる。

四　京都市東山区山科と同北区西賀茂に同名の地があるが、決定するのは困難。歌枕として提示。

五　地上に懸けわたした樋。

六　仏に供える花や水を置く棚。ここは、『源氏物語』（賢木）の「おしあけ方の月影に、法師ばらの、閼伽たてまつるとて、からからと鳴らしつつ、菊の花、濃き薄き紅葉など、折り散らしたるも」などの表現をアレンジしている。

七　蜜柑の一種。果実が小さく酸味が強い。

おなじ心ならん人としめやかに物語して、をかしきことも、世のはかなきことも、うらなく言ひ慰《なぐさ》まんこそうれしかるべきに、さる人あるまじければ、つゆたがはざらんと向ひゐたらんは、ひとりある心地やせん。

たがひに言はんほどのことをば、「げに」と聞くかひあるものから、いささかたがふ所もあらん人こそ、「我はさやは思ふ」など争ひ憎み、「さるから、さぞ」[一]ともうち語らはば、つれづれ慰まめと思へど、げには、少し[二]かこつかたも、[三]我と等しからざらん人は、大方のよしなしごと言はんほどこそあらめ、まめやかの心の友には、はるかにへだたる所のありぬべきぞ、わびしきや。

第十三段

ひとり灯《ともしび》のもとに文《ふみ》[四]をひろげて、見ぬ世の人を友とするぞ、こよなう慰むわざなる。

文は文選《もんぜん》[五]のあはれなる巻々《まきまき》、白氏文集《はくしもんじふ》[六]、老子《らうし》[七]のことば、南華《なんくわ》[八]の篇《へん》。この

一　「さるから」は、「そうであるから」と理由を、「さぞ」は、それを受けて結論を示す。

二　不満をもらす。「ともすればわが身ひとつとかこつかな人を分くべきうき世ならねど」(『兼好家集』)。

三　『伊勢物語』(第一二四段)の「思ふこといはでぞただにやみぬべき我とひとしき人しなければ」を踏まえたか。

四　ここは書籍をさす。

五　梁の昭明太子の撰。三十巻。周から梁に至る作家の詩文集。

六　唐の詩人、白楽天の詩文集。

七　周の老子の著『老子道徳経』。

八　中国戦国時代初めの荘周の著『荘子《さうじ》』。「南華」は、荘周が南華山に隠棲し、また、唐代に「南華真人」と称されたのによる。

国の博士《はかせ》[一]ども書ける物も、いにしへのは、あはれなること多かり。

第十四段

和歌こそなほをかしきものなれ。あやしのしづ・山がつのしわざも、言ひ出でつればおもしろく、おそろしき猪《ゐ》のししも、[二]「ふす猪《ゐ》の床《とこ》」と言へば、やさしくなりぬ。

このごろの歌は、一ふしをかしく言ひかなへたりと見ゆるはあれど、古き歌どものやうに、いかにぞや、ことばの外に、あはれに、けしきおぼゆるはなし。貫之《つらゆき》[三]が[四]「糸によるものならなくに」と言へるは、[五]古今集の中の歌《うた》屑《くづ》[六]とかや言ひ伝へたれど、今の世の人の詠《よ》みぬべきことがらとはみえず。その世の歌には、姿・言葉、このたぐひのみ多し。この歌に限りてかく言ひたてられたるも、知りがたし。[七]源氏物語《げんじのものがたり》には、[八]「ものとはなしに」とぞ書ける。[九]新古今《しんこきん》には、[一〇]「残る松さへ峰にさびしき」といへる歌をぞ言ふなるは、まことに、少しくだけたるすがたにもや見ゆらん。されどこの歌も、[一一]衆議判《しゅぎはん》の時、よろしきよし沙汰ありて、後にもことさらに感じ仰せ下され

一　大学寮・陰陽寮などで、学芸を教授した文章博士。

二　「寂蓮法師がいひけるは、『歌のやうにいみじき物なし。ゐのししなどいふおそろしき物も、ふすゐの床などいひつれば、やさしきなり』といふ」(『八雲御抄』巻六)。

三　紀貫之。『古今集』撰者の一人。

四　「糸による物ならなくに別れ路の心細くも思ほゆるかな」(『古今集』羈旅)。

五　醍醐天皇の詔によって撰集された最初の勅撰和歌集。

六　最もつたない歌。所伝未詳。

七　紫式部の筆になる、平安時代の代表的な物語。

八　『源氏物語』(総角)に、「『ものとはなしに』とか、貫之が『此の世ながらの別れをだに、心細き筋にひきかけけむを』など」とある。『古今集』との本文異同のあることを注意したもの。

九　後鳥羽上皇の院宣により撰集された、第八番目の勅撰和歌集。

一〇　『新古今集』(冬・祝部成茂)の「冬のきて山もあらはに木の葉ふり残る松さへ峰にさびしき」をさす。

一一　歌合の勝負の判定を、参加者の論議によって決定するもの。

けるよし、家長《いへなが》[一]が日記《にき》にはかけり。

[二]歌の道のみ、いにしへに変らぬなどいふこともあれど、いさや、今も詠みあへる同じ詞《ことば》・歌枕《うたまくら》も、昔の人の詠めるは、さらに同じものにあらず、やすくすなほにして、姿もきよげに、あはれも深く見ゆ。梁塵秘抄《りやうぢんひせう》[三]の郢曲《えいきよく》[四]の言葉こそ、又あはれなることは多かめれ。昔の人は、ただ、いかに言ひ捨てたることぐさも、皆いみじく聞ゆるにや。

第十五段

いづくにもあれ、しばし旅だちたるこそ、めさむる心地すれ。そのわたり、ここかしこ見ありき、ゐなかびたる所、山里などは、いと目慣《めな》れぬことのみぞ多かる。都へたよりもとめて文《ふみ》やる、「そのことかのこと、便宜《びんぎ》[五]に、忘るな」など言ひやるこそをかしけれ。さやうの所にてこそ、万《よろづ》[六]に心づかひせらるれ。持てる調度まで、よきはよく、能《のう》[七]ある人、かたちよき人も、常よりはをかしとこそ見ゆれ。

寺《てら》・社《やしろ》などにしのびてこもりたるもをかし。

一　『源家長日記』に、先の成茂の歌をめぐり、「この御歌合、和歌所にて衆議判なりしに、この歌を読みあげたるを、たびたび詠ぜさせ給ひて、よろしく詠めるよしの御気色なり」とみえる。

二　『新古今集』（雑下）の西行法師の歌の詞書に、「なにごともおとろへゆけど、この道こそ世のすゑにもかはらぬものはあれ」（熊野別当湛快《たんかい》の言）とみえ、『八雲御抄』（巻六）にも「西行が夢」として、同趣旨の言を引く。

三　後白河上皇御撰の、平安時代末期の歌謡集。

四　歌謡の類の総称。

五　都合のよいとき。

六　田舎や山里では、その土地の人が都人を珍しがって注目するので、あれこれ気を配るようになる。その緊張感を快いものとする。

七　芸事に達者な人。

第十六段

神楽《かぐら》[一]こそなまめかしく、おもしろけれ。

おほかた、ものの音には、笛[二]・篳篥《ひちりき》[三]。常に聞きたきは、琵琶《びは》・和琴《わごん》[四]。

第十七段

山寺[五]にかきこもりて、仏につかうまつるこそ、つれづれもなく、心の濁《にご》りも清《きよ》まる心地すれ。

第十八段

人は、おのれをつづまやかにし、奢《おご》りを退《しりぞ》けて、財《たから》を持たず、世をむさぼらざらんぞいみじかるべき。昔より、賢き人の富めるは稀なり。

唐土《もろこし》に許由《きよいう》[六]といひつる人は、さらに身にしたがへる貯《たくは》へもなくて、水を

一 神前で奏する舞楽。ここは宮中の内侍所《ないしどころ》の庭前で毎年十二月に行なう神楽。

二 神楽に用いる大和笛。

三 中国から伝えられた竹笛。雅楽に用いる。

四 日本固有の絃楽器。やまとごと。

五 「寺」とせず、「山寺」としたのは、都の喧騒を離れた静寂な寺を想定。

六 中国古代の人物。以下の逸話は『蒙求』の「許由一瓢」の「許由箕山《きざん》に隠る。盃器無く、手を以て水を捧げて之を飲む。人一瓢を遺《おく》る。以て操りて飲むことを得たり。飲み訖りて木の上に掛く。風吹けば、歴々として声有り。由りて以て煩はしと為し、遂に之を去つ」による。『蒙求和歌』にもみえる。

も手して捧《ささ》げて飲みけるを見て、[一]なりひさこといふ物を人の得させたりければ、ある時、木の枝にかけたりけるが、風に吹かれて鳴りけるを、かしかましとて捨てつ。また手にむすびてぞ水も飲みける。いかばかり心のう[二]ち涼しかりけん。[三]孫晨《そんしん》は、冬月《ふゆのつき》に衾《ふすま》なくて、藁一束《わらひとつか》ありけるを、夕《ゆふべ》には是《これ》に臥《ふ》し、朝《あした》にはをさめけり。

もろこしの人は、これをいみじと思へばこそ、記《しる》しとどめて世にも伝へけめ、[四]これらの人は、語りも伝ふべからず。

第十九段

折節《をりふし》のうつりかはるこそ、ものごとにあはれなれ。

[五]「もののあはれは秋こそまされ」と、人ごとにいふめれど、それもさるものにて、今一きは心もうきたつものは、春の気色《けしき》にこそあめれ。鳥の声などもことの外に春めきて、のどやかなる日影《ひかげ》に、墻根《かきね》の草もえいづるころより、やや春ふかく霞みわたりて、花もやうやう気色だつほどこそあれ、折しも雨風うちつづきて、心あわたたしく散り過ぎぬ。[六]青葉になり行くま

一　瓢簞。『古今著聞集』(巻八)、『十訓抄』(巻六)にもみえる。

二　藤原統理《むねまさ》の出家を聞いたとき、藤原公任の詠じた、「さざなみや志賀の浦風いかばかり心の内の涼しかるらん」(『拾遺集』哀傷)を念頭に置くか。

三　古代中国の人物。以下の逸話は、『蒙求』の「孫晨藁席《そんしんこうせき》」の、「孫晨字は元公。家貧しく、席《むしろ》を織りて業と為す。詩書に明かにして、京兆の功曹と為る。冬月に被《ふすま》無く、藁一束有り。暮に臥し朝に収む」による。『蒙求和歌』や『宝物集』にもみえる。

四　中国に対し、日本の人。

五　「春はただ花のひとへに咲くばかり物のあはれは秋ぞまされる」(『拾遺集』雑下)。春より秋を情趣深いとする考えは、『万葉集』(巻一)の額田王の歌や『源氏物語』(野分)などにもみえる。

六　桜の花が咲き、散って青葉が出るまで気をもませる。この気持は、「世の中にたえて桜のなかりせば春の心はのどけからまし」(『古今集』春上)、「青葉さへ見れば心のとまるかな散りにし花の名残りと思へば」(『山家集』)などにもうかがえる。

で、よろづにただ心をのみぞ悩ます。花橘《はなたちばな》[一]は名にこそおへれ、なほ梅の匂[二]ひにぞ、いにしへのことも立ちかへり恋しう思ひいでらるる。山吹のきよげに、藤のおぼつかなきさましたる、すべて、思ひすてがたきこと多し。

「灌仏《くわんぶつ》[三]の比《ころ》、祭[四]の比、若葉の梢涼しげに茂りゆくほどこそ、世のあはれも、人の恋しさもまされ」と、人のおほせられしこそ、げにさるものなれ。五月《さつき》、あやめふく[五]比、早苗とるころ、水鶏《くひな》[六]のたたくなど、心ぼそからぬかは。六月《みなづき》の比、あやしき[七]家に夕顔の白く見えて、蚊遣火《かやりび》ふすぶるもあはれなり。六月祓《みなづきばらへ》[八]又をかし。

七夕《たなばた》まつるこそなまめかしけれ。やうやう夜寒[九]になるほど、雁鳴きてくるころ、萩の下葉色づくほど、わさ田刈りほすなど、とり集めたることは秋のみぞ多かる。又、野分《のわき》[一〇]の朝《あした》こそをかしけれ。

言ひつづくれば、みな源氏物語《げんじのものがたり》・枕草子《まくらのさうし》[一一]などにことふりにたれど、同じこと、又、今さらに言はじとにもあらず。おぼしきこと[一二]言はぬは、腹ふくるるわざなれば、筆にまかせつつ、あぢきなきすさびにて、かつ破《や》りすつべき物なれば、人の見るべきにもあらず。

さて冬枯《ふゆがれ》の気色こそ秋にはをさをさおとるまじけれ。汀《みぎは》の草に紅葉の散

一 橘の花は、昔を思い出させるものとして有名ではあるが。「さつき待つ花橘の香をかげば昔の人の袖のかぞする」(『古今集』夏)。
二 『伊勢物語』(第四段)の「梅の花ざかりに、去年を恋ひて行きて」など。
三 陰暦四月八日の釈迦誕生日に、その御像に香水を注ぐ行事。
四 賀茂祭り。四月の中の酉《とり》の日に行われた。
五 陰暦五月五日の端午の節句に、邪気を除くために菖蒲を軒にふく行事。
六 水鳥の一種。鳴き声が戸をたたく音に似ている。「たたくとて宿の妻戸をあけたれば人もこずゑのくひななりけり」(『拾遺集』恋二)。
七 『源氏物語』(夕顔)の、「かの、白く咲けるをなん『夕顔』と、申し侍る。花の名は人めきて、かう、あやしき垣根になん、咲き侍りける」を踏まえるか。
八 陰暦六月晦日、川原で邪気を払う神事。
九 以下の叙述は、「夜を寒み衣かりがねなくなへに萩の下葉もうつろひにけり」(『古今集』秋上)によるか。
一〇 秋の台風。『枕草子』や『源氏物語』(野分)には、野分の翌朝の描写がある。
一一 清少納言の随筆。
一二 『大鏡』(序)の「おぼしきこといはぬは、げにぞ、腹ふくるる心地しける」による。

りとどまりて、霜いと白う置ける朝《あした》、一遣水《やりみづ》より煙《けぶり》の立つこそをかしけれ。年の暮れはてて、人ごとに急ぎあへるころぞ、又なくあはれなる。二すさまじきものにして見る人もなき月の、寒けく澄める廿日《はつか》あまりの空こそ、心ぼそきものなれ。三御仏名《おぶつみやう》・四荷前《のさき》の使たつなどぞ、あはれにやんごとなき。公事《くじ》どもしげく、春のいそぎにとりかさねて催しおこなはるるさまぞいみじきや。五追儺《ついな》より六四方拝《しはうはい》につづくこそ面白けれ。つごもりの夜、いたう暗きに、松どもともして、夜半《よなか》すぐるまで人の門《かど》たたき、走りありきて、何事にかあらん、ことことしくののしりて、七足を空にまどふが、暁がたより、さすがに音なくなりぬるこそ、八年の名残《なごり》も心ぼそけれ。九なき人の来る夜とて魂《たま》まつるわざは、このごろ都にはなきを、東《あづま》のかたには、なほすることにてありしこそあはれなりしか。

かくて明けゆく空の気色、昨日にかはりたりとは見えねど、ひきかへめづらしき心地ぞする。大路《おほち》のさま、松立てわたして花やかにうれしげなるこそ、またあはれなれ。

第二十段

一　庭に引き入れた細い水流。「煙」とは、寒さのために水面から立ち上るもの。

二　「世の人の、すさまじきことにいふなる、十二月の月夜の、曇りなくさし出でたるを」(『源氏物語』総角)、「世には、『すさまじき物』と、言ひ古したる、十二月の月も」(『狭衣物語』巻二)など、十二月の月を「すさまじきもの」とする通念をさす。

三　十二月十九日から三日間、宮中の清涼殿で諸仏の名号を唱える仏事。

四　十二月中旬に、諸国から奉納される初穂を供える勅使が出発すること。

五　十二月晦日の夜、宮中で行われる鬼やらいの行事。

六　元旦の早暁、天皇が、天地・四方・属星・山陵を拝し、一年の災厄を払い、五穀の農穣、宝祚の長久を祈る儀式。

七　足も地につかぬほど急ぐさま。「足を空にて思ひ惑ふ」(『源氏物語』夕顔)など。

八　「つねよりぞ心細くぞ思ほゆる旅の空にて年の暮ぬる」(『山家集』)。

九　死者の霊魂の帰って来るのを祭る行事。古くは大晦日に行なわれた。「十二月の晦の夜よみ侍りける、なき人のくる夜ときけど君もなしわが住む宿はたまなきの里」(『後拾遺集』哀傷)。

なにがしとかやいひし世捨人《よすてびと》の、「この世のほだし持たらぬ身に、ただ空[一]の名残《なごり》のみぞ惜しき」と言ひしこそ、誠《まこと》にさも覚えぬべけれ。

第二十一段

万《よろづ》のことは、月見るにこそ慰《なぐさ》むものなれ。ある人の、「月ばかり面白《おもしろ》きものはあらじ」と言ひしに、又ひとり、「露こそあはれなれ」とあらそひしこそをかしけれ。折《をり》[二]にふれば、何かはあはれならざらん。

月・花はさらなり。風[三]のみこそ人に心はつくめれ。岩にくだけて清く流るる水の気色こそ、時をもわかずめでたけれ。「沅《げん》[四]・湘《しやう》日夜《にちや》、東《ひんがし》に流れ去る。愁人《しうじん》の為にとどまること少時《しばらく》もせず」といへる詩を見侍りしこそ、あはれなりしか。嵆康《けいかう》[五]も、「山沢《さんたく》[六]に遊びて、魚鳥《ぎよてう》を見れば心楽しぶ」と言へり。人遠《どほ》く、水草[七]清き所にさまよひありきたるばかり、心慰むことはあらじ。

一 折々の空との惜別の情。「嵐のみときどき窓におとづれて明けぬる空の名残をぞ思ふ」(『山家集』)、「春霞かすみし空の名残さへけふを限りの別れなりけり」(『新古今集』哀傷)。

二 その時機にあえば。「すべてをりにつけつつ、一年《ひととせ》ながらをかし」(『枕草子』三巻本・初段)。

三 「おしなべて物を思はぬ人にさへ心をつくる秋の初風」(『新古今集』秋上)。

四 中唐の詩人、戴叔倫《たいしゆくりん》の「湘南即事」の、「盧橘《ろきつ》花開きて、楓葉《ふうよう》衰ふ。門を出でて、何れの処にか京師を望まん。沅湘日夜東に流れ去る。愁人の為に住すること少時もせず」による。

五 中国三国時代の魏の人。竹林の七賢の一人。

六 『文選』巻二十二(山巨源と交はりを絶つ書)の「山沢に遊びて、魚鳥を観れば、心甚だ之を楽しむ」による。

七 玄賓僧都の、「外つ国は水草清しことしげき天の下には住まぬまされり」(『古今著聞集』巻五ほか)などから、隠遁者の希求する理想的な場所とされた。

第二十二段

なにごとも、古き世のみぞしたはしき。今様《いまやう》は、むげにいやしくこそなりゆくめれ。かの[一]木の道のたくみの造れる、うつくしきうつは物も、古代の姿こそをかしと見ゆれ。

文《ふみ》の詞《ことば》などぞ、昔の反古《ほうご》どもはいみじき。ただ言ふ言葉もくちをしうこそなりもてゆくなれ。いにしへは、[二]「車もたげよ」[三]「火かかげよ」とこそ言ひしを、今様の人は、「もてあげよ」「かきあげよ」と言ふ。「[四]主殿寮《とのもれう》、[五]人数《にんじゅ》だて」と言ふべきを、[六]「たちあかし、しろくせよ」と言ひ、[七]最勝講《さいしようかう》の[八]御《み》聴《ちやう》聞所《もんじよ》なるをば、[九]「御講《ごかう》の廬《ろ》」とこそ言ふを、「かうろ」と言ふ。くちをしとぞ、古き人は仰せられし。

一　木で物を作る職人。指物師。

二　牛をつける時、牛車の轅《ながえ》を持ち上げよ。

三　油火の灯芯《とうしん》を掻き立てて明るくせよ。

四　令制で、宮内省に属し、宮中の清掃・燭火・薪炭・乗物などをつかさどる役所。

五　主殿寮の役人たちに、列立して、式場に火を照らして明るくせよの意か。

六　「たちあかし」は、松明《たいまつ》。松明をつけて明るくせよの意。

七　五月中の五日間、清涼殿において、『金光明最勝王経』を講じて、天下泰平を祈る法会。

八　天皇がその講義を聴聞される場所。

九　天皇が講義を聞かれる御座所。「廬」は仮の小屋で、ここは臨時の御座所のことだろう。

第二十三段

おとろへたる末の世とはいへど、なほ九重《ここのへ》の神さびたる有様こそ、世づかずめでたきものなれ。

露台《ろだい》[一]・朝餉《あさがれひ》[二]・何殿《なにでん》・何門《なにもん》などは、いみじとも聞ゆべし、あやしの所にもありぬべき小蔀《こじとみ》[三]・小板敷《こいたじき》[四]・高遣戸《たかやりど》[五]なども、めでたくこそ聞ゆれ。「陣《ぢん》[六]に夜《よる》の設《まうけ》せよ」といふこそいみじけれ。夜御殿《よるのおとど》のをば、「かいともしとうよ」などいふ、又めでたし。上卿《しやうけい》の、陣にてことおこなへるさまは更《さら》なり、諸司《しよし》の下人《しもうど》どもの、したりがほになれたるもをかし。さばかり寒き夜もすがら、ここかしこに睡《ねぶ》り居たるこそをかしけれ。「内侍所《ないしどころ》[七]の御鈴《みすず》[八]の音は、めでたく優なるものなり」とぞ、徳大寺太政大臣《とくだいじのおほきおとど》[九]は仰せられける。

第二十四段

斎王《さいわう》[一〇]の、野宮《ののみや》[一一]におはしますありさまこそ、やさしく面白《おもしろ》きことのかぎりとは覚えしか。「経」・「仏」など忌《い》[一二]みて、「なかご」・「染紙《そめがみ》」など言ふなるもをかし。

すべて神の社《やしろ》こそ、すてがたく、なまめかしきものなれや。ものふりたる森のけしきもただならぬに、玉垣《たまがき》[一三]しわたして、榊《さかき》に木綿《ゆふ》かけたるなど、いみじからぬかは。ことにをかしきは、伊勢[一四]・賀茂・春日《かすが》・平野《ひらの》・住吉《すみよし》・

一 紫宸殿《ししんでん》と仁寿殿《じじゆうでん》との間にある、板張りの台。
二 清涼殿にある、天皇が略式の食事をされる所。
三 清涼殿の昼御座と殿上の間との間にある蔀の小窓。
四 清涼殿の殿上間の南側の板敷。
五 清涼殿の西南の渡殿の南の戸。
六 底本の「陳」を改めた。公事の時に、諸卿が座る場所に夜間の設備(灯火の用意)をせよ。
七 温明殿《うんめいでん》の別名。神鏡を安置する所。
八 天皇が内侍所に参拝されるとき、女官の振る鈴。
九 藤原公孝（一二五三―一三〇五）。一三〇二年に太政大臣となり、一三〇四年に辞した。
一〇 伊勢神宮に奉仕した、未婚の皇女。正徹本・常縁本は「斎宮」。
一一 斎宮に選ばれた内親王・女王が、伊勢に下る前に、一定の期間、斎戒される仮宮。京都西郊の嵯峨野にあった。
一二 神に奉仕するので仏教語を避けた。「凡そ、忌詞《いみことば》、内七言、仏は中子と称し、経は染紙と称し」（『延喜式』第五）。
一三 神殿の周囲の垣の美称。
一四 以下に列挙された十一社は、すべて国家の重大事の際、朝廷から奉幣された、二十二社のうちに所属する。うち、伊勢が三重県伊勢市、春

三輪・貴布禰《きぶね》・吉田・大原野・松尾《まつのを》・梅宮《うめのみや》。

第二十五段

[一]飛鳥川《あすかがは》の淵瀬《ふちせ》常ならぬ世にしあれば、[二]時移り、こと去り、楽しび・悲しびゆきかひて、はなやかなりしあたりも人すまぬ野《の》らとなり、変らぬ住家《すみか》は人あらたまりぬ。[三]桃李《たうり》もの言はねば、誰《たれ》とともにか昔を語らん。まして、見ぬいにしへのやんごとなかりけん跡のみぞ、いとはかなき。

[四]京極殿《きやうごくどの》・[五]法成寺《ほふじやうじ》など見るこそ、[六]志とどまり、こと変じにけるさまは、あはれなれ。[七]御堂殿《みだうどの》の作りみがかせ給ひて、庄園《しやうゑん》おほく寄せられ、我が御族《おんぞう》のみ、御門《みかど》の御後見《おんうしろみ》、世のかためにて、行末《ゆくすゑ》までとおぼしおきし時、いかならん世にも、かばかりあせはてんとはおぼしてんや。大門《だいもん》・金堂《こんだう》など、近くまでありしかど、[八]正和《しやうわ》のころ、南門《なんもん》は焼けぬ。[九]金堂《こんだう》はそののち倒れふしたるままにて、とり立つるわざもなし。[一〇]無量寿院《むりやうじゆゐん》ばかりぞ、そのかたとて残りたる。[一一]丈六《ぢやうろく》の仏《ほとけ》九体《くたい》、いと尊くてならびおはします。[一二]行成《かうぜい》大納言《だいなごん》の額《がく》、[一三]兼行《かねゆき》が書ける扉《とびら》、あざやかに見ゆるぞあはれなる。[一四]法華堂《ほつけだう》なども、い

日が奈良市、住吉が大阪市、三輪が奈良県桜井市にあるが、他の七社は京都市中に存在する。

一　奈良県高市郡飛鳥村を流れる川。「世の中は何か常なる飛鳥川昨日の淵ぞ今日は瀬となる」（『古今集』雑下）による。

二　「時移り、事去り、楽しみ尽き、悲しみ来る」（『長恨歌伝』）。「時移り、事去り、楽しび悲しび行き交ふとも」（『古今集』仮名序）などを典拠とする。

三　「桃李言《ものい》はず春幾ばくか暮れぬる。煙霞跡無し昔誰か栖《す》んじ」（『和漢朗詠集』仙家）。

四　藤原道長の邸宅。土御門第。

五　道長の造営した大寺院。京極殿の東、鴨川の近くに建立。

六　「楽しみ尽きて哀しみ来り、志留まり事変ず」（『本朝文粋』巻十四）。

七　法成寺に因んだ道長の敬称。

八　花園天皇の年号（一三一二―一三一七）。

九　文保元年（一三一七）八月に倒壊。

一〇　法成寺の阿弥陀堂の本号。

一一　一丈六尺（約四・八メートル）の阿弥陀仏九体。

一二　藤原行成(九七二―一〇二七)。能書家。行成の額の話が、第二三八段にある。

一三　源兼行（生没年未詳）。道長の子、能書家。

一四　「法華経」を読誦する仏堂。

まだ侍るめり。是も又、いつまでかあらん。かばかりの名残《なごり》だになき所々は、おのづから礎《いしずゑ》[一]ばかり残るもあれど、さだかに知れる人もなし。されば、万《よろづ》に見ざらん世までを思ひおきてんこそ、はかなかるべけれ。

第二十六段

風[二]も吹きあへずうつろふ人の心の花に、なれにし年月を思へば、あはれと聞きし言の葉ごとに忘れぬものから、我が世の外になりゆくならひこそ、なき人の別れよりもまさりて悲しきものなれ。

されば白き糸[三]の染《そ》まんことを悲しび、路《みち》のちまたの分れんことをなげく人もありけんかし。堀川院《ほりかはのゐん》[四]の百首の歌の中に、

むかし[五]見し妹《いも》が墻根《かきね》は荒れにけりつばなまじりの菫《すみれ》のみして

さびしきけしき、さること侍りけん。

第二十七段

一 建物の礎石。「すみれ咲く奈良の都の跡とては石ずゑのみぞかたみなりける」(『夫木抄』六)を念頭にしていたか。

二 「桜花とく散りぬとも思ほえず人の心ぞ風も吹きあへぬ」(『古今集』春下)、「色見えでうつろふものは世の中の人の心の花にぞありける」(『古今集』恋五)による。

三 『蒙求』の「墨子悲糸・楊朱泣岐」の注に、「淮南子曰く、楊子、逵路《わかれみち》を見て之に哭《こく》す。その以て南すべく、以て北すべきがためなり。墨子、練糸を見て之に泣く。その以て黄にすべく、以て黒くすべきためなり」とある。『蒙求和歌』にもみえる。

四 『堀河院御時百首和歌』。十数人の百首歌を集成したもの。康和年間(一〇九九—一一〇三)の成立。中世和歌に甚大な影響を与えた。

五 この歌は、藤原公実(一〇五三—一一〇七)の作。

御国《みくに》[一]ゆづりの節会《せちゑ》おこなはれて、剣璽《けんじ》[二]・内侍所《ないしどころ》わたし奉らるるほどこそ、限りなう心ぼそけれ。

新院[三]のおりさせ給ひての春、よませ給ひけるとかや、

殿守《とのもり》[四]のとものみやつこよそにしてはらはぬ庭に花ぞ散りしく

今の世のことしげきにまぎれて、院には参る人もなきぞさびしげなる。かかる折にぞ、人の心もあらはれぬべき。

第二十八段

諒闇《りやうあん》[五]の年ばかりあはれなることはあらじ。

倚廬《いろ》[六]の御所《ごしよ》のさまなど、板敷《いたじき》[七]をさげ、葦《あし》[八]の御簾《みす》をかけて、布《ぬの》[九]の帽額《もかう》あらあらしく、御調度《おほんてうど》どもおろそかに、皆人の装束《さうぞく》、太刀《たち》・平緒《ひらを》[一〇]まで、ことやうなるぞゆゆしき。

第二十九段

一　天皇が皇太子に位を譲るとき、群臣に饗宴を賜わる儀式。

二　三種の神器（草薙《くさなぎ》の剣・八坂瓊《やさかに》の曲玉《まがたま》・八咫《やた》の鏡）。「内侍所」は、八咫の鏡を奉安する所だが、転じて神鏡の意にも用いる。

三　すでに上皇がおられるとき、新たに皇位を譲られて上皇になられた方に対する呼称。ここは花園上皇（一二九七―一三四八）。文保二年（一三一八）譲位。

四　本歌「殿守のとものみやつこ心あらばこの春ばかり朝ぎよめすな」（『拾遺集』雑）。「殿守のとものみやつこ」は、主殿寮の下級役人。

五　天皇が父母の喪に服する期間。

六　諒闇の初めに、十三日間、天皇が籠もられる仮の御所。

七　板張りの床を他の宮殿より下げて張る。

八　葦で作った粗末なすだれをかける。

九　御簾の上部に横長に引く幕のようなもの。

一〇　太刀につける飾りの紐。

しづかに思へば、よろづに[一]過ぎにしかたの恋しさのみぞせんかたなき。人しづまりて後、長き夜のすさびに、なにとなき具足《ぐそく》とりしたため、残[二]しおかじと思ふ反古《ほうご》など破《や》りすつる中に、なき人の手習ひ、絵かきすさびたる見出でたるこそ、ただその折のここちすれ。このごろある人の文《ふみ》だに、久しくなりて、いかなる折、いつの年なりけんと思ふは、あはれなるぞかし。手なれし具足なども、心もなくて変らず久しき、いとかなし。

第三十段

人のなきあとばかり悲しきはなし。

中陰《ちゅういん》[三]のほど、山里などにうつろひて、便《びん》あしく狭《せば》き所にあまたあひ居て、後[四]のわざども営みあへる、心あわただし。日かずのはやく過ぐるほどぞものにも似ぬ。はての日は、いと情《なさけ》[五]なう、たがひに言ふこともなく、我かしこげに物ひきしたため、ちりぢりに行きあかれぬ。もとのすみかに帰りてぞ、更に悲しきことは多かるべき。「しかしかのことは、あなかしこ、あと[六]のため忌《い》むなることぞ」など言へるこそ、かばかりのなかに何かはと、人

一 「いとどしく過ぎゆく方の恋しきにうらやましくもかへる浪かな」（『伊勢物語』第七段）、「過ぎにし方恋しきもの（中略）をりからあはれなりし人の文」（『枕草子』三巻本・第二十八段）など。

二 『源氏物語』（幻）の、光源氏の、「落ちとまりて、かたはなるべき、人の御文なども、『破れば惜し』と、おぼされけるにや、すこしづつ、残し給へりけるを、もののついでに御覧じつけて、破らせ給ひなどするに」といった状況を念頭にしていたか。

三 死者が来世に生まれるまでの四十九日間。

四 人の死後に行なう追善のための仏事。

五 非情にも。以下、死者への哀悼の情もなく、事務的に処理してゆく態度に、人間の薄情さを描く。

六 後に残っている人、遺族と解する説と追善供養をさすとの両説がある。

の心はなほうたておぼゆれ。

年月へてもつゆ忘るるにはあらねど、[一]去る者は日々に疎《うと》しといへることなれば、さはいへど、そのきはばかりは覚えぬにや、よしなしごと言ひてうちも笑ひぬ。からは、けうとき山の中にをさめて、さるべき日ばかり詣《まう》でつつ見れば、ほどなく[二]卒都婆《そとば》も苔むし、木の葉ふり埋みて、夕の嵐、夜の月のみぞ、こととふよすがなりける。思ひ出でてしのぶ人あらんほどこそあらめ、そも又ほどなくうせて、聞きつたふるばかりの末々《すゑずゑ》は、あはれとやは思ふ。さるは、跡とふわざも絶えぬれば、[三]いづれの人と名をだに知らず、年々《としどし》の春の草のみぞ心あらん人はあはれと見るべきを、はては、[四]嵐にむせびし松も[五]千年《ちとせ》を待たで薪《たきぎ》にくだかれ、古き墳《つか》はすかれて田となりぬ。そのかただになくなりぬるぞ悲しき。

第三十一段

[六]雪のおもしろう降りたりし朝《あした》、人のがり言ふべきことありて、文《ふみ》をやるとて、雪のことなにとも言はざりし返事に、「この雪いかが見ると一筆のた

一　「去る者は日に以て疎く、来る者は日に以て親し」（『文選』巻十五・古詩十九首）。

二　墓所に立てた供養の石の塔。

三　「古墓は何れの代の人ぞ。姓と名とを知らず、化して路傍の土と作り、年年春草生ず」（『白氏文集』巻二・続古詩十首）。この詩句は、顕基が愛唱したこともあって、『宝物集』『古事談』『発心集』などはじめ、中世文学に頻出（補注六）。

四　「空しく暮山の嵐に咽《むせ》びし松の響きを聞く」（『本朝文粋』巻十四・朱雀院四十九日御願文）。

五　「古墓は犂《す》かれて田と為り、松柏は摧《だく》かれて薪となる」（『文選』巻十五・準詩十九首）。

六　雪の降った朝には、手紙や和歌を遣ったり、相手を訪問して、雪の挨拶をするのが風流とされた。「雪降れるつとめて大納言公任の許に遣はしける」（『後拾遺集』冬）、「雪降りて侍りける朝、娘の許におくり侍りける」（『後拾遺集』冬）など。

まはせぬほどの、ひがひがしからん人の仰せらるること、聞きいるべきかは。返々《かへすがへす》くちをしき御心《みこころ》なり」と言ひたりしこそ、[一]をかしかりしか。

今はなき人なれば、かばかりのこともわすれがたし。

第三十二段

[二]九月廿日《ながづきはつか》のころ、ある人に誘はれ奉りて、明くるまで月見歩《あり》くこと侍りしに、おぼしいづる所ありて、案内《あない》せさせて入り給ひぬ。荒れたる庭の露しげきに、[三]わざとならぬ匂ひ、しめやかにうちかをりて、忍びたるけはひ、いとものあはれなり。

よきほどにて出で給ひぬれど、なほことざまの優《いう》におぼえて、物のかくれよりしばし見ゐたるに、[四]妻戸《つまど》を今少しおしあけて、月見るけしきなり。やがて[五]かけこもらましかば、くちをしからまし。跡まで見る人ありとは、いかでか知らん。かやうのことは、ただ朝夕の心づかひによるべし。

その人、ほどなくうせにけりと聞き侍りし。

一 常縁本は「やさしかりしか」とある。この本文なら、恥ずかしかったの意。

二 有明の月の出る頃である。「今こむといひしばかりに長月の有明の月を待ちいでつるかな」(『古今集』恋四)とか、「九月二十日あまりばかりの有明の月に」(『和泉式部日記』)といったように、恋愛ムードの漂う時でもある。

三 特別に用意したものとは思われない薫物の香。作者好みの雰囲気。

四 左右外側へ両開きになる板戸。

五 戸を締めて部屋の中に籠もる。「駆け籠もる」の意ではない。「ねぶたければ昼もかけこもりて」(第六十段)。

第三十三段

[一]今の内裏《だいり》作り出されて、有職《いうそく》の人々に見せられけるに、いづくも難なしとて、すでに遷幸《せんかう》の日ちかくなりけるに、[二]玄輝門院《げんきもんゐん》御覧じて、「[三]閑院殿《かんゐんどの》の[四]櫛《くし》形《がた》の穴は、まろく、縁《ふち》もなくてぞありし」と仰せられける、いみじかりけり。

是は[五]葉《えふ》の入りて、木にて縁をしたりければ、[六]あやまりにてなほされにけり。

第三十四段

[七]甲香《かひかう》は、ほら貝のやうなるが、ちひさくて、口のほどの、[八]細長《ほそなが》にして出でたる貝のふたなり。[九]武蔵国金沢《むさしのくにかねさは》といふ浦にありしを、所の者は、「[一〇]へなだりと申し侍る」とぞいひし。

第三十五段

一　二条富小路の内裏。文保元年（一三一七）に造営。

二　藤原愔子《いん》。後深草天皇の妃。伏見天皇の母。元徳元年（一三二九）崩。八十四歳。

三　高倉天皇から後深草天皇までの里内裏。正元元年（一二五九）に焼亡した。その時に玄輝門院は十四歳。

四　清涼殿の鬼の間と殿上の間との境の壁に柱をはさんでうがたれた半月形の覗き窓。

五　葉の先端のような切り込み。

六　門院が新造の内裏をご覧になり、その指摘によって櫛形の穴などが作り直されたことは、『花園院宸記』に記されている〔補注七〕。

七　長螺《ながにし》のへたを合薫物《あわせたきもの》に用いるときの香料の名。

八　正徹本・常縁本は「ほそながにさしいでたる」とある。

九　現在の神奈川県横浜市金沢区金沢。兼好がかつてこの地に住んだことが『兼好家集』などにより知られる。

一〇　「所のものは、た文字濁りて云也」（『徒然草磐斎抄』）。

[一]手のわろき人の、はばからず文書《ふみ》きちらすはよし。みぐるしとて、人に書かするは[二]うるさし。

第三十六段

「久しくおとづれぬころ、いかばかりうらむらんと、わが怠《おこた》り思ひ知られて、言葉なき心地するに、女のかたより、『[三]仕丁《じちやう》やある。ひとり』など言ひおこせたるこそ、ありがたくうれしけれ。[四]さる心ざましたる人ぞよき」と、人の申し侍りし、さもあるべきことなり。

第三十七段

朝夕《あさゆふ》へだてなく馴《な》れたる人の、[五]ともある時、我に心おき、ひきつくろへるさまに見ゆるこそ、「今更《いまさら》かくやは」など言ふ人もありぬべけれど、なほ[六]げにげにしく、よき人かなとぞおぼゆる。

一 筆で書く文字の下手な人。
二 「かやうのこと、おのれはよにうるさく覚ゆるなり」（第二三一段）。
三 貴族の雑役に従う下部・下僕の類。
四 長く無沙汰して気がひけている男の気持を察した、女の優しさや機転のきく心情を、「さる心ざま」とした。
五 ふとしたとき。何かけじめの必要なときだろう。
六 誠実なさま。「人にも中々軽く思はれ、げにげにしき人はわらひいやしむなり」（『六波羅殿家訓』）。

うとき人の、うちとけたることなど言ひたる、又、よしと思ひつきぬべし。

第三十八段

[一]名利《みやうり》に使はれて、しづかなるいとまなく、一生を苦しむるこそ、愚かなれ。[二]財《たから》多ければ身を守るにまどし。[三]害を買ひ、累《わづらひ》を招くなかだちなり。[四]身の後《のち》には金《こがね》をして北斗《ほくと》をささふとも、人のためにぞわづらはるべき。愚かなる人の目をよろこばしむる楽しみ、またあぢきなし。[五]大きなる車、肥えたる馬、金玉《きんぎよく》のかざりも、心あらん人は、うたて愚かなりとぞ見るべき。[六]金《こがね》は山に捨て、玉は淵《ふち》に投ぐべし。利にまどふは、すぐれて愚かなる人なり。

[七]埋もれぬ名を長き世に残さんこそ、あらまほしかるべけれ。位高く、やんごとなきをしも、すぐれたる人とやはいふべき。愚かにつたなき人も、家に生《むま》れ、時にあへば、高き位にのぼり、おごりを極《きは》むるもあり。[八]いみじかりし賢人《けんじん》・聖人《せいじん》、みづから賤しき位にをり、時にあはずしてやみぬる、

一　「一向に本心を迷はしめ、終朝名利に役せらる」（『寒山詩』）など。

二　「財多ければ、命殆《あやふ》し」（『寒山詩』）、「古人云、財多ければ、身を害し、名高ければ、神《たましひ》を害すといへり」（『沙石集』九上）など。

三　『文選』（巻七・鵩鶚賦）の、「宝を懐きて以て害を賈《か》はず、表を飾りて以て累《わづらひ》を招かず」による。

四　「身の後には金を堆《うづたか》くして北斗を拄《ささ》ふとも、生前一樽《いつそん》の酒には如かず」（『白氏文集』巻二十一・勧酒）。

五　「あやしくまづしき姿を憂しと思ひて、われ大夫として大車肥馬に乗らずは、また、この橋を渡らじとちかひて」（『蒙求和歌』六・相如題柱）。

六　「金を山に捐《す》て、珠を淵に沈む」（『文選』巻一・東都賦）。

七　『和漢朗詠集』（文詞付遺文）に「遺文三十軸、軸々金玉の声、竜門原上の土、骨を埋めて名を埋まず」とある。

八　「老子・荘周は吾の師なり。親《みづか》ら賤職に居る。柳下恵・東方朔は達人なり。卑位に安んず」（『文選』巻二十二・山巨源と交はりを絶つ書）。

又多し。ひとへに高き官《つかさ》・位をのぞむも、次に愚かなり。

智恵と心とこそ、世にすぐれたる誉《ほまれ》も残さまほしきを、つらつら思へば、誉を愛するは人の聞きをよろこぶなり。ほむる人、そしる人、共に世にとどまらず。伝へ聞かん人、又々すみやかに去るべし。誰をか恥ぢ、誰にか知られんことを願はん。誉は又毀《そし》りの本なり。[一]身の後の名、残りてさらに益なし。是を願ふも、次に愚かなり。

ただし、しひて智をもとめ、賢を願ふ人のために言はば、[二]智恵出でては偽《いつはり》あり、[三]才能は煩悩《ぼんなう》の増長《ぞうちやう》せるなり。伝へて聞き、学びて知るは、誠《まこと》の智にあらず。いかなるをか智といふべき。[四]可・不可は一条《いちでう》なり。いかなるをか善といふ。[五]まことの人は智もなく、徳もなく、功もなく、名もなし。誰か知り、誰か伝へん。これ、[六]徳を隠し愚を守るにはあらず。本より賢愚・得失《とくしつ》の境《さかひ》にをらざればなり。

迷ひの心をもちて名利《みやうり》の要《えう》を求むるに、かくのごとし。[七]万事は皆非なり。言ふにたらず、願ふにたらず。

一 「我をして身の後の名を有ら使むるよりは、即時一盃の酒に如かず」(『晋書』張翰伝)。

二 「大道廃れて仁義あり、智恵出でて大偽あり」(『老子』)。

三 人間の才能は、一切の妄念が発展・拡大したものだとする考え方。

四 「方《まさ》に可なれば方に不可、方に不可なれば方に可なり」(『荘子』斉物論)。

五 「至人は己れ無く、神人は功無く、聖人は名なし」(『荘子』逍遙遊)。

六 『摩可止観』(七・下)に、「徳を縮め、瑕を露はし、狂を揚げ、実を隠し」とある。

七 『新撰朗詠集』(上・秋夜)にも「万事は皆非なり灯下の涙、一生半ば暮れぬ月前の情」とある。

第三十九段

ある人、[一]法然上人《ほふねんしやうにん》に、「念仏《ねんぶつ》の時、睡《ねぶ》りにおかされて行《ぎやう》を怠《おこた》り侍ること、いかがして、この障《さは》りをやめ侍らん」と申しければ、「目のさめたらんほど、念仏し給へ」と答へられたりける、いと尊かりけり。又、「[二]往生《わうじやう》は、一《いち》定《ぢやう》と思へば一定、不定《ふぢやう》と思へば不定なり」と言はれけり。これも尊し。又、[三]「疑ひながらも念仏すれば、往生す」とも言はれけり。これも又尊し。

第四十段

[四]因幡国《いなばのくに》に、何《なに》の入道とかやいふ者の娘、かたちよしと聞きて、人あまたいひわたりけれども、この娘、ただ栗《くり》をのみ食ひて、更に[五]米《よね》のたぐひを食はざりければ、「かかる[六]異様《ことやう》のもの、人に見ゆべきにあらず」とて、親ゆるさざりけり。

第四十一段

一　浄土宗の開祖。諱《いみな》は源空。法然房と号した。専修念仏を説いて僧俗を広く教化。『撰択本願念仏集』などの著書がある。建暦二年（一二一二）没、八十歳。

二　極楽往生は、確実にできると思えば確実にでき、不確実だと思えばできない。同趣旨の言説が、『和語燈録』（第二）・『法然上人絵伝』（巻二十一）・『一言芳談』などにみえる〔補注八〕。

三　法然関係の著述に同趣旨の言説は確認できないが、『一遍上人念仏安心抄』などに類似の言説がみえる〔補注九〕。

四　今の鳥取県。「立ちわかれ因幡の山の峰に生ふるまつとし聞かば今帰り来む」（『古今集』・離別）などから、遠隔地と離別の雰囲気が漂う国。

五　米・麦・粟などの穀類。

六　『徒然草』にある八例は、ほとんど否定的な意味に使用。自然で素直さを尊重する作者の理念と対立する。

五月五日《さつきいつか》、賀茂《かも》[一]の競馬《くらべうま》を見侍りしに、車の前に雑人《ざふにん》立ち隔てて見えざりしかば、各《おのおの》おりて、埒《らち》のきはに寄りたれど、ことに人多く立ちこみて、分け入りぬべきやうもなし。

かかる折に、向ひなる楝《あふち》[二]の木に、法師の、登りて、木の股《また》についゐて、物見るあり。とりつきながらいたう睡《ねぶ》りて、落ちぬべき時に目をさますこと、度々《たびたび》なり。これを見る人、あざけりあさみて、「世のしれものかな。かく危き枝の上にて、安き心ありて睡るらんよ」と言ふに、我が心にふと思ひしままに、「我等《われら》が生死《しやうじ》[三]の到来《たうらい》、ただ今にもやあらん。それを忘れて物見て日を暮らす、愚かなることはなほまさりたるものを」と言ひたれば、前なる人ども、「誠《まこと》に、さにこそ候ひけれ。もつとも愚かに候」と言ひて、皆、うしろを見かへりて、「ここへ入らせ給へ」とて、所を去りて、呼び入れ侍りにき。

かほどの理《ことわり》、誰かは思ひよらざらんなれども、折からの、思ひかけぬ心地して、胸にあたりけるにや。人、木石《ぼくせき》[四]にあらねば、時にとりて、ものに感ずることなきにあらず。

一 上賀茂神社で五月五日に行なう競馬。五月一日に「馬馳《うまはせ》」をする。

二 栴檀《せんだん》の古名。春に淡紫色の小花をつける。「楝の木」と具体的な木名を記したのは、「木のさまにくげなれど、楝の花いとをかし。（中略）かならず五月五日にあふもをかし」（『枕草子』三巻本・第三十五段）など、冒頭の「五月五日」と響き合わせ、「道野辺の賀茂の川原のふしをがみ古木の楝陰もなれにき」（『新撰六帖』）などと、「楝」が賀茂の風物の一つだったため。

三 ここは「死」の意。

四 人間は木や石のように非情ではない。「人、木石に非ず、皆、情有り」（『白氏文集』巻四・新楽府・李夫人）、「人、木石ならず、好めば専念して自ら発心す」（『往生拾因』）など、頻出する成句。

第四十二段

[一]唐橋《からはし》中将といふ人の子に、[二]行雅《ぎやうが》僧都とて[三]教相《けうさう》の、人の師する僧ありけり。[四]気《け》の上る病ありて、年のやうやうたくるほどに、鼻の中ふたがりて、息《い》も出でがたかりければ、さまざまにつくろひけれど、わづらはしくなりて、目・眉《まゆ》・額《ひたひ》などもはれまどひて、うちおほひければ、物も見えず、[五]二《に》の舞《まひ》の面《おもて》のやうに見えけるが、ただおそろしく、鬼の顔になりて、目はいただきの方につき、額のほど鼻になりなどして、後《のち》は坊のうちの人にも見えずこもりゐて、年久しくありて、なほわづらはしくなりて死ににけり。

かかる病もあることにこそありけれ。

第四十三段

春[六]の暮つかた、[七]のどやかに艶《えん》なる空に、いやしからぬ家の、奥深く、[八]木立ものふりて、[九]庭に散りしをれたる花、見過しがたきを、さし入りて見れば、[一〇]南面《みなみおもて》の[一一]格子《かうし》、皆おろしてさびしげなるに、東にむきて[一二]妻戸《つまど》のよきほど

一　源雅清（一一八二―一二三〇）か。久我家の庶流唐橋家の出身。名門の出身なることを示す。
二　伝未詳。「僧都」は、僧官の一つで、僧正のつぎ。
三　真言密教において、教理の方面を研究する部門。
四　のぼせ上る病気。第一四八段の「上気の事あり」と同じ。
五　舞楽で、安《あ》摩《ま》の二の舞といい、そのとき付ける「腫面《はれおもて》」の面。醜悪な顔をかたどる。
六　晩春の頃。夕方でなく昼下りか。
七　のどかで風情のある空。「艶なる空」は、『源氏物語』『紫式部日記』などに見える、紫式部特有の空の描写。
八　第十段・第一三九段にもみえる、兼好好みの木立の様子。
九　「散りしをれたる庭などこそ見所おほけれ」（第一三七段）。
一〇　寝殿造りの南面。家の正面にあたる。
一一　上下二枚の戸。ここは上の戸をおろして閉じている。
一二　第三十二段参照。

にあきたる、御簾《みす》のやぶれより見れば、かたちきよげなる男の、年二十《としはたち》ばかりにて、うちとけたれど、心にくくのどやかなるさまして、机のうへに[一]文《ふみ》をくりひろげて見ゐたり。

いかなる人なりけん、尋ね聞かまほし。

第四十四段

あやしの竹の[二]編戸《あみど》のうちより、いと若き男の、月影に色あひさだかならねど、つややかなる狩衣《かりぎぬ》に、[三]濃《こ》き指貫《さしぬき》、いとゆゑづきたるさまにて、ささやかなる童《わらは》ひとりを具して、[四]遙《はる》かなる田の中の細道を、[五]稲葉《いなば》の露にそぼちつつ分け行くほど、笛をえならず吹きすさびたる、あはれと聞き知るべき人もあらじと思ふに、行かん方知らまほしくて、見おくりつつ行けば、笛を吹きやみて、山のきはに[六]惣門《そうもん》のあるうちに入りぬ。[七]榻《しぢ》に立てたる車の見ゆるも、都よりは目とまる心地して、下人《しもうど》に問へば、「しかしかの宮のおはしますころにて、御仏事《おほんぶつじ》など候ふにや」と言ふ。

[八]御堂《みだう》のかたに法師どもまゐりたり。夜寒の風にさそはれくるそらだきも

一　書物。

二　竹で編んで作った戸。世の喧噪を逃れ、心静かに住む家を暗示。「夜をこめて竹の編戸にたつ霧の晴ればやがてや明けむとすらむ」（『山家集』）など。

三　「濃き」は紫色の濃いもの。「指貫」は狩衣につけるゆったりした袴。

四　遙かなる細道への憧憬は、第十一段にも見える。

五　「小山田の稲葉の露にそぼちつつ人めもるみは苦しかりけり」（『堀川百首』）。

六　邸宅の外構えの大門。

七　牛車の轅《ながえ》を支える台。

八　貴族の邸内にある持仏堂。

のの匂ひも、身にしむ心地す。寝殿《しんでん》より御堂の廊《らう》にかよふ女房の[一]追風用意《おひかぜようい》など、人目なき山里ともいはず、心づかひしたり。

[二]心のままに茂れる秋の[三]野らは、置きあまる露にうづもれて、虫の音かごとがましく、遣水《やりみづ》の音のどやかなり。都の空よりは雲の往来《ゆきき》もはやき心地して、[四]月の晴れ曇ることさだめがたし。

第四十五段

[五]公世《きんよ》の二位のせうとに、[六]良覚《りやうがく》僧正と聞えしは、極《きは》めて腹あしき人なりけり。坊《ばう》の傍《かたはら》に、大きなる[七]榎《え》の木のありければ、人、「榎木《えのきの》僧正」とぞ言ひける。この名しかるべからずとて、かの木をきられにけり。その根のありければ、「きりくひの僧正」と言ひけり。いよいよ腹立ちて、きりくひを掘り捨てたりければ、その跡大きなる堀にてありければ、「[八]堀池《ほりけの》僧正」とぞ言ひける。

第四十六段

一　通った後に芳香が漂うように、衣服にたきしめておくこと。

二　「訪ふ人もなき山里の浅茅生は心のままにしげりこそすれ」(『堀川百首』)。「心のままに茂れる草の原」(『撰集抄』巻六の三)。

三　「里はあれて人はふりにし宿なれや庭もまがきも秋の野らなる」(『古今集』秋上)。

四　「よもすがらかすめる月の影ながら行きかふ雲や晴れ曇るらん」(『兼好家集』)。

五　藤原公世。正安三年(一三〇一)没。歌人で箏の名手。『兼好家集』にも見える。

六　延暦寺の高僧。『続古今集』以下入集の勅撰歌人。生没年未詳。

七　ニレ科の落葉高木。高木なので指標や神木とされた。「(小原上人)房の前の榎に、縄を懸て、頸をくくりて死ぬ」(『沙石集』巻四の七)。

八　「ほりけの僧正」(正徹本・常縁本)。〔補注一〇〕。

[一]柳原《やなぎはら》の辺《へん》に、強盗《がうだうの》法印と[二]号する僧ありけり。たびたび強盗に[三]あひたるゆゑに、この名をつけにけるとぞ。

第四十七段

ある人、[四]清水《きよみづ》へまゐりけるに、老いたる尼の行きつれたりけるが、道すがら[五]「くさめくさめ」と言ひもて行きければ、「尼御前《あまごぜ》、何事をかくはのたまふぞ」と問ひけれども、いらへもせず、なほ言ひやまざりけるを、度々《たびたび》問はれて、うち腹たちて、「やや、[六]鼻ひたる時、かくまじなはねば死ぬるなりと申せば、[七]養《やしな》ひ君《ぎみ》の、比叡山《ひえのやま》に[八]児《ちご》にておはしますが、ただ今もや鼻ひ給はんと思へば、かく申すぞかし」と言ひけり。

ありがたき志《こころざし》なりけんかし。

第四十八段

一　京都市上京区柳原町付近か。
二　「よはるゝ」(正徹本・常縁本)。
三　「出くわす」と解する説もあるが、ここは災難に遭遇することだろう。「いつとかや、盗人にあひにけるより」(第六十三段)。
四　京都市東山区にある、法相宗の音羽山清水寺。十一面千手観音を本尊とし、霊験譚の多い寺として著名。
五　くしゃみが出たときに唱える呪文。「休息万命」「休息命」を急呼して言ったものか。
六　くしゃみをしたとき。「はなひて誦文する。おほかた、人の家の男主《おとこしゅう》ならでは、高くはなひたる、いとにくし」(『枕草子』三巻本・第二十六段)。
七　乳母が養育した貴人の若君。
八　貴族の幼少の子弟で、格式の高い寺院に入れられて、諸種の教育を受けさせられたもの。

[一]光親卿《みつちかのきやう》、[二]院の[三]最勝講《さいしようかう》[四]奉行《ぶぎやう》してさぶらひけるを、御前《ごぜん》へ召されて[五]供御《ぐご》を出だされて食はせられけり。さて食ひちらしたる[六]衝重《ついがさね》を、御簾《みす》の中《うち》へさし入れて罷《まか》り出でにけり。女房、「あなきたな、誰にとれとてか」など申しあはれければ、「[七]有職《いうそく》のふるまひ、やんごとなきことなり」と返々《かへすがへす》感ぜさせ給ひけるとぞ。

第四十九段

[八]老来《おいきた》りて、始めて道を行《ぎやう》ぜんと待つことなかれ。古き墳《つか》、多くはこれ少年の人なり。はからざるに病をうけて、忽《たちま》ちにこの世を去らんとする時にこそ、はじめて過ぎぬるかたのあやまれることは知らるなれ。あやまりといふは、他のことにあらず、[九]速《すみや》かにすべきことをゆるくし、ゆるくすべきことを急ぎて、過ぎにしことの悔《くや》しきなり。その時悔ゆとも、かひあらんや。

人はただ、無常の身に迫りぬることを心にひしとかけて、つかのまも忘るまじきなり。さらば、などか、この世の濁《にご》りも薄く、仏道をつとむる心

一　藤原光親（一一七六―一二二一）。後鳥羽院の寵臣。後鳥羽院の命により、幕府征討の宣旨の案文を草した。承久の乱後に斬殺された。

二　後鳥羽院の仙洞御所。

三　第二十二段に既出。

四　上の命令で公事を執行する役。

五　上皇・天皇・皇后・皇子などの飲食物の敬称。

六　食器などをのせる台。

七　朝廷の官職・制度・殿舎などに関する伝統的知識〔補一一〕。

八　「古人云はく、老の来るを待ちて、方《まさ》に道を学すること莫れ。孤墳は尽く是れ少年の人」（『帰元直指集』）。「古人云く、『老来りて初めて道を学せんと云事なかれ。古墳多く是れ少年の人なり』と」（『沙石集』巻五上）。

九　『沙石集』（巻六上）に、嘉祥大師の戒めとして、「百年の命、朝露、奢りに非ず、須らく、道を為すに、急にすべき所を緩くし、緩くすべき所を急にすべし。豈、一生自ら誤れるにや非ずや」とみえる。

もまめやかならざらん。

「昔[一]ありける聖《ひじり》は、人来りて自他の要事《えうじ》をいふ時、答へて言はく、今火急のことありて、既《すで》に朝夕《てうせき》にせまれりとて、耳をふたぎて念仏《ねんぶつ》して、つひに往生を遂げけり」と、禅林《ぜんりん》[二]の十因《じふいん》に侍り。心戒《しんかい》[三]といひける聖は、あまりに[四]この世のかりそめなることを思ひて、しづかについゐけることだになく、常はうずくまりてのみぞありける。

第五十段

応長《おうちやう》[五]のころ、伊勢国《いせのくに》[六]より、女の鬼[七]になりたるをゐてのぼりたりといふことありて、そのころ二十日《はつか》ばかり、日ごとに、京《きやう》・白川の人、鬼見にとて出でまどふ。「昨日は西園寺《さいをんじ》[八]にまゐりたりし」、「今日は院[九]へ参るべし」、「ただ今は、そこそこに」など言ひあへり。まさしく見たりといふ人もなく、そらごとと言ふ人もなし。上下《じやうげ》ただ、鬼のことのみいひやまず。

そのころ、東山《ひがしやま》[一〇]より安居院辺《あぐゐのへん》[一一]へ罷《まか》り侍りしに、四条よりかみさまの人、皆、北をさして走る。「一条室町《いちでうむろまち》[一二]に鬼あり」とののしりあへり。今出川《いまでがは》[一三]の辺《へん》

一　以下は、『往生十因』の「伝へ聞く、聖有り。念仏を業と為し、専ら寸分を惜しむ。若し、人来りて自他の要事を謂へば、聖人陳じて曰はく、『今、火急の事有り。既に旦暮に逼れり』と、耳を塞ぎて念仏し、終に往生するを得たりと」による。『宝物集』『発心集』にも類話がある。

二　京都市左京区南禅寺町にある禅林寺の第七世永観の著『往生十因』。

三　平宗盛の養子、宗親。『発心集』（巻七）に略伝がある。

四　「心戒上人、つねに蹲居《そんきよ》し給ふ。或人その故を問ひければ、三界六道には、心安く、尻さしすゑてゐるべき所なきゆゑなり」（『一言芳談』）。

五　花園天皇の御代の年号（一三一一―一三一二）。

六　三重県。「鬼」をシンボルとする神秘的な国。

七　女が鬼になった話は、『閑居友』（下・三）、『吾妻鏡』などに見える。

八　京の北山にあった西園寺家の別邸。

九　上皇の御所。当時は、伏見・後伏見両上皇の御所、持明院殿。

一〇　京都の東方の連峰。当時、兼好が東山辺に居住していたことは、彼の書状（金沢称名寺宛）で確認できる。

一一　京都市上京区にあった比叡山東塔竹林院の里坊。

一二　一条大路と室町小路の交差点。

一三　一条通りと東洞院通りが交差する辺。

より見やれば、院の御桟敷《みさじき》のあたり、更《さら》に通りうべうもあらず立ちこみたり。はやく跡なきことにはあらざめりとて、人を遣《や》りて見するに、おほかた逢へる者なし。暮るるまでかくたち騒ぎて、はては闘諍《とうじやう》おこりて、あさましきことどもありけり。

[一]そのころ、おしなべて、二三日人のわづらふこと侍りしをぞ、「かの鬼のそらごとは、このしるしを示すなりけり」と言ふ人も侍りし。

第五十一段

[二]亀山殿《かめやまどの》の御池《みいけ》に、[三]大井川《おほゐがは》の水をまかせられんとて、大井の土民《どみん》におほせて、水車《みづぐるま》をつくらせられけり。多くの[四]あしを給ひて、数日に営み出だして、かけたりけるに、大方めぐらざりければ、とかくなほしけれども、終《つひ》にまはらで、いたづらに立てりけり。さて、[五]宇治《うぢ》の里人を召して、こしらへさせられければ、やすらかに結《ゆ》ひて参らせたりけるが、思ふやうにめぐりて、水を汲み入るること、めでたかりけり。

万《よろづ》にその道を知れる者は、やんごとなきものなり。

一 当時、「三日病」や「田楽病」と呼ばれる病気が流行したことは、『北条九代記』『園太暦』などに見える〔補注一二〕。

二 後嵯峨上皇が造営された仙洞御所。第二〇七段にもみえる。

三 保津川が嵐山の麓を流れる間の呼称。「大堰川」とも。

四 貨幣の異名。銭。

五 京都府宇治市。ここの水車は有名。「をかしく舞ふものは、……平等院なる水車」(『梁塵秘抄』)。「宇治の川瀬の水車、なにと憂き世をめぐるらふ」(『閑吟集』)。

第五十二段

仁和寺《にんなじ》[一]にある法師、年よるまで、石清水《いはしみづ》[二]を拝まざりければ、心うく覚えて、ある時思ひ立ちて、ただひとり、かちより詣《まう》でけり。極楽寺《ごくらくじ》[三]・高良《かうら》[四]などを拝みて、かばかりと心得て帰りにけり。

さて、かたへの人にあひて、「年ごろ思ひつること、果し侍りぬ。聞きしにも過ぎて、尊くこそおはしけれ。そも、参りたる[五]人ごとに山へのぼりしは、何事かありけん、ゆかしかりしかど、神へまゐるこそ本意《ほい》なれと思ひて、山までは見ず」とぞ言ひける。

少しのことにも、先達《せんだち》はあらまほしきことなり。

第五十三段

是も[六]仁和寺《にんなじ》の法師、童《わらは》[七]の法師にならんとする名残とて、各《おのおの》あそぶことありけるに、酔《ゑ》ひて興に入るあまり、傍《かたはら》なる足鼎《あしがなへ》[八]を取りて、頭《かしら》にかづきたれ

一　京都市右京区御室にある、真言宗御室派の大本山。
二　京都府八幡市男山にある石清水八幡宮。朝廷の尊崇厚く、霊験譚の多い宮。
三　男山の麓に相接してあった八幡宮の宮寺。
四　男山の麓にあった高良大明神。八幡宮の摂社。
五　人々が山上に登るのは、八幡宮が男山の上にあるため。
六　「是も」を、「これも今は昔」といった説話形式と同じとする見解もあるが、ここは前段を受けたものとみる。
七　稚児が法師になる、その名残りを惜んで催した宴会。
八　三つ足、耳二つの金属器。ここは室内装飾用のものか。

ば、つまるやうにするを、鼻をおし平《ひら》めて、顔をさし入れて舞ひ出でたるに、満座興に入ることかぎりなし。

　しばしかなでて後、抜かんとするに、大方抜かれず。酒宴《しゆえん》ことさめて、いかがはせんとまどひけり。とかくすれば、頸《くび》のまはりかけて血たり、ただ腫《は》れに腫れみちて、息もつまりければ、打ちわらんとすれど、たやすくわれず。響きてたへがたかりければ、かなはで、すべきやうなくて、[一]三足《みつあし》なる角《つの》の上に、[二]帷子《かたびら》をうちかけて、手をひき杖《つゑ》をつかせて、京なる[三]医師《くすし》のがり、率《ゐ》て行きける道すがら、人のあやしみ見ることかぎりなし。医師のもとにさし入りて、向ひゐたりけんありさま、さこそ異様《ことやう》なりけめ。ものを言ふもくぐもり声に響きて聞えず。「かかることは文《ふみ》にも見えず、伝へたる教へもなし」と言へば、又仁和寺へ帰りて、親しき者、老いたる母など、枕上《まくらがみ》に寄りゐて泣き悲しめども、[四]聞くらんとも覚えず。

　かかるほどに、ある者の言ふやう、「たとひ耳鼻こそ切れ失《う》すとも、命ばかりはなどか生きざらん。ただ力を立てて引き給へ」とて、[五]藁《わら》のしべをまはりにさし入れて、かねを隔《へだ》てて、頸《くび》もちぎるばかり引きたるに、耳鼻かけうげながら抜けにけり。からき命まうけて、久しく病みゐたりけり。

一　鼎を逆にかぶっているので、その足が三本の角のように出ているさま。足が頭の角になるさまを洒落て表現したか。

二　裏地を付けないひとえの着物。

三　京都の医者のもと。仁和寺から京の中央部までは、三、四キロメートルの距離がある。

四　法師の耳は鼎に隔てられ、周囲の者に見えないので、現在の事実を「らん」と推量。

五　わらしべ。稲の藁の穂の芯。これを首の周囲にさし込んだのは金属の鼎を首の肉から離すためか。

第五十四段

[一]御室《おむろ》に、いみじき児《ちご》のありけるを、いかでさそひ出して遊ばんとたくむ法師どもありて、[二]能《のう》あるあそび法師どもなどかたらひて、[三]風流《ふうりう》の[四]破子《わりご》やうのもの、ねんごろに営み出でて、箱風情《はこふぜい》の物にしたため入れて、[五]双《ならび》の岡《をか》の便《びん》よき所に埋みおきて、紅葉散らしかけなど、思ひよらぬさまにして、[六]御所へ参りて、児をそそのかし出でにけり。

うれしと思ひて、ここかしこ遊びめぐりて、ありつる苔のむしろに並みゐて、「いたうこそこうじにたれ」、「あはれ[七]紅葉をたかん人もがな」、「[八]験《げん》あらん僧達、祈り試みられよ」など言ひしろひて、埋みつる木のもとに向きて、数珠《ずず》おしすり、[九]印《いん》ことことしく結び出でなどして、いらなくふるまひて、木の葉をかきのけたれど、つやつや物も見えず。所の違《たが》ひたるにやとて、掘らぬ所もなく山をあされどもなかりけり。埋みけるを人の見おきて、御所へ参りたる間に盗めるなりけり。法師ども、言の葉なくて、聞きにくくいさかひ、腹立ちて帰りにけり。

一　仁和寺門跡の法親王の御所。仁和寺そのものをも通称。先の両段は「仁和寺」とし、ここを「御室」とするのは、「児」が名門の出身であることを暗示するか。
二　歌舞や音曲を専門とした僧体の者。遊僧とも。
三　趣向をこらした。しゃれた。
四　白木製で、折り箱のように作り、中に仕切りを設けた、重箱のような器。
五　京都市右京区仁和寺の南にある岡。兼好は、ここに「無常所」を造っていた（『兼好家集』）。
六　仁和寺の門跡の法親王のおられる御殿。
七　『白氏文集』（巻十四）の「林間に酒を暖むるに紅葉を焼き、石上に詩を題するに緑苔を掃ふ」を踏まえて風流ぶっている。
八　加持祈禱で効験を現わす僧。
九　真言宗などで祈禱のとき、手や指で種々の形を結んで、仏・菩薩の本誓などを示すもの。印相。

あまりに興あらんとすることは、必ずあいなきものなり。

第五十五段

家の作りやうは、夏をむねとすべし。冬はいかなる所にも住まる。暑きころわろき住居《すまひ》は、堪へがたきことなり。

[一]深き水は涼しげなし。浅くてながれたる、遙かにすずし。こまかなる物を見るに、[二]遣戸《やりど》は[三]蔀《しとみ》の間よりも明し。天井《てんじやう》の高きは、冬寒く、灯《ともしび》暗し。造《ざう》作《さく》は、[四]用なき所をつくりたる、見るも面白く、万《よろづ》の用にも立ちてよしとぞ、人の定めあひ侍りし。

第五十六段

久しくへだたりて逢ひたる人の、我が方にありつること、かずかずに残りなく語りつづくるこそ、あいなけれ。へだてなくなれぬる人も、ほどへて見るは、はづかしからぬかは。[五]つぎさまの人は、あからさまに立ち出で

一　邸内の遣水の様子を言ったもの。
二　左右に開閉する戸。
三　格子の裏に板を張り、上下開閉の戸。上一枚を釣り上げるだけなので、遣戸に比較して暗い。
四　『荘子』（人間世）の、「人皆有用の用を知りて、無用の用を知るは莫《な》きなり」を念頭に置くか。
五　人格や教養が「よき人」に比べて劣っている人。

ても、今日[一]ありつることとて、息もつぎあへず語り興ずるぞかし。よき人[二]の物語するは、人あまたあれど、ひとりに向きて言ふを、おのづから人も聞くにこそあれ。よからぬ人は、誰ともなく、あまたの中にうち出でて、見ることのやうに語りなせば、皆同じく笑ひののしる、いとらうがはし[三]。をかしきことを言ひても、いたく興ぜぬと、興なきことを言ひても、よく笑ふにぞ、品のほど計られぬべき。

人のみざまのよしあし、才《ざえ》ある人はそのことなど定めあへるに、おのが身をひきかけて[四]言ひ出でたる、いとわびし。

第五十七段

人の語り出でたる歌物語《うたものがたり》[五]の、歌のわろきこそ本意《ほい》なけれ。少しその道[六]知らん人は、いみじと思ひては語らじ。

すべて、いとも知らぬ道の物語したる、かたはらいたく、聞きにくし。

第五十八段

一　「興」と解する説もあるが、「興ずるぞかし」と重複するので、「今日」と解する。

二　身分も高く、品格・教養のある人。『徒然草』に九例あり、作者兼好の理想とする人間像。

三　騒々しい。「車どものらうがはしさ」（第一三七段）。

四　引き合いに出して。自己を評価の基準にすることへの嫌悪感。

五　和歌や歌人に関する物語や逸話。ここは中世に広く流布した和歌説話をさす。

六　ここは、「和歌の道」をさす。

「道心《だうしん》あらば、住む所にしもよらじ。家にあり、人に交はるとも、後世《ごせ》を願はんに難かるべきかは」と言ふは、さらに後世知らぬ人なり。げにはこの世をはかなみ、必ず[一]生死《しやうじ》を出でんと思はんに、なにの興ありてか、朝夕君に仕へ、家を顧みる営みのいさましからん。心は[二]縁《えん》にひかれてうつるものなれば、閑《しづか》ならでは道は行じがたし。

そのうつはもの、[三]昔の人に及ばず、山林に入りても餓《うゑ》をたすけ、嵐をふせぐよすがなくてはあられぬわざなれば、おのづから[四]世を貪《むさぼ》るに似たることも、たよりにふれればなどかなからん。さればとて、「背けるかひなし。さばかりならば、なじかは捨てし」など言はんは、無下《むげ》のことなり。さすがに一度道に入りて世をいとはん人、たとひ望《のぞみ》ありとも、勢《いきほひ》ある人の貪欲《とんよく》多きに似るべからず。[五]紙の衾《ふすま》、[六]麻《あさ》の衣《ころも》、[七]一鉢《ひとはち》のまうけ、[八]藜《あかざ》のあつもの、いくばくか人の費《つひえ》をなさん。求むる所はやすく、その心はやく足りぬべし。[九]かたちに恥づる所もあれば、さはいへど、悪にはうとく、善にはちかづくことのみぞ多き。

人と生れたらんしるしには、いかにもして世を遁《のが》れんことこそ、あらま

一　生老病死の苦悩の境涯から離脱し、悟りの境地に到ること。
二　心識は環境により変わるもの。「心は孤《ひと》り起らず、必ず縁に託《よ》る」（『観心略要集』）。
三　中国の伯夷・叔斉・許由・孫晨、日本の往生伝に登場する高僧などを想起していたか。
四　世俗の物質的欲望に執着すること。第七段・第十八段に既出。
五　紙で作った粗末な夜具。
六　麻で作った粗末な法衣。
七　鉢（僧侶が食物を盛る容器）に一杯だけの食物。
八　野草であるアカザで作った、粗末な吸い物。
九　出家した僧の姿。「恥づる」とは、僧侶としての自覚から、貪欲な行為を恥じること。

ほしけれ。ひとへに貪《むさぼ》ることをつとめて、菩提《ぼだい》におもむかざらんは、万《よろづ》の畜類《ちくるい》にかはる所あるまじくや。

第五十九段

大事《だいじ》[一]を思ひたたん人は、さりがたく、心にかからんことの本意《ほい》を遂げずして、さながら捨つべきなり。「しばし。このことはてて」、「おなじくはかのこと沙汰《さた》しおきて」、「しかしかのこと、人の嘲《あざけり》やあらん、行末《ゆくすゑ》難なくしたためまうけて」、「年来《としごろ》[二]もあればこそあれ、そのこと待たん、ほどあらじ。もの騒がしからぬように」など思はんには、えさらぬことのみいとどかさなりて、ことの尽くるかぎりもなく、思ひ立つ日もあるべからず。おほやう、人を見るに、少し心あるきはは、皆このあらましにてぞ一期《いちご》は過ぐめる。

近き火などに逃ぐる人は、「しばし」とや言ふ。身を助けんとすれば、恥をもかへりみず、財《たから》をも捨ててのがれ去るぞかし。命は人を待つものかは。[三]無常の来《きた》ることは、水火《すいくわ》の攻むるよりも速《すみや》かに、のがれがたきものを、そ

一 出家して仏道に入り、悟りを開くこと。「生死の輪廻をきる大事をば、如何が成ぜん」（『正法眼蔵随聞記』）。『徒然草』に「大事」は十二例あるが、出家する意はここのみ。

二 長年の間、このように一応やってきたのだから、このままでもよかろうの意か。「年ごろ日比《ひごろ》もあればこそありけめ」（『平家物語』巻四・競）。

三 命は人の都合を待ってくれるだろうか。「人の命は、雨のはれ間をも待つものかは」（第一八八段）。

の時、老いたる親、いときなき子、君の恩、人の情《なさけ》、捨てがたしとて捨てざらんや。

第六十段

[一]真乗院《しんじようゐん》に[二]盛親僧都《じやうしんそうづ》とて、やんごとなき智者《ちしや》ありけり。[三]いもがしらといふ物を好みて、多く食ひけり。談義の座にても、大きなる鉢《はち》にうづたかく盛りて、膝《ひざ》もとに置きつつ、食ひながら文《ふみ》をも読みけり。患《わづら》ふことあるには、[四]七日《なぬか》、二七日《ふたなぬか》など、療治《れうぢ》とて籠り居て、思ふやうによきいもがしらをえらびて、ことに多く食ひて、[五]万《よろづ》の病をいやしけり。人に食はすることなし。ただひとりのみぞ食ひける。きはめて貧しかりけるに、師匠《ししやう》、死にさまに、[六]銭《ぜに》二百貫と坊《ばう》ひとつをゆづりたりけるを、坊を百貫にうりて、かれこれ三万疋《びき》をいもがしらの[七]銭《あし》とさだめて、京なる人にあづけおきて、十貫づつとりよせて、いもがしらを乏しからず[八]召しけるほどに、又、こと用に用ゐることなくて、その銭みなに成りにけり。「三百貫の物を貧しき身にまうけて、かくはからひける、誠に有難き道心者なり」とぞ、人申しける。

一　仁和寺に所属する院家の一つ。
二　伝未詳。『後宇多院御灌頂記』にみえる「権少僧都盛親」は同一人か。
三　さと芋の塊茎。親芋。「不動と云ふ物と芋頭と云ふ物を持来て食すれば」（『今昔物語集』巻三十一の十六）。
四　七日間は物事を行なう期間の単位。二七日は十四日間。
五　『本草綱目』（二十七）に、芋頭は通便に効ありとするが、ここは万病に効くと、芋頭への異常な愛着を示す。
六　銅や鉄で造った貨幣。一貫は百疋（銭千枚）、二百貫は二万疋の多額。因みに、兼好は正和二年に小野田地一町歩を九十貫文で購入している（『大徳寺文書』）。
七　ここは芋頭の代金。
八　「食ふ」の尊敬語。ここだけ敬語を用いているのは、芋頭をたっぷり食べる様子を、ユーモラスに表現したとする見解もある。

この僧都、ある法師を見て、しろうるり[一]といふ名をつけたりけり。「とは、何物ぞ」と、人の問ひければ、「さる物を我も知らず。若しあらましかば、この僧の顔に似てん」とぞ言ひける。

この僧都、みめよく、力強く、大食にて、能書《のうじょ》[二]・学匠《がくしやう》[三]・弁説《べんぜつ》[四]、人にすぐれて、宗《しゅう》[五]の法灯《ほふとう》なれば、寺中《じちゅう》にも重く思はれたりけれども、世をかろく思ひたる曲者《くせもの》[六]にて、よろづ自由にして、大方、人に従ふといふことなし。出仕して饗膳《きやうぜん》などにつく時も、皆人の前据ゑわたすを待たず、我が前に据ゑぬれば、やがてひとりうち食ひて、帰りたければ、ひとりつい立ちて行きけり。斎《とき》[七]・非時《ひじ》も人にひとしく定めて食はず、我が食ひたき時、夜中にも暁にも食ひて、ねぶたければ昼もかけこもりて、いかなる大事あれども、人の言ふこと聞き入れず。目覚めぬれば幾夜もいねず、心を澄ましてうそぶき[八]ありきなど、尋常《よのつね》ならぬさまなれども、人に厭はれず、よろづ許されけり。徳のいたれりけるにや。

一 『徒然草三箇の秘事』として、江戸時代以来、諸説がある。これは特別な意味はなく、色白で、のっぺりした瓜ざね顔を想像すれば足りる。

二 書道にすぐれていること。

三 仏教学に広く通じた僧侶。

四 雄弁なこと。ここは談義の座で巧みに説経すること。

五 宗派（ここは真言宗）の内で、学問などにすぐれた僧。

六 変人、奇人。ここは非難しているのではない。第一五四段にも、「たぐひなき曲者」とみえる。

七 正午以前に食べる僧侶の食事。戒律で是認されているもの。「非時」は、正午以後の食事。

八 「うそぶく」は、詩歌を吟じたり、口笛を吹く意だが、ここは悠然として風月をめでて出歩くさまか。

第六十一段

[一]御産《ごさん》のとき[二]甑《こしき》落すことは、さだまれることにはあらず。[三]御胞衣《えな》とどこほる時のまじなひなり。とどこほらせ給はねば、このことなし。

下《しも》ざまよりことおこりて、させる本説《ほんせち》なし。[四]大原《おほはら》の里の甑を召すなり。古き宝蔵《ほうざう》の絵に、賤《いや》しき人の子うみたる所に、甑落したるを書きたり。

第六十二段

[五]延政門院《えんせいもんゐん》いときなくおはしましける時、[六]院へ参る人に御ことづてとて申させ給ひける御歌《おんうた》、

[七]ふたつ文字牛の角《つの》文字すぐな文字ゆがみ文字とぞ君はおぼゆる

こひしくおもひまゐらせ給ふとなり。

第六十三段

[八]後七日《ごしちにち》の[九]阿闍梨《あざり》、武者《むしゃ》をあつむること、いつとかや盗人《ぬすびと》にあひにけるより、[一〇]宿直人《とのゐびと》とて、かくことことしくなりにけり。[一一]一年《ひととせ》の相《さう》は、この修中《しゅちゅう》の

一　皇后・中宮・女御などの高貴な方の御出産。
二　瓦《かわら》で造った、飯をむして炊《かし》ぐ器。今の蒸籠《せいろう》に近いもの。
三　胎児を包んでいる卵膜や胎盤。
四　京都市左京区大原の地（右京区大原野とも）。ここの「甑」を用いるのは、「大腹」に通ずるからという。
五　後嵯峨天皇の皇女、悦子内親王。元弘二年（一三三二）没。七十四歳。
六　父君の後嵯峨上皇の仙洞御所。
七　「ふたつ文字」は、平仮名の「こ」の文字。「牛の角文字」は、「い」の文字（「ひ」とも）。「すぐな文字」は、「し」文字。「ゆがみ文字」は、「く」の文字。
八　正月八日から七日間、大内裏の真言院で行なわれる仏事。
九　この仏事の導師を勤める僧。
一〇　宮中警護のための宿泊者。
一一　その年一年間の吉凶の相。

ありさまにこそ見ゆなれば、兵《つはもの》を用ゐんこと、おだやかならぬことなり。

第六十四段

「車[一]の五緒《いつつを》は、必ず人[二]によらず、ほどにつけて、きはむる[三]官《つかさ》・位に至りぬれば、乗るものなり」とぞ、ある人仰せられし。

第六十五段

このごろの冠《かうぶり》は、昔よりははるかに高く[四]なりたるなり。古代の冠桶《かぶりをけ》[五]を持ちたる人は、はた[六]を継《つ》ぎて、今用ゐるなり。

第六十六段

岡本関白殿《をかもとのくわんぱくどの》[七]、盛りなる紅梅の枝に、鳥[八]一双《いっさう》をそへて、この枝につけて参らすべきよし、御鷹飼《おんたかがひ》[九]下毛野武勝《しもつけののたけかつ》[一〇]に仰せられたりけるに、「花に鳥つくる

一　牛車。「五緒」とは、牛車の簾に五筋に垂れている風帯。
二　乗る人の身分によらない。
三　その家柄として昇進可能な限界とされた官位。極官・極位ともいう。
四　高くなったのは、冠の頭上をおおう甲《こう》か髻《もとどり》を入れる巾子《こじ》か、二つ考えられる。
五　冠を納める容器。冠筥《かぶりばこ》とも。
六　冠桶の縁《ちょう》を継ぎ足して。
七　近衛家平（一二八二—一三二四）。正和二年（一三一三）から同四年（一三一五）まで関白。岡本殿と号した。
八　雉の雌雄一つがい。
九　鷹の飼育や使役に従事する官人。
一〇　右近衛府の番長。家平の父近衛家基の随身。

すべ、知り候はず。一枝に二つつくることも、存知《ぞんぢ》候はず」と申しければ、[一]膳部《ぜんぶ》に尋ねられ、人々に問はせ給ひて、又武勝に、「さらば、おのれが思はんやうに付けて参らせよ」と仰せられたりければ、花もなき梅の枝に、一つを付けて参らせけり。

武勝が申し侍りしは、「[二]柴《しば》の枝、梅の枝、つぼみたると散りたるとに付く。五葉などにも付く。枝の長さ七尺、あるいは六尺、[三]返し刀五分に切る。枝の半《なかば》に鳥を付く。付くる枝、踏まする枝あり。[四]しじら藤のわらぬにて、二ところ付くべし。藤のさきは、[五]ひうち羽の長《たけ》にくらべて切りて、牛の角《つの》のやうにたはむべし。初雪《はつゆき》の朝《あした》、枝を肩にかけて、[六]中門《ちゅうもん》より振舞ひて参る。[七]大砌《おほみぎり》の石を伝ひて、雪に跡をつけず、[八]あまおほひの毛を少しかなぐり散らして、[九]二棟《ふたむね》の御所《ごしょ》の高欄《かうらん》に寄せかく。禄《ろく》を出ださるれば、肩にかけて、拝して退く。初雪といへども、沓《くつ》のはなのかくれぬほどの雪には参らず。あまおほひの毛を散らすことは、鷹は、[一〇]よわ腰をとる事なれば、御鷹の取りたるよしなるべし」と申しき。

花に鳥付けずとは、いかなるゆゑにかありけん。長月ばかりに、梅の作り枝に、雉《きじ》を付けて、[一一]「君がためにと折る花は時しも分かぬ」と言へる

一　食膳のことにたずさわる者。ここは岡本関白家の料理人。

二　「柴」は山野に自生する雑木。鷹狩で得た鳥を木の枝に付けて贈るとき、この木の枝を「鳥柴《とりしば》」と称した。

三　枝を斜めに切った後、その反対側から小さく切ること。「五分」は、小さい方の切り口の長さ。

四　「しじら藤」は「つづら藤」の異名。「わらぬ」は、蔓を裂かないままにしたさま。

五　鷹の翼の末端の羽をいうか。

六　寝殿造りで表門と寝殿との間にある門。

七　寝殿の軒下にある石畳。

八　鳥の翼の風切羽を上下からおおう短い羽毛。

九　渡殿が寝殿に接する部分の御殿。居間兼応接間。

一〇　鳥の腰の、左右の骨の少なくて細い部分。

一一　「わが頼む君がためにと折る花は時しもわかぬ物にぞ有りける」(『伊勢物語』第九十八段)の和歌の第二、三句。

こと、伊勢物語に見えたり。造《つく》り花は苦しからぬにや。

第六十七段

賀茂《かも》の岩本《いはもと》[一]・橋本《はしもと》は、業平《なりひら》[二]・実方《さねかた》[三]なり。人の常に言ひまがへ侍れば、一《ひと》年《とせ》参りたりしに、老いたる宮司《みやづかさ》の過ぎしを呼びとどめて、尋ね侍りしに、「実方は、御手洗《みたらし》[四]に影のうつりける所と侍れば、橋本や、なほ水の近ければと覚え侍る。吉水和尚《よしみづのくわしやう》[五]、

[六]月をめで花をながめしいにしへのやさしき人はここにありはら

とよみ給ひけるは、岩本の社《やしろ》とこそ承りおき侍れど、おのれらよりは、なかなか御存知《ごぞんぢ》などもこそさぶらはめ」と、いとうやうやしく言ひたりしこそ、いみじく覚えしか。

今出川院近衛《いまでがはのゐんのこのゑ》[七]とて、集《しふ》[八]どもにあまた入りたる人は、若かりける時、常に百首の歌をよみて、かの二つの社の御前の水にて書きて手向《たむ》けられたり。誠にやんごとなき誉《ほまれ》ありて、人の口にある歌多し。作文《さくもん》・詩序《しじょ》など、いみじく書く人なり。

一 京都市上京区にある、上賀茂神社にある二つの摂社。
二 在原業平。平安初期の歌人。六歌仙の一人。
三 藤原実方。平安中期の歌人。陸奥守として、任地で客死。『実方朝臣集』がある。
四 御手洗川に実方の霊が影を映している所。この説の根拠は未詳。
五 慈円（一一五五—一二二五）。歌人で天台座主。『愚管抄』の著者。
六 歌の出典未詳。五句の「ここにありはら」は、「有り」と「在原」を掛ける。
七 藤原伊平の娘。亀山天皇の中宮嬉子（今出川院）に仕えた。詩歌に巧みだったことは、『井蛙抄』にみえる。
八 『続古今集』以下の勅撰集に、十八首入集。また、『続現葉集』以下の私撰集にも、多くの歌が入集する。

一　筑前・筑後の二国。広く九州全体をも指す。都から遠い国の話として提示。

二　平安時代以後、地方の凶徒の鎮圧を任務とする役人。

三　大根のこと。「莱菔《たいこん》　温。無毒。散服及炮煮。服食すれば大いに気を下す。穀を消じ、痰癖を去る、人を肥健ならんと」(『延寿類要』)。

四　二きれとみる説もあるが、ここは「兵二人」からみて二本と判断する。

五　「ものす」は、動作や状態を表わす。ここは「住む」意。

六　性空上人。播磨国(兵庫県)に、書写山円教寺を開いた高僧。寛弘四年(一〇〇七)没。

七　『法華経』を読誦する功徳が累積して。

八　人間の六つの働きを起す力を持ったものを六根(眼・耳・鼻・舌・身・意の総称)といい、それが浄化されること。性空が六根浄を得ていたことは、諸説話にみえる〔補一三〕。

第六十八段

[一]筑紫《つくし》に、なにがしの[二]押領使《あふりやうし》などいふやうなるもののありけるが、[三]土大根《つちおほね》を万《よろづ》にいみじき薬とて、朝ごとに[四]二つづつ焼きて食ひけること、年久しくなりぬ。ある時、館《たち》の内に人もなかりける隙《ひま》をはかりて、敵《かたき》襲《おそ》ひ来りて囲み攻めけるに、館のうちに兵《つはもの》二人出で来て、命を惜しまず戦ひて、皆追ひかへしてげり。いと不思議に覚えて、「日比《ひごろ》ここに[五]ものし給ふとも見ぬ人々の、かく戦ひし給ふは、いかなる人ぞ」と問ひければ、「年ごろ頼みて、朝な朝な召しつる土大根らにさぶらふ」といひて失せにけり。

深く信をいたしぬれば、かかる徳《とく》もありけるにこそ。

第六十九段

[六]書写《しよしや》の上人は、[七]法華読誦《ほつけどくじゆ》の功《こう》つもりて、[八]六根浄《ろくこんじやう》にかなへる人なりけり。旅の仮屋《かりや》に立ち入られけるに、豆の殻《から》を焚《た》きて豆を煮《に》ける音の、つぶつぶ

となるを聞き給ひければ、「うとからぬおのれらしも、恨めしく我をば煮て、辛《から》き目を見するものかな」と言ひけり。焚かるる豆殻のはらはら[一]と鳴る音は、「我が心よりすることかは。焼かるるはいかばかり堪へがたけれども、力なき事なり。かくな恨み給ひそ」とぞ聞えける。

第七十段

元応《げんおう》[二]の清暑堂《せいしよだう》[三]の御遊《ぎよいう》に、玄上《げんじやう》[四]は失せにしころ、菊亭大臣《きくていのおとど》[五]、牧馬《ぼくば》[六]を弾《たん》じ給ひけるに、座に著《つ》きて、先づ、柱《ぢう》をさぐられたりければ、ひとつ落ちにけり。御懐《おんふところ》にそくひ[七]を持ち給ひたるにて、つけられにければ、神供《じんぐ》の参るほどによく干《ひ》て、ことゆゑなかりけり。

いかなる意趣かありけん、物見ける衣《きぬ》[八]かづきの、寄りて放ちて、もとのやうに置きたりけるとぞ。

第七十一段

一　焼ける音を示す擬声語。正徹本は、「はちはちと」。これを「ぱちぱちと」と読めば、実際の音に近い。

二　一三一九年四月から一三二一年二月までの、後醍醐天皇の御代の号。ただし、以下の事件は、文保二年（一三一八）のこと。

三　底本は「清署堂」。正徹本・常縁本により「清暑堂」と改める。大内裏豊楽院にある堂の一つ。

四　「玄象」とも。古来、宮中に伝来した琵琶の名器。正和五年（一三一六）に紛失、元応元年に発見された。

五　藤原兼季。琵琶の名手。暦応二年（一三三九）没。五十六歳。この事件の時は、権大納言で三十五歳。

六　玄上と並び称された琵琶の名器。

七　飯粒を練って作った糊。

八　衣被きの女。

名を聞くより、やがて面影《おもかげ》はおしはからるる心地するを、見る時は、又、かねて思ひつるままの顔したる人こそなけれ。昔物語を[一]聞きても、このごろの人の家の、そこほどにてぞありけんと覚え、人も、今見る人の中に思ひよそへらるるは、誰もかく覚ゆるにや。又、いかなる折ぞ、ただいま人の言ふことも、目に見ゆる物も、[二]わが心のうちも、かかることのいつぞやありしかと覚えて、いつとは思ひ出でねども、まさしくありし心地のするは、我ばかりかく思ふにや。

第七十二段

賤《いや》しげなるもの、居たるあたりに調度《てうど》の多き。硯《すずり》に筆の多き。[三]持仏堂に仏の多き。前栽《せんざい》に石・草木《くさき》の多き。家の内に子・孫《うまご》の多き。人にあひて詞《ことば》の多き。[四]願文《ぐわんもん》に[五]作善《さぜん》多く書きのせたる。

多くて見苦しからぬは、[六]文車《ふぐるま》の文、[七]塵塚《ちりづか》の塵。

第七十三段

一 「昔物語」を「読む」ではなく、「聞きて」とある点に留意。聴覚を通しての連想。
二 正徹本は「わか心の中に」とある。
三 信仰する仏像を安置する御堂。
四 神仏に祈願するとき、その趣旨を記した文。
五 造寺・写経・造仏などのように、善根を積むこと。
六 書籍を運搬するとき、室内で用いられた車。
七 ごみ・塵などを捨てる所。

世に語り伝ふること、まことは[一]あいなきにや、多くは皆虚言《そらごと》なり。
あるにも過ぎて人は物を言ひなすに、まして、年月すぎ、[二]境《さかひ》もへだたりぬれば、言ひたきままに語りなして、筆にも書きとどめぬれば、やがて又定まりぬ。[三]道々の物の上手のいみじきことなど、かたくなる人の、その道知らぬは、そぞろに神のごとくに言へども、道知れる人は更に信もおこさず。音に聞くと見る時とは、何事もかはるものなり。

かつあらはるるをも顧みず、口にまかせて[四]言ひ散らすは、やがて浮きたることと聞ゆ。又、我も誠しからずは思ひながら、人の言ひしままに、[五]鼻のほどおごめきて言ふは、その人のそらごとにはあらず。げにげにしく、ところどころうちおぼめき、よく知らぬよしして、さりながら、つまづまあはせて語るそらごとは、おそろしきことなり。我がため面目《めんぼく》あるやうに言はれぬるそらごとは、人いたくあらがはず。皆人の興ずる虚言は、ひとり「さもなかりしものを」と言はんも詮《せん》なくて、聞きゐたるほどに、証人にさへなされて、いとど定まりぬべし。

とにもかくにも、そらごと多き世なり。ただ、常にある、めづらしから

一 面白くないのであろうか。第五十四段・第五十六段に既出。
二 空間的な場所に距離ができること。上の年月とともに、時間的にも空間的にも隔たって伝承されてゆく。説話の発生と定着を念頭に置く。
三 それぞれの専門の道の名手。
四 相手かまわずしゃべりまくること。「すずろに言ひ散らすは、さばかりの才にはあらぬにや」(第一六八段)。
五 鼻のあたりをぴくぴく動かせて。得意な表情か。「鼻のわたりおごめきて語りなす」(『源氏物語』帚木、河内本系)。

ぬことのままに心得たらん、よろづたがふべからず。下ざまの人の物語は、耳おどろくことのみあり。よき人[一]はあやしきことを語らず。

かくはいへど、仏神《ぶつじん》[二]の奇特《きどく》、権者《ごんじゃ》[三]の伝記、さのみ信ぜざるべきにもあらず。これは、世俗の虚言をねんごろに信じたるもをこがましく、「よもあらじ」など言ふも詮なければ、大方はまことしくあひしらひて、偏《ひとへ》に信ぜず、また疑ひ嘲《あざけ》[四]るべからず。

第七十四段

蟻《あり》[五]のごとくに集まりて、東西に急ぎ、南北に走《わし》[六]る。高きあり、賤《いや》しきあり。老いたるあり、若きあり。行く所あり、帰る家あり。夕に寝ねて朝に起く。いとなむ所何事ぞや。生《しゃう》をむさぼり、利を求めてやむ時なし。

身を養ひて何事をか待つ。期《ご》[七]する処、ただ老《おい》と死とにあり。その来《きた》ること速かにして、念々《ねんねん》[八]の間にとどまらず。是を待つ間、何の楽しびかあらん。まどへるものはこれを恐れず。名利《みやうり》におぼれて先途《せんど》の近きことを顧みねばなり。愚かなる人は、またこれを悲しぶ。常住ならんことを思ひて、変化《へんげ》[九]

一　「子は、怪力・乱神を語らず」（『論語』述而）。
二　神仏の不思議な霊験。
三　仏・菩薩が衆生を救済するために、仮に人間となって現われたもので、徳化を広く施した高僧。
四　正徹本・常縁本などは「へからすと也」。
五　『文選』（巻九・長笛賦）の「蜂聚、蟻同」とあるのを、「蜂のごとく集まり、蟻のごとく集まる」と訓んだかとされる。ただし、蟻の集散のさまは、古来よく比喩される。
六　「はしる」に同じ。奔走する。
七　未来に期待できるのは、老いと死だけ。皮肉をこめた言い方。
八　一瞬間もとまらない。「是の身雷の如く、念々に住《とど》まらず」（『維摩経』十喩）。
九　刻々と変化してやまない道理。

の理《ことわり》を知らねばなり。

第七十五段

つれづれわぶる人は、いかなる心ならん。[一]まぎるるかたなく、ただひとりあるのみこそよけれ。

世にしたがへば、心、[二]外の塵にうばはれてまどひやすく、人にまじはれば、言葉よその聞きに随ひて、さながら心にあらず。人に戯れ、物にあらそひ、一度はうらみ、一度はよろこぶ。そのこと定まれることなし。[三]分別《ふんべつ》みだりにおこりて、得失《とくしつ》やむ時なし。まどひの上に酔《ゑ》へり。酔《ゑひ》の中に夢をなす。走りていそがはしく、[四]ほれて忘れたること、人皆かくのごとし。

いまだ誠の道を知らずとも、縁《えん》をはなれて身を閑《しづか》にし、ことにあづからずして心を安くせんこそ、暫《しばら》く楽しぶとも言ひつべけれ。[五]「生活《しやうくわつ》・人事《にんじ》・技能《ぎのう》・学問等の諸縁《しよえん》をやめよ」とこそ、[六]摩訶止観《まかしくわん》にも侍れ。

第七十六段

一 心が他にひかれることなく。古来、「いとつれづれにまぎるるかたなく」(『大鏡』上・師尹)、「つれづれとまぎれなく」(『源氏物語』花散里)と、「つれづれ」の状況が、「まぎれ」ないのは、苦痛であるとされてきた。

二 外部からきて心を汚すもの。「塵」は、仏教語の「六塵」(第九段・既出)。

三 利益得失に関しての思慮分別。「憶想もて妄《みだ》りに分別するは、即ち是れ五欲の本なり」(『往生要集』上・大文一)。

四 本心を失って茫然とするさま。

五 「諸《もろ》の縁務を息《や》むるとは、縁務の禅を妨ぐること由来甚し(中略)縁務に四あり。一には生活、二には人事、三には伎能、四には学問」(『摩訶止観』四・下)。

六 随の智顗《ちぎ》の説法を、弟子の章安尊者が筆録したもの。天台宗の根本聖典。

[一]世の覚えはなやかなるあたりに、嘆きも喜びもありて、人多く行きとぶらふ中に、[二]ひじり法師のまじりて、いひ入れたたずみたるこそ、さらずともと見ゆれ。さるべき故ありとも、法師は人にうとくてありなん。

第七十七段

世の中に、そのころ[三]人のもてあつかひぐさに言ひあへること[四]いろふべきにはあらぬ人の、よく案内《あない》知りて、人にも語り聞かせ、問ひ聞きたるこそうけられね。ことに、かたほとりなるひじり法師などぞ、世の人の上は、[五]わがごとく尋ね聞き、いかでかばかりは知りけんと覚ゆるまでぞ、言ひ散らすめる。

第七十八段

[六]今様《いまやう》の[七]ことどものめづらしきを、言ひひろめ、もてなすこそ、又うけら

一　世間から威勢がよいと思われている人の家。権門の家などをさす。
二　特定の寺院に所属しない民間の遁世者。「ひたぶるの世捨人」（第一段）に近い僧か。
三　人々の間で評判になった話題。噂の種。「つくも髪の物語も、人のもてあつかひ草になれるは」（『増鏡』序）。
四　「いろふ」は、口に出す、干渉する。「いろふべきにはあらぬ人」とは、主として出家遁世の僧をさすか。
五　正徹本・常縁本「わかことと」。
六　「今流行しているもの」（『日葡辞書』）。
七　「事ども」（事柄）と「言ども」（言葉）と解する両説があるが、前者が妥当か。

れね。世に[一]ことふりたるまで知らぬ人は、心にくし。[二]いまさらの人などのある時、ここもとに言ひつけたることぐさ、ものの名など、心得たるどち、[三]かたはし言ひかはし、目見合はせ、笑ひなどして、心知らぬ人に心得ず思はすること、世なれず、よからぬ人の、必ずあることなり。

第七十九段

何事も入りたたぬさましたるぞよき。よき人は、知りたることとて、さのみ[四]知り顔にやは言ふ。片田舎《かたゐなか》よりさし出でたる人こそ、万の道に心得たるよしのさしいらへはすれ。されば、[五]世にはづかしきかたもあれど、みづからもいみじと思へるけしきかたくなり。

よくわきまへたる道には、必ず口重く、問はぬ限りは言はぬこそいみじけれ。

第八十段

一　言いふるされるまで。「源氏物語・枕草子などにことふりにたれど」(第十九段)。

二　新しく来た人。座談の席などに、後から参加した人のこと。

三　「片端」。一部分。二人の諒解事項だけ。「はかばかしきことは、かたはしも学び知り侍らねば」(第一三五段)。

四　しったかぶりをする様子。正徹本・常縁本の「したりかほ」の方が、この場面にふさわしいか。「したり顔に汗をのごひつつまかづる気色」(『増鏡』内野の雪)。

五　聞いていて、こちらが恥かしさを感ずるような敬服すべき点もあるが。

人ごとに、我が身にうときことをのみぞ好める。法師は兵《つはもの》の道を立て、[一]夷《えびす》は弓ひく術《すべ》知らず、仏法《ぶつぽふ》知りたる気色《きそく》し、連歌し、管絃《くわんげん》を嗜《たしな》みあへり。されど、おろかなるおのれが道よりは、なほ人に思ひ侮《あなづ》られぬべし。

法師のみにもあらず、[二]上達部《かんだちめ》・[三]殿上人《てんじやうびと》、かみざままでおしなべて、武を好む人多かり。[四]百度《もも》戦ひて百度勝つとも、いまだ武勇《ぶよう》の名を定めがたし。その故は、運に乗じてあたを砕《くだ》く時、勇者《ようしや》にあらずといふ人なし。[五]兵《つはもの》尽き、矢きはまりて、つひに敵に降《くだ》らず、死をやすくして後、始めて名をあらはすべき道なり。生けらんほどは、武に誇るべからず。人倫《じんりん》に遠く、禽《きん》獣《じう》に近きふるまひ、その家にあらずは、好みて益なきことなり。

第八十一段

屏風《びやうぶ》・[六]障子《しやうじ》などの絵も文字も、かたくなる筆やうして書きたるが、見にくきよりも、宿の主《あるじ》のつたなく覚ゆるなり。

大方持てる調度《てうど》にても、[七]心おとりせらるることはありぬべし。さのみよき物を持つべしとにもあらず。損ぜざらんためとて、品《しな》なくみにくきさま

一　荒武者。特に東国の荒々しい武士をさす。「ある荒夷のおそろしげなるが」(第一四二段)。

二　公卿をいう。大中納言・参議および三位以上の者。

三　昇殿を許された四位・五位、および六位の蔵人の総称。

四　「百戦して百勝するは、善の善なるものに非《あら》ざるなり」(『孫子』謀攻)によるか。

五　武器が尽き、矢がなくなっても。「兵尽き矢窮《きはま》り、人尺鉄無きも、猶復た徒首奮呼し、争ひて先登を為す」(『文選』巻二十一・李陵「蘇武に答ふる書」)。

六　部屋の仕切りのための具で、襖《ふすま》・衝立《ついたて》・唐紙・明り障子などの総称。ここは、明り障子以外の障子をさす。障子に絵や歌を書くことは、「障子に泣く泣く一首の歌をぞ書き付けける」(『平家物語』巻一・祇王)など事例が多い。

七　幻滅を感ずる。この対象は、道具の強ち主。

に[一]しなし、めづらしからんとて、用[二]なきことどもし添へ、わづらはしく好みなせるをいふなり。古めかしきやうにて、いたくことことしからず、費《つひえ》もなくて、物がらのよきがよきなり。

第八十二段

「[三]うすものの表紙《へうし》は、とく損ずるがわびしき」と人の言ひしに、[四]頓阿《とんな》が、「羅《うすもの》は上下《かみしも》はつれ、[五]螺鈿《らでん》の軸は貝落ちて後こそいみじけれ」と申し侍りしこそ、心まさりて覚えしか。

[六]一部《いちぶ》とある草子《さうし》などの、おなじやうにもあらぬを見にくしといへど、[七]弘《こう》融僧都《ゆうそうづ》が、「物を必ず[八]一具《いちぐ》にととのへんとするは、つたなきもののすることなり。不具なるこそよけれ」と言ひしも、いみじく覚えしなり。

「すべて何も皆、ことのととのほりたるはあしきことなり。し残したるを、さてうち置きたるは、面白く、[九]いきのぶるわざなり。内裏《だいり》造らるるにも、必ず作り果てぬ所を残すことなり」と、ある人申し侍りしなり。先賢のつくれる[一〇]内外《ないげ》の文《ふみ》にも、[一一]章段の欠けたることのみこそ侍れ。

一 作為する。「しなす」は、わざわざ作りあげる。
二 不必要なものをつけて。無用な装飾類をさす。
三 表装に用いる薄い絹織物。羅・紗の類。
四 頓阿(一二八九—一三七二)。南北朝期の遁世歌人で、兼好・浄弁・慶運らとともに、為世門の和歌四天王と称された。家集に『草庵集』、歌学書に『井蛙抄』『愚問賢註』がある。
五 貝の真珠光の部分を切り取り、巻物の軸の両端などにはめこんで装飾としたもの。
六 何冊かで一部に揃っている書物。
七 仁和寺の僧。弘舜僧正の弟子。第八十四段にも登場。
八 ひと揃いに。
九 「生き延ぶる」(命が延びる)と、「息延ぶる」(ほっとする)の両説がある。ここは前者の意か。
一〇 仏教において、仏教の経典を「内典」、仏教以外の典籍を「外典」とする。
一一 章段の欠けた例に、『天台止観』(摩訶止観)は十段のうち三段を欠き、『毛詩』(詩経)が、三一一篇のうち六篇を欠くなど。

第八十三段

[一]竹林院《ちくりんゐん》入道《にふだう》左大臣殿《さだいじんどの》、太政大臣にあがり給はんに、なにのとどこほりかおはせんなれども、「めづらしげなし。[二]一上《いちのかみ》にてやみなん」とて、出家し給ひにけり。[三]洞院左大臣殿《とうゐんのさだいじんどの》、このことを甘心《かんじん》し給ひて、[四]相国《しやうこく》の望みおはせざりけり。

[五]「亢龍《かうりよう》の悔《くい》あり」とかやいふこと侍るなり。[六]月満ちては欠け、物盛りにしては衰ふ。万《よろづ》のこと、さきのつまりたるは、破れに近き道なり。

第八十四段

[七]法顕三蔵《ほつけんさんざう》の、[八]天竺《てんぢく》にわたりて、故郷の[九]扇《あふぎ》を見ては悲しび、[一〇]病《やまひ》に臥しては漢《かん》の食《じき》を願ひ給ひけることを聞きて、「さばかりの人の、無下にこそ心弱き気色を、人の国にて見え給ひけれ」と人の言ひしに、[一一]弘融僧都《こうゆうそうづ》、「優《いう》に情《なさけ》ありける三蔵《さんざう》かな」と言ひたりしこそ、法師のやうにもあらず、心にくく覚

一　西園寺公衡《きんひら》（一二六四—一三一五）。延慶二年（一三〇九）三月に左大臣、同六月辞任。二年後に出家。竹林院と号した。

二　左大臣の異称。

三　洞院実泰《さねやす》（一二六九—一三二七）。文保二年（一三一八）に左大臣。元亨二年（一三二二）辞任。翌年左大臣に還任《げんにん》。その翌年に再び辞任。

四　太政大臣の唐名。

五　昇りつめた竜は、下降するほかないので後悔すること。「亢竜に悔有り」（『易経』乾卦、上九）。

六　「月満つれば則ち虧《か》け、物盛りなれば則ち衰ふ。天地の常数なり」（『史記』范雎蔡沢伝）。

七　中国東晋時代の高僧。六十余歳にして、同志とインドに渡り、辛苦して仏跡を巡り、多くの経・律・論を求め、三十余国を経歴し、十三年目に帰国。その旅行記が、『高僧法顕伝』。四二二年に、八十六歳で没したという。

八　インドの古称。

九　畳み扇ではなく、団扇《うちわ》だろう。この話は『高僧法顕伝』に見える〔補注一四〕。

一〇　これに類似の話は『法苑珠林』に見える〔補注一五〕。

一一　第八十二段に既出。

えしか。

第八十五段

人の心すなほならねば、偽《いつは》りなきにしもあらず。されども、一おのづから、正直の人、などかなからん。おのれすなほならねど、二人の賢を見てうらやむは尋常《よのつね》なり。三至りて愚かなる人は、たまたま賢なる人を見て、是を憎む。「大きなる利を得んがために、少しきの利を受けず、偽りかざりて名を立てんとす」とそしる。おのれが心に違へるによりて、この嘲《あざけ》りをなすにて知りぬ、この人は四下愚《かぐ》の性《しやう》移るべからず、偽りて小利《せうり》をも辞すべからず、かりにも賢を学ぶべからず。狂人の真似とて大路《おほち》を走らば、則ち狂人なり。五悪人の真似とて人を殺さば、悪人なり。六驥《き》を学ぶは驥のたぐひ、七舜《しゆん》を学ぶは舜の徒《ともがら》なり。偽りても賢を学ばんを賢といふべし。

第八十六段

一 稀には。「なからん」にかかる。

二 『論語』(里仁)の「賢を見ては斉《ひと》しからんことを思ふ。不賢を見ては内に自ら省みるなり」によるか。

三 最も愚かな人。「至愚人」の訓み。

四 「子曰はく、唯上智と下愚とは移らず」(『論語』陽貨)。

五 「人の性や善と悪と混る。其の善を修すれば則ち善人と為り、其の悪を修すれば、則ち悪人と為る」(『楊子法言』修身)。

六 「驥」は一日に千里走る名馬。「驥を睎《ねが》ふ馬は、また驥の乗なり。顔を睎ふ人は、また顔の徒なり」(『楊子法言』学行)。

七 「舜」は中国古代の聖帝。「鶏鳴にして起き、孳々《じじ》として善をなす者は、舜の徒なり」(『孟子』尽心上)。

惟継《これつぐの》[一]中納言《ちゆうなごん》は、風月《ふげつ》の才《ざえ》に富める人なり。一生《いつしやう》精進《しやうじん》にて、読経《どきやう》うちして、寺法師[二]の円伊《ゑんい》僧正《そうじやう》[三]と同宿して侍りけるに、文保《ぶんぽう》[四]に三井寺《みゐでら》焼かれし時、坊主《ばうず》にあひて、「御坊《ごばう》をば寺法師とこそ申しつれど、寺はなければ、今よりは法師とこそ申さめ」と言はれけり。いみじき秀句《しうく》[五]なりけり。

第八十七段

下部《しもべ》に酒飲ますることは、心すべきことなり。

宇治に住み侍りけるをのこ、京に、具覚房《ぐかくばう》[六]とて、なまめきたる[七]遁世《とんせい》の僧を、こじうと[八]となりければ、常に申しむつびけり。ある時、迎へに馬を遣したりければ、「遙かなるほどなり。口づきのをのこ[九]に、まづ一度[一〇]せさせよ」とて、酒を出したれば、さし受けさし受け、よよと飲みぬ。太刀《たち》うちはきて、かひがひしげなれば、たのもしく覚えて、召し具して行くほどに、木《こ》幡《はた》[一一]のほどにて、奈良法師《ならぼふし》[一二]の兵士《ひやうじ》あまた具してあひたるに、この男立ちむかひて、「日暮れにたる山中に、あやしきぞ。とまり候へ」と言ひて、太刀を引き抜きければ、人も皆太刀抜き、矢はげ[一三]などしけるを、具覚房、手をす

一　平惟継（一二六六—一三四三）。元徳二年（一三三〇）権中納言。文章博士。勅撰入集歌人。
二　三井寺の僧。延暦寺の僧を「山法師」というのに対する。
三　天台宗の権僧正。勅撰歌人。『一遍上人絵伝』の著者、法眼円伊と同一人か。
四　文保三年（一三一九）四月、延暦寺の僧徒により焼亡された。
五　機転のきいた洒落。秀逸な文句。
六　伝未詳。「房」は出家者への敬称。
七　華やいだ遁世者。俗人と同じ生活をする僧として、好意的にみていない。
八　夫または妻の兄弟姉妹。
九　馬の口引き男。
一〇　酒を一杯飲ませてやれ。
一一　京都市伏見区大亀谷付近の山路。当時は、宇治への街道があった。樹木が繁茂した寂しく、無気味な所。
一二　奈良の興福寺・東大寺の僧徒。武具をもった僧兵。
一三　矢をつがえるなど。

りて、「うつし心なく酔ひたる者に候。まげて許し給はらん」と言ひければ、各《おのおの》嘲《あざけ》りて過ぎぬ。

この男具覚房にあひて、「御房《ごばう》[一]は口惜しきことし給ひつるものかな。おのれ酔ひたること侍らず。高名《かうみやう》仕《つかまつ》らんとするを、抜ける太刀むなしくなし給ひつること」と怒りて、ひた斬りに斬りおとしつ。さて、「山だちあり[二]」と言ひとののしりければ、里人[三]おこりて出であへば、「我こそ山だちよ」と言ひて、走りかかりつつ斬りまはりけるを、あまたして手負ほせ、打ち伏せてしばりけり。馬は血つきて、宇治大路《うぢのおほち》[四]の家に走り入りたり。あさましくて、をのこどもあまた走らかしたれば、具覚房は、くちなし原[五]によひ伏したる[六]を、求め出でてかきもて来つ。からき命生きたれど、腰斬り損ぜられて、かたはに成りにけり。

第八十八段

ある者、小野道風《をののたうふう》[七]の書ける和漢朗詠集《わかんらうえいしふ》[八]とて持ちたりけるを、ある人、「御《ご》相伝《さうでん》、浮けることには侍らじなれども、四条大納言《しでうのだいなごん》[九]撰ばれたる物を、道風

一　僧に対する敬称。「御坊」に同じ。
二　山賊。木幡には山賊がよく出没したのであろう（『古今著聞集』巻十二など）。
三　大挙して出て来る。
四　「宇治大路」は固有名詞か。ここは、迎えに馬をやった「をのこ」の家。
五　梔子《くちなし》が生い茂る野原。「木幡山あるはさながら口なしの宿借るとても答へやはせん」（『新撰六帖題和歌』）。
六　うめいて倒れていた。先の「くちなし」に「口無し」をきかせ、血だるまになって梔子の茂る原に、まるで口もきけない状態でうめく具覚房を描いて、洒落れたか。
七　平安中期の能書家。佐理・行成とともに三蹟と称された。康保三年（九六六）没、七十一歳。
八　藤原公任撰。朗詠に適した、中国とわが国の詩歌を集めて部類したもの。
九　藤原公任（九六六―一〇四一）。平安中期の詩・歌・管絃の能才。『新撰髄脳』『北山抄』『和歌九品』などの著書がある。道風が没した年に誕生。

書かんこと、時代やたがひ侍らん。覚束《おぼつか》なくこそ」と言ひければ、「さ候へばこそ、世にありがたき物には侍りけれ」とて、いよいよ秘蔵《ひさう》しけり。

第八十九段

「奥山に、猫また[一]といふものありて、人を食《くら》ふなる」と、人の言ひけるに、「山ならねども、これらにも、猫の経《へ》あがりて、猫またに成りて、人とることはあなるものを」と言ふ者ありけるを、何阿弥陀仏《[二]なにあみだぶつ》とかや、連歌[三]しける法師の、行願寺《[四]ぎやうぐわんじ》の辺《ほとり》にありけるが聞きて、ひとり歩かん身は、心すべきことにこそと思ひけるころしも、ある所にて夜ふくるまで連歌して、ただひとり帰りけるに、小川《[五]こがは》のはたにて、音に聞きし猫また、あやまたず足もとへふと寄り来て、やがてかきつくままに、頸《くび》のほどを食はんとす。肝《きも》心《ごころ》も失せて、防がんとするに、力もなく足も立たず。小川へ転び入りて、[六]「助けよや、猫またよや、よや」と叫べば、家々より松どもともして走り寄りて見れば、このわたりに見知れる僧なり。「こは如何《いか》に」とて、川の中より抱き起したれば、連歌の賭物《[七]かけもの》取りて、扇《あふぎ》・小箱《こばこ》など懐《ふところ》に持ちたりける

一 人を食うと伝えられる怪獣。藤原定家の『明月記』に「猫胯《ねこまた》の獣出で来て、一夜に七八人を噉《くら》ふ。死する者多し。或は又、件《くだん》の獣を打ち殺せば、目は猫の如く、其の体は犬の長の如し」と記録されている。

二 浄土宗・時宗において、僧侶の法名の下につけた称号。

三 連歌を嗜んでいた法師。

四 行円が開いた寺。俗に革堂と言われた。京都市一条の北、油小路の東にあった。

五 行願寺付近を流れる川。固有名詞。室町末期、この辺に連歌師や雑芸に携わる在家僧が住んでいたことが確認できる。当時も同様な在家僧が住んでいたか。

六 助けてくれ、猫またよ、猫またよ。人々に助けを求めたとる説、猫またに許しを乞うたとみる両説がある。なお、「猫またよやよや」は、「猫またよや、猫またよや」と言うべきところを、慌てて、「よやよや」と言ったか。

七 勝負事に賭ける賞品。連歌会で秀逸な句を作った者に、賭物を与えることは、鎌倉初期頃から行われていた。

も、水に入りぬ。希有《けう》にして助かりたるさまにて、はふはふ家に入りにけり。

飼ひける犬の、暗けれど主《ぬし》を知りて、飛び付きたりけるとぞ。

第九十段

大納言法印《だいなごんほふいん》[一]の召し使ひし乙鶴丸《おとづるまる》[二]、やすら殿[三]といふ者を知りて、常に行き通ひしに、ある時、出でて帰り来たるを、法印、「いづくへ行きつるぞ」と問ひしかば、「やすら殿のがりまかりて候」と言ふ。「そのやすら殿は、男《をとこ》[四]か法師か」と又問はれて、袖かきあはせて[五]、「いかが候ふらん。頭《かしら》[六]をば見候はず」と答へ申しき。

などか頭ばかりの見えざりけん。

第九十一段

赤舌日《しやくぜつにち》[七]といふこと、陰陽道《おんやうだう》[八]には沙汰なきことなり。昔の人これを忌ま

一 大納言の子で僧となり、法印（最高の僧位）の位にある者。
二 伝未詳。稚児の名であろう。
三 伝未詳。
四 法師に対して、在俗の男性。
五 両袖を胸のあたりに重ね合わせて。きちんとかしこまった様子。「伊成は袖をかき合はせて、畏《かしこまり》て、なほ父の気色をうかがいける」（『古今著聞集』巻十）。
六 在俗の人か法師かは、剃髪《ていはつ》しているか否かで判定できるから。
七 陰陽道で凶日とされる日。各月の定日から六日ごとに繰り返す。
八 古代中国の陰陽五行説により、天文・暦数・卜筮《ぼくぜい》などを扱い、吉凶を占う学問。

ず。このごろ、何物の言ひ出でて忌み始めけるにか、「この日あること、末[一]とほらず」と言ひて、その日言ひたりしこと、したりしこと、かなはず、得たりし物は失ひつ、企《くはた》てたりしことならずと言ふ。愚かなり。吉日《きちにち》[二]を撰びてなしたるわざの、末とほらぬを数へて見んも、又等しかるべし。

そのゆゑは、無常変易《へんやく》[三]の境《さかひ》、有りと見るものも存ぜず、始めあることも終りなし。志《こころざし》は遂げず、望《のぞ》みは絶えず。人の心不定なり。物皆幻化《ものみなげんげ》[四]なり。何事か暫くも住する。この理《ことわり》を知らざるなり。「吉日に悪をなすに必ず凶《きよう》なり。悪日に善をおこなふに、必ず吉なり」と言へり。吉凶《きつきよう》[五]は人によりて、日によらず。

第九十二段

ある人、弓射ることを習ふに、もろ矢[六]をたばさみて的《まと》に向ふ。師の言はく、「初心の人、ふたつの矢を持つことなかれ。後《のち》の矢を頼みて、はじめの矢に等閑《なほざり》の心あり。毎度《まいど》ただ得失《とくしつ》なく、この一矢《ひとや》に定むべしと思へ」と言ふ。わづかに二つの矢、師の前にてひとつをおろかにせんと思はんや。

一　うまくことが成就しない。
二　事をするのによい日。
三　万物が変化して止まない状況。
四　万物はすべて、幻のように変化し、実体のないもの。「菩薩衆生皆幻化」（『円覚経』）、「無常の道、幻化の生、何事か誠ある」（『沙石集』巻三）。
五　「吉凶は人に由る。焉《いづ》くんぞ時日に繋《かか》らん」（『事文類聚前集』巻十二、「時日に吉凶無きの弁」）。
六　二本の対の矢。初めの矢は甲矢《はや》、後のは乙矢《おとや》という。

懈怠《けだい》の心、みづから知らずといへども、師これを知る。このいましめ、万事にわたるべし。

道を学《がく》する人、夕《ゆふべ》には朝《あした》あらんことを思ひ、朝には夕あらんことを思ひて、かさねてねんごろに修《しゆ》せんことを期《ご》す。況《いは》んや一刹那《せつな》のうちにおいて、懈怠の心あることを知らんや。なんぞ、ただ今の一念において、ただちにすることの甚だ難《かた》き。

第九十三段

「牛を売る者あり。買ふ人、『明日その値《あたひ》をやりて、牛を取らん』といふ。夜の間に、牛死ぬ。買はんとする人に利あり、売らんとする人に損あり」と語る人あり。

これを聞きて、かたへなる者の言はく、「牛の主《ぬし》、誠に損ありといへども、又大きなる利あり。その故は生《しやう》あるもの、死の近きことを知らざること、牛、既にしかなり。人、又おなじ。はからざるに牛は死し、はからざるに主は存《ぞん》ぜり。一日《いちにち》の命、万金《ばんきん》よりも重し。牛の値、鵝毛《がもう》よりも軽し。

一　怠ける気持。「一時の懈怠、すなはち一生の懈怠となる」（第一八八段）、「年月の懈怠を悔いて」（第二四一段）。

二　仏教語で、きわめて短い時間をさす。一瞬間。

三　困難きわまる。正徹本では、この末尾に続き、「たゝちにもちゐること甚かたき」とある。

四　そばにいる者。「かたへの人にあひて」（第五十二段）、「ある荒夷《あらえびす》のおそろしげなるが、かたへにあひて」（第一四二段）。

五　生命の価値の高さを意味する。当時の諺か。

六　「鵞毛」は、鵞鳥の羽毛。軽いものの象徴。ここは牛の値の軽さを際立たせる。「其の身の軽きこと鵞毛の如し」（『古今著聞集』巻二）。

万金を得て一銭を失はん人、損ありといふべからず」と言ふに、皆人嘲《あざけ》りて、「一その理《ことわり》は牛の主《ぬし》に限るべからず」と言ふ。

又言はく、「されば、人、死を憎まば、生を愛すべし。存命《ぞんめい》の喜び、日々に楽しまざらんや。愚かなる人、この楽しびを忘れて、二いたづがはしく外の楽しびを求め、この財《たから》を忘れて、危ふく他の財をむさぼるには、志、満つことなし。生ける間《あいだ》生《しやう》を楽しまずして、死に臨みて死を恐れば、この理あるべからず。人皆生を楽しまざるは、死を恐れざる故なり。死を恐れざるにはあらず、死の近きことを忘るるなり。もし又、三生死《しやうじ》の相《さう》にあづからずといはば、実《まこと》の理を得たりといふべし」と言ふに、人いよいよ嘲る。

第九十四段

四常磐井相国《ときはゐのしやうこく》、出仕し給ひけるに、五勅書《ちよくしよ》を持ちたる六北面《ほくめん》あひ奉りて、七馬よりおりたりけるを、相国、後に、「北面なにがしは、勅書を持ちながら下《げ》馬《ば》し侍りし者なり。かほどの者、いかでか君につかうまつり候ふべき」と申されければ、北面を放たれにけり。

一　その理屈は、牛の持ち主に限らず、他のあらゆる人に適用できる。「その理」は「かたへなる者」の意見。

二　御苦労なことに。わざわざ骨を折って。「イタヅガワシイ」(労がはしい)骨折り仕事などのために疲れてぐったりしている」(『日葡辞書』)。

三　生とか死とかという現象世界から超越する意。

四　西園寺実氏(一一九四—一二六九)。従一位太政大臣。「相国」は太政大臣の唐名。底本「常槃井相国」。

五　天皇の命令を記した文書。

六　北面の武士。院の御所を守護する武士。

七　相国に敬意を表して下馬した。「四位以下、一位に遇ふ、五位以下三位に遇ふ、六位以下四位以上に遇ふ(中略)皆下馬す」(『弘安礼節』)。

勅書[一]を馬の上ながら捧げて見せ奉るべし、おるべからずとぞ。

第九十五段

「箱[二]のくりかたに緒《を》をつくること、[三]いづかたにつけ侍るべきぞ」と、ある有職の人に尋ね申し侍りしかば、「[四]軸につけ、表紙《へうし》[五]につくること、両説なれば、いづれも難なし。文《ふみ》[六]の箱は、多くは右につく。[七]手箱には軸につくるも常のことなり」と仰せられき。

第九十六段

[八]めなもみといふ草あり。[九]くちばみにさされたる人、かの草を揉《も》みて付けぬれば、則ち癒《い》ゆとなん。[一〇]見知りておくべし。

第九十七段

一　「陣中には自ら御書を持ち、陣外には小舎人に持たしむ。(中略)其の小舎人は袍を著し、路頭に於て、大臣已上に逢ふと雖も下りず」(『侍中群要』巻八)。この礼式が、院庁の北面の場合にも適用されたか。

二　「くりかた」(刳形・栗形)は、ぐってあけられた穴。ここは緒を通すための環《かん》か。

三　箱の左右のどちら側に。

四　箱の左の方をさす。

五　箱の右の方をさす。

六　書状を入れて送る箱。

七　手まわりの小道具類を入れる箱。

八　「やぶたばこ」(漢名、天名精)、「豨薟《きれん》」などの諸説がある。『本草綱目』(巻十七)の「天名精」の項に「悪虫蛇螫の毒を解す」とある。

九　毒蛇のまむし。

一〇　正徹本には、「とりてをくべし」とある。

その物につきて、その物を費《つひや》しそこなふ物、数を知らずあり。身に虱《しらみ》あり、家に鼠《ねずみ》あり、[一]国に賊あり、[二]小人《せうじん》に財《たから》あり、君子《くんし》に仁義あり、僧に法《ほふ》あり。

第九十八段

尊きひじりの言ひ置きけることを書き付けて、[三]一言芳談《いちごんはうだん》とかや名づけたる草子《さうし》を見侍りしに、心にあひて覚えしことども。

一《ひとつ》　[四]しやせまし、せずやあらましと思ふことは、おほやうは、せぬはよきなり。

一　[五]後世《ごせ》を思はん者は、糂汰瓶《じんだがめ》一つも持つまじきことなり。[六]持経《ぢきやう》・本尊にいたるまで、よき物を持つ、よしなきことなり。

一　[七]遁世者《とんせいじや》は、無きにこと欠けぬやうをはからひて過ぐる、最上のやうにてあるなり。

一　[八]上臈《じやうらふ》は下臈《げらふ》になり、智者は愚者になり、徳人《とくにん》は貧に成り、能ある人は無能になるべきなり。

一　「夫れ、讒佞《ざんねい》の徒は、国の蟊賊《ばうぞく》なり」(『帝範』第六)。

二　「天下尽く殉なり。彼の其の殉ずる所、仁義なればなり。則ち俗はこれを君子と謂ふ。其の殉ずる所、貨財なれば、則ち俗は之を小人と謂ふ」(『荘子』駢拇《べんぼ》)。

三　浄土教に関係のある高僧の仮名法語の集録書。編者未詳。

四　明禅法印の言。「しやせまし、せでやあらましとおぼゆるほどの事は、大抵せぬがよきなり」(『一言芳談』、以下の引用も同書)。

五　「糂汰瓶」は、ぬかみその容器。俊乗房重源の言。「後世をおもはんものは、糂汰瓶一も、もつまじき物とこそ心えて候へ」。

六　「持経」は、常に携えている経。これ以下は、解脱上人の言。「出離に三障あり。一には所持の愛物、本尊・持経等まで」。

七　敬仏房の言。「遁世者は、なに事もなきに事かけぬ様を思ひつけ、ふるまいたるがよきなり」。

八　「上臈」は修行を積んだ上位の僧。顕性房の言。「昔は後世を思ふ者は、上臈は下臈になり、智者は愚者になり、徳人は貧人になり、能ある者は無能にこそなりしが、今の人はこれにみなたがへり」。

一　[一]仏道を願ふといふは、別《べち》のことなし。いとまある身になりて、世のことを心にかけぬを第一の道とす。

この外もありしことども、おぼえず。

第九十九段

[二]堀川相国《ほりかはのしやうこく》は、美男《びなん》の[三]たのしき人にて、そのこととなく過差《くわさ》を好み給ひけり。[四]御子《おんこ》基俊卿《もととしのきやう》を[五]大理《だいり》になして、庁務《ちやうむ》おこなはれけるに、庁屋の唐櫃《からひつ》見ぐるしとて、めでたく作り改めらるべきよし仰せられけるに、この唐櫃は、上古《しやうこ》より伝はりて、その始めを知らず、数百《すひやく》年を経たり。累代《るいだい》の公物《くもつ》、[六]古《こ》弊《へい》をもちて規模《きぼ》とす、たやすく改められがたきよし、[七]故実《こしつ》の諸官《しよくわん》等申しければ、そのことやみにけり。

第百段

[八]久我相国《こがのしやうこく》は、殿上《てんじやう》にて水を召しけるに、[九]主殿司《とのもづかさ》、[一〇]土器《かはらけ》を奉りければ、「[一一]ま

一　行仙房の言。「ただ仏道を願ふといふは、別にやうやうしき事なし。ひまある身となりて、道をさきとして、余事に心をかけぬを第一の道とす」。

二　太政大臣久我基具（一二三二―一二九七）。兼好が諸大夫として仕えたとされている。具守の父。

三　富裕な人。

四　基具の次男。弘安八年（一二八五）に検非違使別当。文保三年（一三一九）没。五十九歳。

五　検非違使別当の唐名。

六　古びて破損していること。

七　昔の儀式・法制などの慣例に通じた役人たち。

八　久我通光（一一八七―一二四八）。寛元四年（一二四六）、太政大臣。『新古今集』以下の勅撰集入集歌人。

九　宮中の雑事（燈油・薪炭・火燭など）に奉仕する女官。

一〇　素焼きの食器や杯。

一一　未詳。木製の椀、銀製の器などの諸説あり。

がりを参らせよ」とて、まがりしてぞ召しける。

第百一段

ある人、任大臣《にんだいじん》[一]の節会《せちゑ》の内弁《ないべん》[二]を勤められけるに、内記《ないき》[三]の持ちたる宣命《せんみやう》[四]を取らずして、堂上《たうしやう》せられにけり。きはまりなき失礼《しちらい》なれども、立ち帰り取るべきにもあらず、思ひわづらはれけるに、六位外記《げき》[五]康綱《やすつな》[六]、衣《きぬ》[七]かづきの女房を語らひて、かの宣命を持たせて、忍びやかに奉らせけり。いみじかりけり。

第百二段

尹大納言光忠入道《ゐんのだいなごんみつただのにふだう》[八]、追儺《ついな》の上卿《しやうけい》をつとめられけるに、洞院右大臣殿《とうゐんのうだいじんどの》[九]に次第《しだい》を申し請けられければ、「又五郎《またごらう》[一〇]男《をのこ》を師とするより外の才覚候はじ」とぞ、のたまひける。かの又五郎は、老いたる衛士《ゑじ》[一一]の、よく公事《くじ》になれたる者にてぞありける。近衛殿《このゑどの》[一二]着陣《ちやくぢん》し給ひける時、軾《ひざつき》[一三]を忘れて、外記《げき》[一四]を召さ

一　大臣を任命する儀式。
二　節会のとき、諸事を統轄する役。
三　中務省に属し、詔勅・宣命を起草する役。
四　天皇の勅を伝える文書。
五　底本は「内記」、正徹本・常縁本により「外記」と改める。太政官に属する官人。
六　中原康綱（一二九〇—一三三九）。文保二年（一三一八）、少外記。建武元年（一三三四）、権大外記。
七　第七十段に既出。
八　源光忠（一二八四—一三三一）。六条故内府有房の次男。元徳元年（一三二九）、弾正尹、同二年、権大納言。
九　洞院公賢《きんかた》（一二九一—一三六〇）か。建武二年（一三三五）から同四年まで右大臣。その父の洞院実泰（一二六九—一三二七）とする説もある。
一〇　伝未詳。「男」は、目下の男性につけていう語。
一一　衛門府に属し、宮中を警護し、篝火《かがりび》をたく役人。
一二　近衛家の尊貴者。近衛経忠、またはその父家平をさすか。
一三　公事の際、庭に敷き、ひざまずくときの席とする敷き物。
一四　第一〇一段に既出。

れければ、火たきて候ひけるが、「先づ軾[一]を召さるべくや候ふらん」と、しのびやかにつぶやきける、いとをかしかりけり。

第百三段

[二]大覚寺殿《だいがくじどの》にて、近習《きんじふ》の人ども、なぞなぞを作りて解かれける処《ところ》へ、医師《くすし》[三]忠守《ただもり》参りたりけるに、[四]侍従大納言公明卿《じじゅうのだいなごんきんあきらのきやう》、「我が朝《てう》の者とも見えぬ忠守かな」と、なぞなぞにせられにけるを、「[五]唐瓶子《からへいじ》」と解きて笑ひあはれければ、腹立ちて退《まか》り出でにけり。

第百四段

[六]荒れたる宿の、人目なきに、女の[七]はばかることあるころにて、つれづれと籠り居たるを、ある人、とぶらひ給はんとて、[八]夕月夜のおぼつかなきほどに、忍びて尋ねおはしたるに、[九]犬のことことしくとがむれば、下衆女《げすをんな》の出でて、「いづくよりぞ」と言ふに、やがて案内《あない》せさせて入り給ひぬ。心ぼ

一　「軾を召す」と「外記を召す」との照応が、「をかしかりけり」を呼び起こしている。
二　京都市右京区嵯峨にあった後宇多上皇の御所。
三　丹波忠守。典薬頭。宮内卿。歌人で『源氏物語』にも通じていた。中国からの帰化人の子孫。
四　三条公明（一二八一―一三三六）。建武三年（一三三六）、権大納言に任ぜられ侍従を兼ねた。
五　中国ふうの徳利。常縁本の「からいし」（唐医師）を妥当な本文とみる見解もある。
六　「人目なく荒れたる宿はたちばなの花こそ軒のつまとなりけれ」（『源氏物語』花散里）を念頭におくか。
七　物忌みや服喪中などで外出をはばかること。
八　「夕月夜おぼつかなきに玉くしげふたみの浦はあけてこそみめ」（『古今集』羇旅）による。
九　犬がうるさく吠えるので。「里びたる声したる犬どもの、出で来て、ののしるも」「物咎めする犬の声」（ともに『源氏物語』浮舟）を背景におく。

そげなるありさま、いかで過ぐすらんと、いと心ぐるし。あやしき板敷にしばし立ち給へるを、もてしづめたるけはひの、わかやかなるして、「こなた」といふ人あれば、[一]たてあけ所狭《せ》げなる遣戸《やりど》よりぞ入り給ひぬる。内のさまは、いたくすさまじからず。心にくく、[二]火はあなたにほのかなれど、もののきらなど見えて、[三]俄かにしもあらぬ匂ひ、いとなつかしう住みなしたり。[四]「門《かど》よくさしてよ。雨もぞ降る。御車《みくるま》は門の下に。御供《おんとも》の人はそこそこに」と言へば、「今宵ぞやすき寝《い》は寝《ぬ》べかめる」と、うちささめくも忍びたれど、程なければ、ほの聞ゆ。

さて、このほどのことども、こまやかに聞え給ふに、夜深き鳥も鳴きぬ。来《こ》しかた行末かけて、まめやかなる御物語に、このたびは鳥もはなやかなる声にうちしきれば、明けはなるるにやと聞き給へど、夜深く急ぐべき所のさまにもあらねば、少したゆみ給へるに、隙《ひま》白くなれば、忘れがたきことなど言ひて、立ち出で給ふに、梢も庭もめづらしく青みわたりたる卯月《うづき》ばかりのあけぼの、艶《えん》にをかしかりしを思し出でて、[五]桂《かつら》の木の大きなるが隠るるまで、今も見送り給ふとぞ。

一　開閉の窮屈そうな引き戸。

二　灯火は向こうにあって、ほんのり明るいだけだが、調度の美しさはよく見えること。「万のものの綺羅《きら》・飾り・色ふしも、夜のみこそめでたけれ」（第一九一段）参照。

三　「わざとならぬ匂ひ」（第三十二段）と類似表現。

四　以下の表現は、次の『源氏物語』（東屋）の場面を念頭において記す。「雨、やや降りければ、空はいと暗し。宿直人《とのゐびと》の、怪しき声したる、夜行うちして、『宅の、辰巳《たつみ》の隅のくづれ、いと、あやふし』『この、人の御車、入るべくは、引き入れて、御門さしてよ』『かかる、人の供人こそ、心は、うたてあれ』など、言ひあへるも、むくむくしく、聞きならはぬ心地し給ふ。」

五　以下の表現は、「大きなる桂の木の追風に、祭の頃おぼし出でられて、そこはかとなく、けはひをかしきを、ただ一目見給ひし宿なりと見給ふ」（『源氏物語』花散里）や、菅原道真が流謫の時に詠じた、「君が住む宿の梢をゆくゆくとかくるるまでもかへりみしはや」（『大鏡』巻二）の場面と重ねている。

第百五段

北[一]の屋かげに消え残りたる雪の、いたう凍《こほ》りたるに、さし寄せたる車[二]の轅《ながえ》も、霜いたくきらめきて、有明[三]の月さやかなれども、隈《くま》なくはあらぬに、人離れなる御堂の廊に、なみなみにはあらずと見ゆる男、女となげし[四]に尻かけて、物語するさまこそ、何事にかあらん、つきすまじけれ。かぶし[五]・かたちなど、いとよしと見えて、えもいはぬ匂ひの、さとかをりたるこそ、をかしけれ。けはひなど、はづれはづれ聞えたるもゆかし。

一 『白氏文集』（巻十六・庾楼暁望）の「子城隠れたる処猶残れる雪あり」（「子城」は、北方の意）を念頭に置くか。
二 牛車の前に出ている二本の棒。
三 「月は有明にて、光をさまれる物から、影さやかに見えて」（『源氏物語』帚木）を念頭に置くか。
四 敷居の下に長く横に渡す材木。『兼好自撰家集』に類似の場面がある（補注一六）。
五 頭つき、頭を傾けた様の両説がある。

第百六段

高野《かうやの》[六]証空《しようくう》[七]上人《しやうにん》、京へのぼりけるに、細道にて、馬に乗りたる女の行きあひたりけるが、口ひきける男、あしくひきて、聖《ひじり》の馬を堀へおとしてげり。聖いと腹悪しくとがめて、「こは希有《けう》[八]の狼籍《らうぜき》かな。四部《しぶ》[九]の弟子はよな、比《び》[一〇]丘《く》よりは比丘尼《びくに》はおとり、比丘尼より優婆塞《うばそく》[一一]はおとり、優婆塞より優婆夷《うばい》はおとれり。かくのごとくの優婆夷などの身にて、比丘を堀へ蹴入れさす

六 和歌山県高野山の金剛峯寺。
七 伝未詳。
八 無類の乱暴。
九 仏弟子にある四種の、比丘・比丘尼・優婆塞・優婆夷の総称。
一〇 出家して具足戒を受けた男。女を比丘尼と称する。
一一 五戒を受けた在家の男。女を優婆夷という。

る、[一]未曾有《みぞう》の悪行《あくぎやう》なり」と言はれければ、口ひきの男、「いかに仰せらるるやらん、えこそ聞き知らね」と言ふに、上人なほいきまきて、「何といふぞ、[二]非修非学《ひしゆひがく》の男」とあららかに言ひて、きはまりなき放言《はうごん》しつと思ひける気色にて、馬ひき返して逃げられにけり。

尊かりけるいさかひなるべし。

第百七段

女の物言ひかけたる返事《かへりごと》、とりあへずよきほどにする男は、ありがたきものぞとて、[三]亀山院《かめやまゐん》の御時、しれたる女房ども、若き男達の参らるるごとに、「郭公や聞き給へる」と問ひて、こころみられけるに、[四]なにがしの大納言とかやは、「[五]数ならぬ身は、え聞き候はず」と答へられけり。[六]堀川内大臣殿《ほりかはのないだいじんどの》は、「[七]岩倉《いはくら》にて聞きて候ひしやらん」と仰せられたりけるを、「これは難なし。数ならぬ身、むつかし」など定めあはれけり。

すべてをのこをば、女に笑はれぬやうにおほしたつべしとぞ。「[八]浄土寺《じやうどじの》前関白殿《さきのくわんぱくどの》は、幼くて、[九]安喜門院《あんきもんゐん》のよく教へ参らせさせ給ひける故に、御《おん》

一　前代未聞の悪行。

二　仏道の修行も学問もしない者。

三　正元元年（一二五九）から文永十一年（一二七四）。兼好の生前の頃。

四　某大納言という人。非難されているので、あえて実名を出さなかったか。

五　人の数に入らないつまらない身。この返答は、源俊頼の「音せぬは待つ人からか郭公たれ教へけむ数ならぬ身を」（『続古今集』雑上）を念頭においているか。

六　堀川具守《ともり》（一二四九―一三一六）。正和二年（一三一三）に内大臣。兼好は在俗事にこの人に仕えた。

七　京都市右京区岩倉町の地。ここに堀川家の山荘があった。

八　九条師教か。嘉元三年（一三〇五）に関白。元応二年（一三二〇）没。一説に師教の父忠教とも。

九　後堀河天皇皇后の有子。師教の祖母の姉妹。弘安九年（一二八六）没。八十歳。

詞《ことば》などのよきぞ」と、人の仰せられけるとかや。[一]山階左大臣殿《やましなのさだいじんどの》は、「あやしの下女《しもをんな》の見奉るも、いとはづかしく、心づかひせらるる」とこそ、仰せられけれ。女のなき世なりせば、[二]衣文《えもん》も冠も、いかにもあれ、ひきつくろふ人も侍らじ。

かく人にはぢらるる女、如何《いか》ばかりいみじきものぞと思ふに、女の性《しやう》は皆ひがめり。人我《にんが》の相《さう》深く、[三]貪欲《とんよく》甚だしく、ものの理《ことわり》を知らず、ただ、迷ひの方に心もはやく移り、詞《ことば》も巧みに、苦しからぬことをも問ふ時は言はず、[四]用意あるかと見れば、又あさましきことまで、問はず語りに言ひ出す。深くたばかり飾れることは、男の智恵にもまさりたるかと思へば、そのこと、あとよりあらはるるを知らず。すなほならずしてつたなきものは女なり。その心に随ひてよく思はれんことは、心憂かるべし。されば、何かは女のはづかしからん。もし賢女あらば、それもものうとく、すさまじかりなん。ただ[五]迷ひを主《あるじ》として、かれに随ふ時、やさしくも、おもしろくも覚ゆべきことなり。

第百八段

一　洞院実雄（一二一七―一二七三）。弘長元年（一二六一）に左大臣。後宇多・伏見・花園天皇の外祖父。

二　装束の着け方、冠のかぶり方。

三　仏教語。非常に欲が深いこと。

四　用心して口を慎んでいるのかと思うと。

五　迷妄・煩悩を主人と認め、それに身をまかせてゆく。

一　「一寸の光陰」の意。ほんのわずかな時間。

二　仏道に入って修行する人。「道を学する人」（第九十二段）に同じ。

三　以下は、すべて仏教語で、食事・大小便・睡眠・会話・歩行など、生活上の不可欠の行為を列挙。

四　中国南北朝時代の文人。宋に仕え永嘉の太守となったが、政治に不満をもち、多くの山水詩を残した。官を辞してのち、謀反罪により、四三三年に刑死。四十九歳。

五　『法華経』の翻訳を記す筆録者。

六　自然の興趣を楽しむ心。栄達しようとする野心との説もある。

七　中国東晋の高僧。廬山に東林寺を建てて住んだ。四一六年没。八十三歳。

八　白蓮社のこと。恵遠を中心とする宗教結社。「霊運嘗て社に入らむことを求む。遠公其の心雑なるを以て之を止む」（『仏祖統記』巻二十六）。

[一]寸陰惜しむ人なし。これ、よく知れるか、愚かなるか。愚かにして怠る人のために言はば、一銭軽《かろ》しといへども、是をかさぬれば、貧しき人を富める人となす。されば、商人《あきびと》の一銭を惜しむ心、切なり。刹那《せつな》覚えずといへども、これを運びてやまざれば、命を終ふる期《ご》、忽ちに至る。

されば、[二]道人《だうにん》は、遠く日月《にちぐわつ》を惜しむべからず。ただ今の一念、むなしく過ぐることを惜しむべし。もし人来りて、我が命、明日は必ず失はるべしと告げ知らせたらんに、今日の暮るるあひだ、何事をか頼み、何事をか営まん。我等が生ける今日の日、なんぞその時節にことならん。一日のうちに、[三]飲食《おんじき》・便利《べんり》・睡眠《すいめん》・言語《ごんご》・行歩《ぎやうぶ》、やむことをえずして、多くの時を失ふ。そのあまりの暇《いとま》幾ばくならぬうちに、無益《むやく》のことをなし、無益のことを言ひ、無益のことを思惟《しゆい》して時を移すのみならず、日を消《せう》し、月を亙《わた》りて、一生を送る、尤も愚かなり。

[四]謝霊運《しやれいうん》は[五]法華《ほつけ》の筆受《ひつじゆ》なりしかども、心、常に[六]風雲《ふううん》の思ひを観ぜしかば、[七]恵遠《ゑをん》、[八]白蓮《びやくれん》の交りを許さざりき。暫くもこれなき時は、死人におなじ。光陰何のためにか惜しむとならば、内に思慮なく、外《ほか》に世事なくして、止ま

ん人は止み、修《しう》せん人は修せよとなり。

第百九段

高名《かうみやう》[一]の木のぼりといひしをのこ、人をおきてて[二]、高き木にのぼせて梢を切らせしに、いと危く見えしほどは言ふこともなくて、おるるときに軒長《のきたけ》ばかりになりて、「あやまちすな。心しておりよ」と言葉をかけ侍りしを、「かばかりになりては、飛びおるるともおりなん。如何にかく言ふぞ」と申し侍りしかば、「そのことに候[三]。目くるめき、枝危きほどは、おのれが恐れ侍れば申さず。あやまちは、やすき所になりて、必ず仕《つかまつ》ることに候」といふ。

あやしき下臈《げらふ》[四]なれども、聖人《せいじん》[五]の戒《いまし》めにかなへり。鞠《まり》[六]も、難き所[七]を蹴出《けいだ》してのち、やすく思へば、必ず落つと侍るやらん。

第百十段

一　木登りの名人と世間の人が呼んでいる男。庭師や樵《きこり》の職人か。
二　「掟《おき》てて」で、指図するの意。
三　そのことです。質問が核心に当たったときに発する。
四　下賤の者。
五　「君子は、安けれども危きを忘れず、存すれども亡びんことを忘れず、治まれども乱れんことを忘れず、是を以て身を安くして国家を保つべきなり」（『易経』繫辞《けいじ》）などの思想に通う。
六　蹴鞠。
七　木の根方などの鞠を蹴るのが難しいところを指すか。

[一]双六《すぐろく》の上手といひし人に、その行《てだて》を問ひ侍りしかば、「勝たんと打つべからず、負けじと打つべきなり。いづれの手かとく負けぬべきと案じて、その手を使はずして、[二]一目なりともおそく負くべき手につくべし」といふ。

道を知れる教《をしへ》、身を治め、国を保たん道も、又しかなり。

第百十一段

「[三]囲碁《ゐご》・双六《すぐろく》好みて明かし暮らす人は、[四]四重《しぢゅう》・[五]五逆《ごぎゃく》にもまされる悪事とぞ思ふ」と、あるひじりの申ししこと、耳にとどまりて、いみじくおぼえ侍る。

第百十二段

明日は遠き国へ赴《おもむ》くべしと聞かん人に、心閑《しづか》になすべからんわざをば、人、言ひかけてんや。俄かの大事をも営み、切になげくこともある人は、他のことを聞き入れず、人の愁へ・喜びをも問はず。問はずとて、などや

一　中国から伝来した遊戯。二人で相対し、十二の筋を引いた盤上に、おのおの、黒と白の十二の石を並べ、二つの采《さい》を振って、駒を進めて勝負を競う。今の双六とは別。

二　双六の盤の筋目一つ。

三　碁を打つこと。

四　仏教語の「四重罪」の略で、殺生・偸盗《ちゅうとう》・邪淫・妄語の四つの禁戒を犯す罪。

五　仏教語の「五逆罪」の略で、父・母・阿羅漢を殺し、僧の和合を破り、仏身を傷つける罪。

と恨むる人もなし。されば、年もやうやうたけ、病にもまつはれ、況《いは》んや世をものがれたらん人、又是におなじかるべし。

[一]人間の儀式、いづれのことか去り難からぬ。世俗の黙しがたきに随ひて、これを必ずとせば、願ひも多く、身も苦しく、心の暇《いとま》もなく、一生は雑事《ざふじ》の小節にさへられて、むなしく暮れなん。[二]日暮れ、塗《みち》遠し。吾が生《しやう》既に蹉《さ》跎《だ》たり。諸縁《しよえん》を放下《はうげ》すべき時なり。信をも守らじ。礼義をも思はじ。この心をも得ざらん人は、物狂ひとも言へ、うつつなし、情なしとも思へ。毀《そし》るとも苦しまじ。誉《ほ》むとも聞き入れじ。

第百十三段

[三]四十《よそぢ》にもあまりぬる人の、色めきたる方、おのづから忍びてあらんは、いかがはせん、言にうち出でて、男・女のこと、人のうへをも言ひたはぶるるこそ、にげなく、見苦しけれ。

大かた聞きにくく見苦しきこと、老人の若き人にまじはりて、興あらんと物言ひゐたる。[四]数ならぬ身にて、世の覚えある人をへだてなきさまに言

一　世間で行なわれている、神事・仏事・公事などの儀礼的な行事。

二　「蹉跎」は、つまずくこと。「日暮れて途遠し。吾が生既に蹉跎たり」(『選択伝弘決疑抄』巻二)。ほかに『諸人善人詠』の「白居易少伝」や『往生礼讃私記』(巻上)などにも引用されている。

三　四十歳を越えた人。四十歳を越えた人を老人と考えている。「長くとも四十にたらぬほどにて死なんこそ、めやすかるべけれ」(第七段)。

四　取るに足らぬ分際。第一〇七段に既出。

ひたる。貧しき所に、酒宴好み、[一]客人《まれびと》に饗応《あるじ》せんときらめきたる。

第百十四段

[二]今出川《いまでがは》のおほい殿、[三]嵯峨《さが》へおはしけるに、[四]有栖川《ありすがは》のわたりに、水の流れたる所にて、[五]賽王丸御牛《さいわうまるおんうし》を追ひたりければ、[六]あがきの水、前板までささとかかりけるを、[七]為則《ためのり》、御車《みくるま》のしりに候ひけるが、「希有《けう》の童かな。かかる所にて御牛をば追ふものか」と言ひたりければ、おほい殿、御気色あしくなりて、「おのれ、車やらんこと、賽王丸にまさりてえ知らじ。[八]希有の男なり」とて、御車に頭《かしら》をうちあてられにけり。

この高名《かうみやう》の賽王丸は、[九]太秦殿《うづまさどの》の男、[一〇]料《れう》の御牛飼ぞかし。この太秦殿に侍りける女房の名ども、[一一]一人は、ひささち、一人は、ことつち、一人は、はふはら、一人はおとうしとつけられけり。

第百十五段

一　来客にはでな接待をすること。
二　西園寺公相《きんすけ》（一二二三―一二六七）。弘長元年（一二六一）、太政大臣となる。「おほい殿」は、大臣の尊称。
三　京都市右京区嵯峨付近。
四　京都市西郊の嵯峨にあった川とも地名ともいわれる。未詳。
五　西園寺家に仕えた著名な牛飼。公相の祖父公経が、後嵯峨院に進上した牛飼（『駿牛絵詞』）。
六　牛が足ではねた水。
七　公相の従者であろうが、伝未詳。
八　とんでもない男だ。為則の言の「希有の童」を受け、お前こそ「希有の男」と機転をきかしたもの。
九　未詳。藤原信清（一一五九―一二一六）との説もあるが、時代が合わない。
一〇　太秦殿に奉仕した御牛飼。なお、この「料」を、上の「男」と続け、「男料」と読み、男子専用の牛車と解する説もある。
一一　以下は牛に因んだ女房名であろうが、意味は未詳。ユーモラスな命名由来を感ずる。

[一]宿河原《しゅくがはら》といふところにて、[二]ぼろぼろ多く集まりて、[三]九品《くほん》の念仏を申しけるに、外《ほか》より入り来《きた》るぼろぼろの、「もしこの御中に、[四]いろをし房と申すぼろやおはします」と尋ねければ、その中より、「いろをし、ここに候。かくのたまふは、誰そ」と答ふれば、「[五]しら梵字《ぼんじ》と申す者なり。おのれが師、なにがしと申しし人、東国にて、いろをしと申すぼろに殺されけりと承りしかば、その人にあひ奉りて、恨み申さばやと思ひて尋ね申すなり」といふ。いろをし、「ゆゆしくも尋ねおはしたり。さること侍りき。ここにて対面し奉らば、道場をけがし侍るべし。前の河原へ参りあはん。あなかしこ、[六]わきさしたち、いづかたをもみつぎ給ふな。あまたのわづらひにならば、仏事の妨に侍るべし」と言ひ定めて、二人河原へ出であひて、心行くばかりに貫きあひて、共に死ににけり。

ぼろぼろといふもの、昔はなかりけるにや。近き世に、[七]ぼろんじ・梵字・漢字など言ひける者、そのはじめなりけるとかや。世を捨てたるに似て我執深く、仏道を願ふに似て、闘諍をこととす。[八]放逸無慙の有様なれども、死を軽くして、少しもなづまざるかたのいさぎよく覚えて、人の語りしままに書き付け侍るなり。

一　未詳。摂津国三島郡宿久郷とか武蔵国橘樹郡稲田村の宿河原（神奈川県川崎市高津区宿河原）とする説があるが、当時はこの地名が多く散在し、特定しがたい。

二　世捨て人の一種か。虚無僧《こむそう》の原形かといわれるが未詳。「暮露々々の如くにて、帷《かたびら》に紙衣《かみこ》きてぬるに」（『沙石集』八・下）。

三　九品に分かれる極楽浄土の、それに相応する数の念仏、極楽の九品になぞらえて九か所の道場を設け、一定の期間勤修される念仏などの諸説がある。

四　伝未詳。

五　伝未詳。

六　手下の者。付き添いの者。

七　「梵論字」と書くか。以下の「梵字」「漢字」とともに、「ぼろぼろ」の原形というが、未詳。

八　仏教語。勝手気ままで恥を知らぬさま。

第百十六段

[一]寺院の号《な》、さらぬ万の物にも、名をつくること、昔の人は少しも求めず、ただありのままに、[二]やすく付けけるなり。このごろは深く案じ、才覚をあらはさんとしたるやうに聞ゆる、いとむつかし。人の名も、[三]目なれぬ文字をつかんとする、益なきことなり。

何事もめづらしきことをもとめ、異説を好むは、浅才の人の必ずあることなりとぞ。

第百十七段

[四]友とするにわろき者、七つあり。一つには、高くやんごとなき人。二つには、[五]若き人。三つには、病なく身強き人。四つには、[六]酒を好む人。五つには、[七]たけく勇める兵《つはもの》。六つには、虚言《そらごと》する人。七つには欲深き人。

よき友三つあり。一つには物くるる友。二つには、医師《くすし》。三つには、智

一　寺や院の名称。仏典などに典拠を求めた、ことごとしい名称が多い。

二　あっさりと。思案せず。「やすくすなほにして」（第十四段）。

三　珍しい文字。難読な文字の意か。

四　この発想は、『論語』（季氏）の「益者三友、損者三友、直きを友とし、諒《まこと》を友とし、多聞を友とするは、益なり。便辟《べんえき》を友とし、善柔を友とし、便佞《べんねい》を友とするは損なり」に依るか。

五　第一七二段参照。

六　第一七五段参照。

七　勇猛な武士。第八十段参照。

恵ある友。

第百十八段

[一]鯉の羹《あつもの》食ひたる日は、[二]鬢《びん》そそけずとなん。[三]膠《にかは》にも作るものなれば、ねばりたるものにこそ。

鯉ばかりこそ、御前にても切らるる物なれば、[四]やんごとなき魚なり。鳥には[五]雉《きじ》、さうなき物なり。雉・松茸などは、[六]御湯殿《みゆどの》の上にかかりたるも苦しからず。その外は心うきことなり。[七]中宮の御方の御湯殿の上の[八]黒御棚《くろみだな》に雁《かり》の見えつるを、[九]北山入道殿《きたやまのにふだうどの》の御覧じて帰らせ給ひて、やがて御文にて、「かやうの物、さながらその姿にて御棚《みたな》にゐて候ひしこと、見ならはず、さまあしきことなり。はかばかしき人のさぶらはぬ故にこそ」など、申されたりけり。

第百十九段

一　鯉の肉を入れた吸い物。「藜《あかざ》のあつもの」（第五十八段）。
二　耳の上の頭髪。
三　動物の骨などを煮て作った接着用のもの。
四　特別上等の魚。「鯉に上をする魚なし」（『四条流庖丁書』）。
五　雉が並ぶものがない。「雉の鳥に必ず限るべし」（『四条流庖丁書』）。
六　皇居の清涼殿の内の一室。
七　後醍醐天皇の中宮禧子《きし》。
八　黒塗りの三重の棚。手廻りの道具類を置く。
九　西園寺実兼（一二四九―一三二二）。中宮禧子の父で、当時の一大権勢家。正安元年（一二九九）出家。第二三一段の「北山太政入道殿」も同人物。

鎌倉の海に鰹《かつを》と言ふ魚は、かの境《さかひ》[一]にはさうなきものにて、このごろもてなす[二]ものなり。それも、鎌倉の年寄りの申し侍りしは、「この魚、おのれら若かりし世までは、はかばかしき人の前へ出づること侍らざりき。頭《かしら》[三]は下《しも》部《べ》も食はず、切りて捨て侍りしものなり」と申しき。

かやうの物も、世の末になれば、上《かみ》[四]ざままでも入りたつわざにこそ侍れ。

第百二十段

唐《から》[五]の物は、薬の外は、なくとも事欠くまじ。書《ふみ》どもは、この国に多くひろまりぬれば、書きも写してん。唐土舟《もろこしぶね》[六]のたやすからぬ道に、無用の物どものみ取り積みて、所狭《せ》く渡しもて来る、いと愚かなり。

「遠き物を宝とせず」[七]とも、又、「得がたき貨《たから》を貴《たふと》まず」[八]とも、文にも侍るとかや。

第百二十一段

一　あの地域。鎌倉をさす。
二　珍重する。京都で「もてはやす」と解する説もあるが、ここは鎌倉の地だろう。
三　鰹の頭は、卑しい者も食べなかった。普通の魚は頭も食べたらしい。
四　上流階級。第八十段に既出。京都側の人とも考えられるが、ここは鎌倉の歴々の人達を想定していたろう。
五　中国からの渡来品。
六　中国風の船。日中を航行する船。
七　「遠き物を宝とせざれば、則ち、遠き人格《いた》る」（『書経』旅獒《りょごう》）。
八　「得難きの貨を貴ばざれば、民をして盗を為さざらしむ」（『老子』不尚賢）。

[一]養ひ飼ふものには、馬・牛。繫《つな》ぎ苦しむるこそいたましけれど、なくてかなはぬものなれば、いかがはせん。犬は、守り防ぐつとめ、人にもまさりたれば、必ずあるべし。されど、家ごとにあるものなれば、殊更に求め飼はずともありなん。

その外の鳥・獣《けだもの》、すべて用なきものなり。走る獣は檻《をり》[二]にこめ、鎖をさされ、飛ぶ鳥は翅《つばさ》を切り、籠《こ》に入れられて雲を恋ひ、野山を思ふ愁《うれへ》、止む時なし。その思ひ、我が身にあたりて忍びがたくは、心あらん人、是を楽しまんや。生を苦しめて目を喜ばしむるは、桀《けつ》[三]・紂《ちう》が心なり。王子猷《わうしいう》[四]が鳥を愛せし、林に楽しぶを見て、逍遥《せうえう》の友としき。捕へ苦しめたるにあらず。凡そ、[五]「めづらしき禽《とり》、あやしき獣、国に育《やしな》はず」とこそ、文にも侍るなれ。

第百二十二段

人の才能[六]は、文《ふみ》あきらかにして、聖《ひじり》の教《をしへ》を知れるを第一とす。次には手[七]書くこと、むねとすることはなくても、是を習ふべし。学問に便《たより》あらんた

一 家畜として飼育するものとしては。

二 下の「さされ」と対応し、「檻にこめられ」の意となり、次の「翅を切り」も「翅を切られ」の意。

三 中国古代における、夏の桀王と殷の紂王のこと。ともに残虐な暴君として著名。

四 中国の晋の書聖と称された王羲子の子、王徽之《おうきし》。「子猷」はその字《あざな》。竹を愛した風流人として著名。ここは、「阮籍《げんせき》が嘯《うそぶ》く場には、人、月に歩む、子猷が看る処には、鳥、煙に栖《す》む」（『和漢朗詠集』竹）による。

五 「珍禽・奇獣、国に育はず」（『書経』旅獒）。

六 教養や技術。

七 字を書くこと。習字。

めなり。次に医術を習ふべし。身を養ひ、人を助け、[一]忠孝のつとめも、医にあらずはあるべからず。次に、弓射《ゆみい》、馬に乗ること、[二]六芸《りくげい》に出せり。必ずこれをうかがふべし。[三]文・武・医の道、誠に、欠けてはあるべからず。これを学ばんをば、いたづらなる人といふべからず。次に、[四]食は人の天なり。よく味《あぢはひ》を調へ知れる人、大きなる徳とすべし。次に細工、万に要多し。この外のことども、[五]多能は君子の恥づるところなり。詩歌にたくみに、[六]糸竹に妙なるは、幽玄の道、君臣これを重くすといへども、今の世にはこれをもちて世を治むること、漸く愚かなるに似たり。金《こがね》はすぐれたれども、鉄《くろがね》の益《やく》多きにしかざるがごとし。

第百二十三段

無益《むやく》のことをなして時を移すを、愚かなる人とも、僻事《ひがこと》する人とも言ふべし。国のため、君のために、止むことを得ずしてなすべきこと多し。[六]そのあまりの暇《いとま》、幾ばくならず。[七]思ふべし、人の身に、止むことをえずしていとなむ所、第一に食ふ物、第二に着る物、第三に居る所なり。人間の大

一　「親に事《つか》ふる者は、亦医を知らざるべからず」（『大学』）。

二　古代中国で、士たる者の必修した六つの技芸。礼・楽・射・御（馬術）・書・数（計算）。

三　「凡そ、国家の器用を撰ばる事は、専ら文武医の三の道なり」（『百寮訓要抄』典薬寮）。

四　「夫れ、食は人の天たり、農は政の本たり」（『帝範』務農）。底本「命」だが、正徹本・常縁本の「天」による。

五　「吾少《わか》くして賤《いや》し。故に鄙事《ひじ》に多能なり。君子多ならんや。多ならざるなり」（『論語』子罕《しかん》）。

六　それらを行なった後の余暇はいくらもない。「そのあまりの暇幾ばくならぬうちに」（第一〇八段）。

七　よく考えてみるがよい。下記のことを対象とした倒置法。

事、この三つには過ぎず。飢《う》[一]ゑず、寒からず、風雨にをかされずして、閑《しづか》[二]に過ぐすを楽《たのしび》とす。ただし、人皆病あり。病にをかされぬれば、その愁忍びがたし。医療を忘るべからず。薬を加へて四つのこと、求め得ざるを貧しとす。この四つ欠けざるを富めりとす。この四つの外を求め営むを驕《おご》りとす。四つのこと倹約ならば、誰の人か足らずとせん。

第百二十四段

是《ぜ》法《ほふ》[三]法師は、浄土宗に恥ぢずといへども、学匠《がくしやう》[四]を立てず、ただ明暮念仏して、やすらかに世を過すありさま、いとあらまほし。

第百二十五段

人におくれて、四十九日[五]の仏事に、ある聖を請じ侍りしに、説法いみじくして、皆人、涙をながしけり。導師[六]帰りて後、聴聞《ちやうもん》の人ども、「いつよりも、ことに今日は尊く覚え侍りつる」と感じあへりし返事《かへりごと》に、ある者の言

一 「世の人の飢ゑず、寒からぬやうに、世をば行はまほしきなり」（第一四二段）。

二 静閑の中での生を楽しむさま。『方丈記』にも、「願はず、走らず、ただしづかなるを望みとし、憂へ無きを楽しみとす」とある。

三 兼好と同時代の遁世歌人。『続千載集』以下の勅撰集に五首入集。八十余歳まで生存したが、生没年未詳。

四 仏典に精通した学者。第六十段に既出。

五 中陰の最後の日の法事。「中陰」のことは、第三十段既出。

六 法会・法事などで、一座の僧の中心になって儀式を導く僧。ここは「ある聖」のこと。

はく、「何とも候へ、あれほど唐《から》[一]の狗《いぬ》に似候ひなんうへは」と言ひたりしに、あはれもさめてをかしかりけり。さる導師のほめやうやはあるべき。

又、「人に酒勧むるとて、おのれまづたべて[二]人に強ひ奉らんとするは、剣にて人を斬らんとするに似たることなり。二方《ふたかた》[三]に、刃つきたるものなれば、もたぐる時、先づ我が頸[四]を斬る故に、人をばえ斬らぬなり。おのれまづ酔ひて臥しなば、人はよも召さじ」と申しき。剣にて斬り試みたりけるにや。いとをかしかりき。

第百二十六段

「[五]ばくちの負きはまりて、残り[六]なく打ち入れんとせんにあひては、打つべからず。たちかへり[七]、つづけて勝つべき時の到れると知るべし。その時を知るを、よきばくちと言ふなり」と、ある者申しき。

第百二十七段

一　中国渡来の犬。狆《ちん》・高麗犬《こまいぬ》・舶来犬などを指すとの諸説がある。説法した聖の座りかたや顔つきが「唐の狗」に似ており、「ある者」はそこに尊さを感じたのであろう。

二　酒を飲む意。「この酒をひとりたうべんが」（第二一五段）。

三　両刃の剣であるから。

四　正徹本・常縁本は「頭」。

五　賭博《とば》を職業とする者。双六や碁を用い、金銭などを賭けて勝負を競う。

六　残った賭け物を、全部つぎ込んで勝負する相手に対しては。

七　もとの状態にもどって、負けのきわまった相手が、今度は逆に勝つ状況になること。

あらためて益《やく》なきことは、あらためぬをよし[一]とするなり。

第百二十八段

雅房《まさふさ》[二]大納言は、才賢《ざえ》く、よき人にて、大将《だいしやう》[三]にもなさばやとおぼしけるころ、院[四]の近習なる人、「ただ今、あさましきことを見侍りつ」と申されければ、「何事ぞ」と問はせ給ひけるに、「雅房卿、鷹[五]に飼はんとて、生きたる犬の足を斬り侍りつるを、中墻《なかがき》[六]の穴より見侍りつ」と申されけるに、うとましく、憎くおぼしめして、日来《ひごろ》の御気色《みけしき》もたがひ、昇進もし給はざりけり。

さばかりの人、鷹を持たれたりけるは思はず[七]なれど、犬の足はあとなきことなり。虚言は不便《ふびん》なれども、かかることを聞かせ給ひて、憎ませ給ひける君の御心は、いと尊きことなり。

おほかた、生けるものを殺し、傷《いた》め、闘はしめて遊び楽しまん人は、畜[八]生残害の類なり。万の鳥獣、小さき虫までも、心をとめて有様を見るに、子を思ひ、親をなつかしくし、夫婦を伴ひ、嫉《ねた》み、怒り、欲多く、身を愛

一　正徹本は「力と」、常縁本は「心と」と異文がある。

二　土御門雅房（一二六二―一三〇二）。永仁三年（一二九五）、任権大納言。「（定実の）御子の雅房・中納言親定とて、いづれも才ある人にておはしき」（『増鏡』さしぐし）。

三　近衛の長官である近衛大将。大納言の兼官で名誉な地位。

四　亀山・後宇多・伏見・後伏見を各々あてる諸説があり、未確定。

五　犬を殺して鷹の餌《ゑ》に用いたことは、『発心集』（巻五・十五）、『今昔物語集』（巻九の二十二）などにもみえる。

六　隣家とを隔てる垣。

七　意外なことであったが。無益な殺生をしたことではなく、公家たる雅房が鷹を飼っていたことに対しての発言だろう。二条良基の『嵯峨野物語』に、「近代、鷹を好む人、公家にはまれなり」とみえる。

八　禽獣が互いに食い合うのと同類である。「或は餓鬼飢饉の愁に沈み、或は畜生残害の悲しみに値《あ》ふ」（『往生講式』）。

し、命を惜しめること、ひとへに[一]愚癡《ぐち》なるゆゑに、人よりもまさりて甚だし。彼に苦しみを与へ、命を奪はんこと、いかでかいたましからざらん。すべて、一切の[二]有情《うじょう》を見て、慈悲の心なからんは、[三]人倫《じんりん》にあらず。

第百二十九段

[四]顔回《がんくわい》は、[五]志、人に労を施さじとなり。すべて、人を苦しめ、物を虐《しへた》ぐること、[六]賤《いや》しき民の志をも奪ふべからず。又、いときなき子をすかし、おどし、言ひ恥づかしめて興ずることあり。おとなしき人は、まことならねば、ことにもあらずと思へど、幼き心には、身にしみて恐ろしく、恥づかしく、あさましき思ひ、誠に切なるべし。是を悩まして興ずること、慈悲の心にあらず。

おとなしき人の、喜び、怒り、悲しび、楽しぶも、皆[七]虚妄《こまう》なれども、誰か[八]実有《じつう》の相に著《ぢゃく》せざる。身をやぶるよりも、心をいたましむるは、人をそこなふことなほ甚だし。病を受くることも、多くは心より受く。外より来《きた》る病は少し。[九]薬を飲みて汗を求むるには、しるしなきことあれども、一旦《いったん》

一　愚かで道理をわきまえぬこと。

二　仏教語で心情のあるもの。生き物。

三　人間。「人倫に遠く、禽獣に近きふるまひ」（第八十段）。

四　孔子の第一の弟子。字は淵。徳行をもって知られた賢人。

五　「顔淵曰く、願はくは善に伐《ほこ》ること無く、労を施すこと無けんと」（『論語』公冶長）。

六　「子曰く、三軍も帥《すゐ》を奪ふべきなり。匹夫《ひっぷ》も志を奪ふべからざるなりと」（『論語』子罕）。

七　迷いからおこる現象。

八　虚像なのに実在すると思い込むこと。

九　これ以下は、「夫れ、薬を服して汗を求むるも、或は獲《え》ざることあり、しかも、愧情《きじゃう》一たび集《いた》れば、渙然《くわんぜん》として流離す」（『文選』巻二十七・養生論）に依るか。

恥ぢ恐るることあれば、必ず汗を流すは、心のしわざなりといふことを知るべし。凌雲《りょううん》[一]の額《がく》を書きて、白頭の人となりしためしなきにあらず。

第百三十段

物[二]に争はず、己を枉《ま》げて人にしたがひ、我[三]が身を後《のち》にして、人を先にするにはしかず。

万の遊びにも、勝負を好む人は、勝ちて興あらんためなり。おのれが芸の勝りたることをよろこぶ。されば負けて興なく覚ゆべきこと、又知られたり。我負けて、人をよろこばしめんと思はば、更に遊びの興なかるべし。人に本意《ほい》なく思はせて、わが心を慰まんこと、徳に背けり。むつましき中に戯《たはぶ》るるも、人をはかりあざむきて、おのれが智のまさりたることを興とす。これ又、礼にあらず。されば、始め興宴《きようえん》[四]よりおこりて、長き恨を結ぶ類多し。これみな、争ひを好む失なり。

人に勝らんことを思はば、ただ学問して、その智を人にまさらんと思ふべし。道を学ぶとならば、善[五]に伐《ほこ》らず、ともがらに争ふべからずといふこ

一　「凌雲」は魏の文帝が建立した高楼「凌雲観」のこと。「凌雲の額」の故事は、『世説新語』（巧芸・第二十二）や『十訓抄』（第九）などに見える（補注十七）。

二　他人と争わず。「物にあらそひ、一度はうらみ、一度はよろこぶ」（第七十五段）

三　自分のことを後まわしにし、人を優先させる。『後漢書』（恵班女誡）に、「謙譲恭敬にして、人を先にし、己を後にす」とある。

四　遊興や酒宴。「喧嘩殊に甚しく、興宴の思ひ変じて闘殺に及ぶ」（嘉禄元年十月二十九日の宣旨状）にあるように、酒宴から惨劇に及ぶことを指す。

五　自分の長所を誇りとせず。「願はくは、善に伐ることなく」（『論語』公冶長）を念頭に置く。

とを知るべき故なり。[一]大きなる職をも辞し、利をも捨つるは、ただ学問の力なり。

第百三十一段

[二]貧しき者は財《たから》をもて礼とし、老いたる者は力をもて礼とす。おのが分を知りて、及ばざる時は速かにやむを智といふべし。[三]許さざらんは、人の誤りなり。分を知らずして強ひて励むは、おのれが誤りなり。

[四]貧しくて分を知らざれば盗み、力おとろへて分を知らざれば病を受く。

第百三十二段

[五]鳥《と》羽《ば》の作道《つくりみち》は、[六]鳥羽殿建てられて後の号《な》にはあらず。昔よりの名なり。[七]元良親王《もとよしのしんわう》、元日《ぐわんにち》の奏賀の声、甚だ殊勝にして、[八]大極殿《だいこくでん》より鳥羽の作道まで聞えけるよし、[九]李部王《りほうわう》の記に侍るとかや。

一　「大きなる」は、「職」にも「利」にもかかる。

二　「貧者は貨財を以て礼となさず、老者は筋力を以て礼となさず」（『礼記』典礼上）を念頭に書いている。

三　「及ばざる時は速かにやむ」ということを許さないのはの意。

四　以下は「及ばざる時は速かにやむ」ことをしない人の受けるべき結果を示す。

五　京都市下京区九条の四つ塚から鳥羽に通じる大路。

六　白河院が下鳥羽に造営した離宮。

七　陽成天皇の第一皇子。天慶六年（九四三）没。五十四歳。歌人・色好みで知られる。『元良親王集』がある。

八　天皇が政務をとり、朝賀・即位などの大礼の行われた、大内裏の朝堂院の正殿。

九　醍醐天皇の皇子、重明親王（九〇六―九五四）の日記。但し、この日記は全部は伝来されず、逸文がある。「李部」は式部省の唐名。

第百三十三段

夜の御殿《おとど》[一]は東《ひがし》御枕《みまくら》[二]なり。おほかた、東を枕として陽気を受くべき故に、孔子[三]も東首《とうしゅ》し給へり。寝殿のしつらひ、あるは南枕、常のことなり。白河院[四]は、北首《ほくしゅ》[五]に御寝《ぎょしん》なりけり。「北は忌《い》むことなり[六]。又、伊勢は南なり。太神宮[七]の御方を御跡にせさせ給ふこといかが」と、人申しけり。ただし、太神宮の遙拝《えうはい》[八]は巽《たつみ》に向はせ給ふ。南にはあらず。

第百三十四段

高倉院[九]の法華堂《ほっけだう》の三昧僧《さんまいそう》[一〇]、なにがしの律師[一一]とかやいふもの、ある時、鏡を取りて顔をつくづくと見て、我がかたちのみにくく、あさましきことを余りに心うく覚えて、鏡さへうとましき心地しければ、その後長く鏡を恐れて手にだに取らず、更に人にまじはることなし。御堂のつとめ[一二]ばかりにあひて、籠り居たりと聞き侍りしこそ、ありがたく覚えしか。

賢げなる人も、人の上をのみはかりて、おのれをば知らざるなり。我を

一 清涼殿にある御寝所。

二 東の方に御枕を置くこと。「夜の御殿は、四方に妻戸あり、南の大妻戸は一間なり。御帳は清涼殿と同じく東枕なり」(『禁秘抄』上)。

三 「疾あるに、君これを視れば、東首して朝服を加へ、紳を拖《ひ》く」(『論語』郷党)。

四 第七十二代の天皇。応徳三年(一〇八六)に譲位、大治四年(一一二九)崩御。七十七歳。

五 「鳥羽・白河の両法皇は、殊に北枕に御す」(『三条中山口伝』)。

六 釈尊入滅の時、頭を北にしておられたという伝えによるか。

七 「白地《あからさま》にも、神宮並びに内侍所の方を以て、御跡と為さず」(『禁秘抄』上)。

八 「遙拝」は遠くから拝むこと。「巽」は東南。

九 高倉院は第八十代の天皇。治承五年(一一八一)崩御。二十一歳。法華堂は法華三昧や念仏三昧を修する堂。ここは、京都市東山区清閑寺内にあった、高倉院の御陵にある法華堂をさす。

一〇 法華経に基づいて、念仏・誦経する僧。

一一 僧正・僧都につぐ僧官。

一二 三昧僧として、法華堂の勤行だけに参加し。

知らずして、外を知るといふ理あるべからず。されば、おのれを知るを、物知れる人といふべし。かたちみにくけれども知らず、心の愚かなるをも知らず、芸の拙きをも知らず、[一]数ならぬをも知らず、年の老いぬるをも知らず、病の冒すをも知らず、死の近きことをも知らず、[二]行ふ道のいたらざるをも知らず。身の上の非を知らねば、まして外のそしりを知らず。但し、かたちは鏡に見ゆ。年は数へて知る。我が身のこと知らぬにはあらねど、[三]すべきかたのなければ、知らぬに似たりとぞいはまし。

かたちを改め、齢《よはひ》を若くせよとにはあらず。つたなきを知らば、なんぞやがて退かざる。老いぬと知らば、なんぞ[四]閑《しづか》に身を安くせざる。行ひおろかなりと知らば、なんぞ[五]茲《これ》を念ふこと茲にあらざる。

すべて、人に[六]愛楽《あいげう》せられずして衆にまじはるは恥なり。かたちみにくく、心おくれにして出で仕へ、無智にして大才に交はり、[七]不堪《ふかん》の芸をもちて堪《かん》能《のう》の座につらなり、[八]雪の頭《かしら》をいただきて盛りなる人にならび、況《いは》んや、及ばざることを望み、かなはぬことを憂へ、来らざることを待ち、人に恐れ、人に媚《こ》ぶるは、人の与ふる恥にあらず。貪《むさぼ》る心にひかれて、みづから身をはづかしむるなり。貪ることのやまざるは、[九]命を終ふる大事、今ここに来《きた》

一　正徹本・常縁本「身の数ならぬ」。取るに足りない身であることもわきまえない。
二　「行道」（ぎやうだう）を、このように訓んだもの。仏道修行の不十分なのも知らない。
三　たとえ知ったとしても、何ともなすべき方法がないので。
四　ひっそりと身を安らかにして生活しないのか。「縁をはなれて身を閑にし、ことにあづからずして、心を安くせんこそ、暫く楽しぶとも言ひつべけれ」（第七十五段）。
五　どうしてこのことを、我が身の上のこととして考えないのか。『書経』（大禹謨《たいうぼ》）の「帝念《おも》へや。茲を念ふこと茲にあり。茲を釈《す》つること茲にあり」による。
六　親しみ愛されないで。
七　拙く下手なこと。「堪能」の反対。
八　白髪を雪に比喩。
九　死ぬという一大事。

れりと、たしかに知らざればなり。

第百三十五段

資季《すけすゑの》[一]大納言入道とかや聞えける人、具氏宰相中将《ともうぢのさいしやうちゆうじやう》[二]に逢ひて、「わぬしの問はれんほどのこと、何事なりとも答へ申さざらんや」と言はれければ、具氏、「いかが侍らん」と申されけるを、「さらばあらがひ[三]給へ」と言はれて、「はかばかしきことは、かたはしも学び知り侍らねば、尋ね申すまでもなし。何となきそぞろごとの中に、おぼつかなきことをこそ問ひ奉らめ」と申されけり。「まして、ここもとの浅きことは、何事なりともあきらめ申さん」と言はれければ、近習の人々、女房なども、「興あるあらがひなり。おなじくは、御前《ごぜん》[四]にてあらそはるべし。負けたらん人は、供御《ぐご》[五]をまうけらるべし」と定めて、御前にて召しあはせられたりけるに、具氏、「幼くより聞きならひ侍れど、その心知らぬこと侍り。『[六]むまのきつりやうきつにのをかなかくぼれいりくれんとう』と申すことは、如何なる心にか侍らん。承《うけたまは》らん」と申されけるに、大納言入道、はたとつまりて、「是はそぞろごとな

一　藤原資季（一二〇七―一二八九）。正元元年（一二五九）、権大納言。文永五年（一二六八）、六十二歳で出家。歌人として『新勅撰集』以下に入集。

二　源具氏（一二三二―一二七五）。文永四年（一二六七）に宰相（参議の唐名）となり、左近衛中将を兼任。歌人として『続古今集』以下に入集。資季より二十五歳年少。

三　言い争う。「我がため面目《めんぼく》あるやうに言はれぬるそらごとは、人いたくあらがはず」（第七十三段）。

四　天皇や上皇の前。ここは後嵯峨上皇か、後深草天皇または亀山天皇の御前。

五　天皇の飲食物をさす語だが、ここは、ご馳走の意。

六　謎か呪文であったろうが、古来、諸説あるも未詳〔補注十八〕。

れば、言ふにも足らず」と言はれけるを、「もとより深き道は知り侍らず。そぞろごとを尋ね奉らんと定め申しつ」と申されければ、大納言入道、負になりて、[一]所課《しょくわ》いかめしくせられたりけるとぞ。

第百三十六段

[二]医師《くすし》篤成《あつしげ》、[三]故法皇の御前にさぶらひて、[四]供御《ぐご》の参りけるに、「今参り侍る供御の色々を、文字も功能《くのう》も尋ね下されて、そらに申し侍らば、[五]本草《ほんぞう》に御覧じあはせられ侍れかし。ひとつも申しあやまり侍らじ」と申しける時しも、[六]六条故内府《ろくでうのこだいふ》参り給ひて、「有房ついでに物習ひ侍らん」とて、「まづ、[七]『しほ』といふ文字は、いづれの[八]偏《へん》にか侍らん」と問はれたりけるに、「土偏に候」と申したりければ、「才《ざえ》のほど既にあらはれにたり。いまはさばかりにて候へ。ゆかしきところなし」と申されけるに、どよみに成りて、まかり出でにけり。

一　負けた罰としての供御。

二　和気篤成。元亨二年（一三二二）に典薬頭《てんやくのかみ》となる。大膳職《だいぜんしき》の長官なので、供御に詳しい。没年・享年未詳。

三　後宇多法皇。正安三年（一三〇一）から徳治三年（一三〇八）までと、文保二年（一三一八）から元亨元年（一三二一）まで、二度にわたり院政をとる。徳治二年出家。元亨四年崩御。五十八歳。

四　法皇の召し上がる御食膳。

五　薬用植物を中心に、動物・鉱物を研究する本草学の書物。

六　六条有房（一二五一―一三一九）。「内府」は、内大臣の唐名。元応元年（一三一九）六月に内大臣となり、翌月に没。六十九歳。

七　「鹽」と「塩」の二字を想定して、両方をひっかけて質問したもの。

八　この「偏」は、部首びきの辞書としての「偏」ではなく、本草書の部立としての「篇（編）」のつもりで質問したとの解もある。

徒然草　下

第百三十七段

花はさかりに、月は[一]くまなきをのみ見るものかは。[二]雨にむかひて月を恋ひ、[三]たれこめて春の行方《ゆくへ》知らぬも、なほあはれに情ふかし。咲きぬべきほどの梢、[四]散りしをれたる庭などこそ見所多けれ。歌の詞書《ことばがき》にも、「[五]花見にまかれりけるに、はやく散り過ぎにければ」とも、「さはることありてまからで」なども書けるは、「花を見て」と言へるにおとれることかは。花の散り、月の傾くを慕ふならひは、さることなれど、ことにかたくなる人ぞ、「この枝、かの枝散りにけり。今は見所なし」などは言ふめる。

万《よろづ》のことも、始め終りこそをかしけれ。男女《をとこをんな》の情《なさけ》も、ひとへに逢ひ見るをばいふものかは。[六]逢はでやみにし憂さを思ひ、あだなる契りをかこち、長き夜をひとりあかし、遠き雲井を思ひやり、[七]浅茅《あさぢ》が宿に昔をしのぶこそ、

一　「限なし」。曇ったところがない。「八月十五夜、限なき月影」（『源氏物語』夕顔）。
二　『類聚句題抄』に「雨に対《むか》ひて月を恋ふ」なる詩題がある。
三　「たれこめて春のゆくへも知らぬまにまちし桜もうつろひにけり」（『古今集』春下）を引く。
四　第四十三段にも「庭に散りしをれたる花」とある。
五　「花見にまかれりしに、花みな散りにけり」（『康資王母家集』）、「雲林院のさくら見にまかりけるに、みな散りはてて」（『新古今集』春下・良暹《りょうせん》法師の歌の詞書）などが近似の詞書。
六　「思ふことありその海のうつせ貝あはでやみぬる名をや残さん」（『堀川百首』）。
七　荒れた宿に、恋人と逢っていた昔を懐かしく思い出すこと。第二十六段に引用の「むかし見し妹が墻根《かきね》は荒れにけりつばなまじりの菫のみして」の歌の情趣に通う。

色好むとは言はめ。

望月《もちづき》のくまなきを[一]千里《ちさと》の外《ほか》までながめたるよりも、暁近くなりて待ち出でたるが、いと心深う、青みたるやうにて、深き山の杉の梢に見えたる、[二]木の間の影、[三]うちしぐれたる村雲がくれのほど、またなくあはれなり。椎《しひ》柴《しば》・[四]白樫《しらかし》などの濡れたるやうなる葉の上にきらめきたるこそ、身にしみて、[五]心あらん友もがなと、都恋しう覚ゆれ。

すべて、月・花をば、さのみ目にて見るものかは。春は家を立ち去らでも、月の夜は閨《ねや》のうちながらも思へるこそ、いとたのもしう、をかしけれ。よき人は、ひとへに好けるさまにも見えず、興ずるさまも等閑《なほざり》なり。片田舎の人こそ、色こく万はもて興ずれ。花の本には、ねぢ寄り立ち寄り、あからめもせずまもりて、酒飲み、連歌して、はては、大きなる枝、心なく折り取りぬ。泉には手・足さしひたして、雪にはおり立ちて跡つけなど、万の物、よそながら見ることなし。

さやうの人の[六]祭見しさま、いとめづらかなりき。「見ごと、いとおそし。そのほどは[七]桟敷《さじき》不用なり」とて、奥なる屋にて酒飲み、物食ひ、[八]囲碁《ゐご》・[九]双《すぐ》六《ろく》など遊びて、桟敷には人を置きたれば、「渡り候ふ」といふ時に、各肝つ

一　『白氏文集』（巻十四）の「三五夜中新月の色、二千里外故人の心」を念頭に置いての表現。
二　「木の間より洩りくる月の影見れば心づくしの秋はきにけり」（『古今集』秋上）など和歌に多い景。
三　「うち時雨たるそらの気色、むら雲だちていとあはれなりける」（『十訓抄』巻一）などに通う景。
四　「白樫の露おく山も道しあれば枝にも葉にも月ぞともなふ」（『拾遺愚草』）などの景に通う。
五　風情を解する友。「おなじ心ならん人」（第十二段）。
六　賀茂祭り。四月中の酉《とり》の日に行なう。
七　道路に設けられた行列を見物する席。第五十段に既出。
八　第一一一段参照。
九　第一一〇段参照。

ぶるるやうに争ひ走りのぼりて、落ちぬべきまで簾張り出でて、押しあひつつ、一事も見もらさじとまぼりて、「とあり、かかり」[一]と、ものごとに言ひて、渡り過ぎぬれば、「又渡らんまで」と言ひておりぬ。ただ、ものをのみ見んとするなるべし。都の人のゆゆしげなるは、睡《ねぶ》りて[二]、いとも見ず。若く末々なるは、宮仕へに立ち居、人の後にさぶらふは、様あしくも及びかからず、わりなく見んとする人もなし。

何となく葵《あふひ》[三]かけわたしてなまめかしき[四]に、明けはなれぬほど、忍びて寄する車どものゆかしきを、それか、かれかなど思ひ寄すれば、牛飼・下部などの見知れるもあり。をかしくも、きらきらしくも、さまざまに行きかふ、見るもつれづれならず。暮るるほどには、立て並べつる車ども、所なく並《な》みゐつる人も、いづかたへか行きつらん、ほどなく稀に成りて、車どものらうがはしさもすみぬれば、簾・畳も取りはらひ、目の前にさびしげになりゆくこそ、世のためし[五]も思ひ知られて、あはれなれ。大路《おほち》見たるこそ、祭見たるにてはあれ。

かの桟敷の前をここら行きかふ人の、見知れるがあまたあるにて知りぬ[六]、世の人数《ひとかず》もさのみは多からぬにこそ。この人みな失せなん後、我が身死ぬ

一 「とあり、かくあり」の意。ああだ、こうだ。

二 目を閉じて。実際に眠っているのではなく、静かに瞑想している様子。

三 賀茂の祭りの日には、種々な物に葵をかける風習があった。

四 優美である。「神楽」(第十六段)・「七夕祭」(第十九段)・「神の社」(第二十四段)など、古式ゆかしいものや行事を、この語で形容している。

五 この世の無常のならわし。

六 「世の人数もさのみは多からぬにこそ」と「知りぬ」と倒置したもの。

べきに定まりたりとも、ほどなく待ちつけぬべし。[一]大きなる器《うつはもの》に水を入れて、細き穴をあけたらんに、しただることすくなしといふとも、怠る間《ま》なく洩《も》りゆかば、やがて尽きぬべし。都の中に多き人、死なざる日はあるべからず。一日《ひとひ》に一人、二人のみならんや。[二]鳥部野《とりべの》・[三]舟岡《ふなをか》、さらぬ野山にも、送る数多かる日はあれど、送らぬ日はなし。されば、棺《ひつぎ》をひさくもの、作りてうち置くほどなし。若きにもよらず、強きにもよらず、思ひかけぬは死期《しご》なり。今日までのがれ来にけるは、ありがたき不思議なり。しばしも[四]世をのどかには思ひなんや。

[五]ままこだてといふものを双六の石にて作りて、立て並べたるほどは、取られんこといづれの石とも知らねども、[六]数へあてて一つを取りぬれば、その外はのがれぬと見れど、又々数ふれば、彼是《かれこれ》間抜《まぬ》き行くほどに、いづれものがれざるに似たり。

兵《つはもの》の軍《いくさ》に出づるは、死に近きことを知りて、家をも忘れ、身をも忘る。世をそむける草の庵には、閑《しづ》かに水石《すいせき》をもてあそびて、これをよそに聞くと思へるは、いとはかなし。閑かなる山の奥、[七]無常のかたき競《きほ》ひ来《きた》らざらんや。その死に臨めること、軍の陣《ぢん》に進めるにおなじ。

一　旧注に「水の漏ること微なりと雖も大器に盈《み》つ」(『梵網経菩薩戒序』)を出典とする。

二　京都市東山区にあった墓地・火葬場。第七段の「鳥部山」に同じ。

三　京都市北区にあった火葬場。鳥部山と並称される。

四　『堀川百首』(雑・無常)に「今日とても世をのどかにも思はねどあす知らぬ身ぞあはれなりける」とある。

五　碁石を用いる遊戯。「継子算《ままこざん》」ともいう。碁石の白と黒とをそれぞれ十五個ずつ一定の順に三十個並べ、十にあたるものを取ってゆくと、最後に石が一つ残る遊戯。

六　十番目の石を数え当てて。

七　死という敵。ここは「軍」と関連して述べているので、「かたき」と比喩した。

第百三十八段

「祭過ぎぬれば、後《のち》[一]の葵不用なり」とて、ある人の、御簾《みす》なるを皆取らせられ侍りしが、色もなく覚え侍りしを、よき人のし給ふことなれば、さるべきにやと思ひしかど、周防内侍《すはうのないし》[二]が、

[三]かくれどもかひなき物はもろともにみすの葵の枯葉なりけり

と詠めるも、母屋《もや》[四]の御簾に葵のかかりたる枯葉を詠めるよし、家の集[五]に書けり。古き歌の詞書《ことばがき》に、「枯れたる葵にさしてつかはしける」とも侍り。枕草子にも、「来《こ》[六]しかた恋しき物、枯れたる葵」と書けるこそ、いみじくなつかしう思ひ寄りたれ。鴨長明《かものちやうめい》[七]が四季物語《しきのものがたり》[八]にも、「玉だれに後の葵はとまりけり」とぞ書ける。おのれと枯るるだにこそあるを、名残なく、いかが取り捨つべき。

御帳《みちやう》にかかれる薬玉《くすだま》[九]も、九月《ながづき》[一〇]九日、菊に取り換へらるると言へば、菖蒲《さうぶ》は菊の折までもあるべきにこそ。枇杷皇太后宮《びはのくわうたいこうぐう》[一一]かくれ給ひて後、古き御帳の内に、菖蒲・薬玉などの枯れたるが侍りけるを見て、「折[一二]ならぬ根をなほかけてぞ」

一　賀茂の祭りに使用した葵で、祭りの後まで残っているもの。

二　周防守平棟仲《むねなか》の娘。『後拾遺集』以後の勅撰集に入集する著名な歌人、生没年未詳。

三　『周防内侍集』所収歌。詞書は、「院の局に、常にあひ住なる人の出でたるほどに参りて見れば、もやのみすに葵の枯れてかかりたるに書きつけし」とある。

四　殿舎の中央にある室。『周防内侍集』の詞書参照。

五　個人の歌集。ここは『周防内侍集』をさす。

六　『枕草子』（三巻本・第二十八段）に、「過ぎにし方恋しきもの、枯れたる葵」とある。

七　『方丈記』『無名抄』などの著者。建保四年（一二一六）没。六十二歳。

八　毎月の行事や風物を記した書。現存本は長明に仮託した偽書。「玉だれに」の歌は、同書に和泉式部の作として引用〔補注十九〕。

九　各種の香料を錦の袋に入れて、邪気を払うため柱や簾に掛けたもの。

一〇　このこと『枕草子』（三巻本・第三十七段）にみえる〔補注二十〕。

一一　藤原道長の次女妍子。三条天皇の中宮。万寿四年（一〇二七）、三十四歳で没。

一二　『千載集』（哀傷部）の歌の下句。上句は「あやめ草なみだの玉にぬきかへて」。

ぞかけつる」と[一]弁の乳母《めのと》の言へる返事に、「[二]あやめの草はありながら」とも、[三]江《がう》侍従《じじゆう》の詠みしぞかし。

第百三十九段

家にありたき木は、松・桜。松は[四]五葉《ごえふ》もよし。花は一重なる、よし。[五]八重桜は奈良の都にのみありけるを、このごろぞ、世に多くなり侍るなる。吉野の花、[六]左近の桜、皆一重にてこそあれ。八重桜は異様のものなり。いとこちたくねぢけたり。植ゑずともありなん。遅桜、又すさまじ。虫のつきたるもむつかし。梅は白き。薄紅梅。一重なるが疾《と》く咲きたるも、重なりたる紅梅の匂ひめでたきも、皆をかし。遅き梅は、桜に咲きあひて、覚えおとり、けおされて、枝にしぼみつきたる、心うし。「[七]一重なるが、まづ咲きて散りたるは、心疾く、をかし」とて、[八]京極《きやうごく》入道中納言は、[九]なほ一重梅をなん軒近く植ゑられたりける。京極の屋《や》の南向きに、今も二本侍るめり。柳、又をかし。卯月ばかりの若楓《わかかへで》、すべて万《よろづ》の花・紅葉にもまさりてめでたきものなり。橘《たちばな》・桂《かつら》、いづれも[一〇]木はもの古り、大きなるよし。

一　藤原順時《ときまさ》の娘。三条天皇の皇女陽明門院の乳母。生没年未詳。

二　『千載集』(哀傷部)に、「玉ぬきしあやめの草はありながらよどのはあれん物とやはみし」とある。

三　大江匡衡《まさひら》の娘。歌人。母は赤染衛門。生没年未詳。

四　五葉松。一つの萼《がく》に針形の葉が五本ずつ出ている。

五　「いにしへの奈良の都の八重桜今日ここのへに匂ひぬるかな」(『詞花集』春)などはじめ、奈良の八重桜は諸書に見える。

六　内裏の紫宸殿の南面の階段下の東側に植えてある桜。

七　この定家の意見の出典未詳。

八　藤原定家(一一六二―一二四一)。『新古今集』の代表的な歌人。

九　定家の日記『明月記』によると、京極邸の南の軒近くに、一重の紅梅が二本あったとする。

一〇　兼好好みの木立の様子で、第十段・第四十三段にも既出。

草は、山吹・藤・杜若《かきつばた》・撫子《なでしこ》。池には蓮《はちす》。秋の草は荻《をぎ》・すすき・桔梗《きちかう》・萩・女郎花《をみなへし》・藤袴《ふぢばかま》・紫苑《しをに》・われもかう・かるかや・龍胆《りんだう》・菊。黄菊も。蔦《つた》・葛《くず》・朝顔、いづれもいと高からず、ささやかなる墻《かき》に繁からぬ、よし。この外の、世に稀なる物、唐《から》めきたる名の聞きにくく、花も見なれぬなど、いとなつかしからず。

おほかた、なにもめづらしくありがたき物は、よからぬ人のもて興ずるものなり。さやうのもの、なくてありなん。

第百四十段

身死して財《たから》残ることは、智者《ちしや》[一]のせざるところなり。[二]よからぬ物たくはへ置きたるもつたなく、よき物は、心をとめけんとはかなし。こちたく多かる、まして口惜し。「我こそ得め」などいふ者どもありて、[三]あとにあらそひたる、様《さま》あし。[四]後《のち》は誰にと心ざすものあらば、生けらんうちにぞ譲《ゆづ》るべき。[五]朝夕なくてかなはざらん物こそあらめ、その外は何も持たでぞあらまほしき。

一 知恵のある人。「智者は愚者になり」（第九十八段）。

二 以下の意見は、「身の後には金をして北斗をささふとも、人のためにぞわづらはるべき」（第三十八段）などに通う。

三 人の死後の遺産相続などの争いをさす。

四 自分の死後は誰にやろうと。

五 生活必需品をさす。

第百四十一段

[一]悲田院《ひでんゐん》[二]尭蓮上人《げうれんしやうにん》は、俗姓《ぞくしやう》は[三]三浦の某《なにがし》とかや、さうなき武者なり。故郷の人の来りて物語すとて、「[四]吾妻人《あづまびと》こそ、言ひつることは頼まるれ、都の人は、ことうけのみよくて、実《まこと》なし」と言ひしを、[五]聖《ひじり》、「それはさこそおぼすらめども、おのれは都に久しく住みて、馴れて見侍るに、人の心劣れりとは思ひ侍らず。なべて心やはらかに、情あるゆゑに、人の言ふほどのこと、けやかく否びがたくて、万え言ひ放たず、心弱くことうけしつ。偽《いつはり》せんとは思はねど、[六]乏《とも》しくかなはぬ人のみあれば、おのづから本意とほらぬこと多かるべし。吾妻人は我がかたなれど、げには心の色なく、情おくれ、ひとへにすくよかなるものなれば、始めより否《いな》と言ひてやみぬ。[七]にぎはひ豊かなれば、人には頼まるるぞかし」と[八]ことわられ侍りしこそ、この聖、[九]声うちゆがみ、あらあらしくて、[一〇]聖教《しやうげう》のこまやかなることわり、いとわきまへずもやと思ひしに、この一言の後、心にくくなりて、[一一]多かるなかに寺をも住持せらるるは、かくやはらぎたる所ありて、その益もあるにこそと

一　京都市上京区扇町の大応寺辺にあった寺（一説に鴨川の西）。孤児・病人などを収容して養育した施設。
二　伝未詳。「上人」は高徳の僧の敬称。
三　神奈川県三浦半島にいた豪族三浦の一族か。
四　関東の人。
五　ここは尭蓮上人をさす。
六　貧しくて不如意な人。
七　裕福である。「稔《にきは》ひ豊なる事勝れたり」（『今昔物語集』巻十三の四十）。
八　道理を説き聞かせた。
九　言葉に関東なまりがあり。
一〇　仏典・教典。
一一　多くの僧たちの中で。

覚え侍りし。

第百四十二段

心なしと見ゆる者も、よき一言いふものなり。ある[一]荒夷《あらえびす》のおそろしげなるが、かたへにあひて、「御子《おこ》はおはすや」と問ひしに、「一人も持ち侍らず」と答へしかば、「さては、もののあはれは知り給はじ。情《なさけ》なき御心にぞものし給ふらんと、いとおそろし。子故にこそ、万のあはれは思ひ知らるれ」と言ひたりし、さもありぬべきことなり。[二]恩愛《おんあい》の道ならでは、かかる者の心に慈悲ありなんや。[三]孝養《けうやう》の心なき者も、子持ちてこそ、親の志は思ひ知るなれ。

世を捨てたる人の、よろづに[四]するすみなるが、なべて[五]ほだし多かる人の、万にへつらひ、望み深きを見て、無下《むげ》に思ひくたすは僻事《ひがごと》なり。その人の心になりて思へば、誠に、悲しからん親のため、妻子のためには、恥をも忘れ、盗みもしつべきことなり。されば、盗人を[六]いましめ、僻事をのみ罪せんよりは、世の人の饑《う》ゑず、寒からぬやうに、世をば行はまほしきなり。

一　荒々しい男。都の人が勇猛な関東の人をさしていう称。
二　親子・夫婦・兄弟などの肉親間の愛情。ここは特に親子の情。
三　親に孝行をすること。
四　財物も係累もなく独り身であること。無一物の身。「人の、一物も持たず、手うち振れるをば、するすみといふ」(『沙石集』四)。
五　親や妻子などの係累。第二十段に既出。
六　捕らえて縛ること。「ふかくとぢこめて、重くいましめて置け」(『宇治拾遺物語』巻十五の十)。

[一]人、恒《つね》の産なきときは、恒の心なし。[二]人、きはまりて盗みす。世治《をさま》らずして、[三]凍餒《とうたい》の苦しみあらば、とがの者絶ゆべからず。人を苦しめ、法を犯さしめて、それを罪なはんこと、不便《ふびん》のわざなり。

さて、いかがして人を恵むべきとならば、[四]上《かみ》の奢《おご》り費す所をやめ、民を撫《な》で農を勧めば、下《しも》に利あらんこと、疑ひあるべからず。衣食尋常《よのつね》なるうへに、僻事せん人をぞ、まことの盗人とはいふべき。

第百四十三段

人の[五]終焉《じゆうえん》の有様のいみじかりしことなど、人の語るを聞くに、ただ、閑《しづか》にして乱れずと言はば心にくかるべきを、愚かなる人は、[六]あやしく異なる相を語りつけ、言ひし言葉も、ふるまひも、おのれが好むかたにほめなすこそ、その人の日来の本意にもあらずやと覚ゆれ。

この[七]大事は、[八]権化《ごんげ》の人も定むべからず。博学の士もはかるべからず。おのれたがふ所なくは、人の見聞くにはよるべからず。

一　「恒産無くして恒心有る者は、惟《ただ》士のみ能くすと為す。民のごときは則ち恒産無ければ、困りて恒心無し」（『孟子』梁恵王上）。

二　『孔子家語』（顔回）に「鳥は窮すれば則ち啄《ついば》み、獣は窮すれば則ち攫み、人は窮すれば則ち詐《いつわ》り、馬は窮すれば則ち佚す」、『論語』（衛霊公）に「子曰はく、君子固《もと》より窮す。小人窮すれば斯《ここ》に濫す」とある。

三　寒さにこごえ、飢えること。『孟子』（尽心上）に「煖《あたた》かならず、飽かざる、これを凍餒と謂ふ」とある。

四　支配階級の人々が、贅沢や浪費をやめ。『帝範』（務農）に「穡《しょく》を勧め農を務むれば、則ち飢寒の患塞《ふさ》がり、奢を遏《とど》め麗を禁ずれば、則ち豊厚の利興る」とみえる。

五　死ぬときの様子。臨終のさま。

六　臨終のときの不思議な様相。往生伝などでは、紫雲がたなびき、異香が漂い、空から音楽が流れたなどと記されることが多い。

七　臨終という一大事。

八　仏や菩薩が衆生を救うため、仮に姿を変え、この世に現われた人。「権者」（第七十三段）に同じ。

一　明恵《みようえ》（一一七三―一二三二）。諱《いみな》は高弁。栂尾（京都市右京区梅ケ畑高尾町）の高山寺を開く。華厳《けごん》宗を中興した高僧。
二　馬の足を後に引かせようとした言葉。「鳥ノ網ヲフメル時、アシ〳〵トイヘル如何。足ヒケトイフ心ナレバ、足也。アシトイヘバ、必ズ、足ヲヒク也」（『名語記』巻六）。
三　前世の善根功徳が現世で善果を結んだ人。
四　梵語《ぼんご》十二母韻の一つ。この音は、あらゆる言葉の根元で、万有の象徴として尊重されていた。
五　六衛府。検非違使庁の下級職員。
六　「阿字」は万物の根元であり、万物は本来不生不滅であるとの道理を示すという教理。
七　貴人の外出の時、その警護に当たった近衛の武官。
八　後宇多上皇の仙洞御所である冷泉万里小路殿に参仕していた随身。生没年未詳。
九　伝未詳。
一〇　桃の実のようにすわりの悪い尻つき。第一八八段にもみえる。
一一　荒々しく躍り上がる癖のある馬。

第百四十四段

[一]栂尾《とがのを》の上人《しやうにん》、道を過ぎ給ひけるに、河にて馬洗ふをのこ、「[二]あしあし」と言ひければ、上人立ちとまりて、「あなたふとや。[三]宿執開発《しゆくしふかいほつ》の人かな。[四]阿字《あじ》阿字と唱ふるぞや。如何《いか》なる人の御馬ぞ。あまりにたふとく覚ゆるは」と尋ね給ひければ、「[五]府生殿《ふしやうどの》の御馬に候」と答へけり。「こはめでたきことかな。[六]阿字本不生《ほんふしやう》にこそあなれ。うれしき結縁《けちえん》をもしつるかな」とて、感涙をのごはれけるとぞ。

第百四十五段

[七]御随身《みずいじん》[八]秦重躬《はたのしげみ》、北面《ほくめん》の[九]下野入道信願《しもつけのにふだうしんぐわん》を、「落馬の相ある人なり。よくよく慎《つつし》み給へ」と言ひけるを、いと真《まこと》しからず思ひけるに、信願馬より落ちて死ににけり。道に長じぬる一言、神のごとしと人思へり。

さて、「いかなる相ぞ」と人の問ひければ、「きはめて[一〇]桃尻《ももじり》にして、[一一]沛艾《はいがい》の馬を好みしかば、この相を負《おほ》せ侍りき。いつかは申し誤りたる」とぞ言ひける。

第百四十六段

明雲《めいうん》座主《ざす》一、相者《さうじゃ》二にあひ給ひて、「おのれ、もし兵仗《ひやうぢやう》三の難やある」と尋ね給ひければ、相人、「誠にその相おはします」と申す。「いかなる相ぞ」と尋ね給ひければ、「傷害のおそれおはしますまじき御身にて、かりにも、かくおぼし寄りて尋ね給ふ、これ既に、その危ぶみのきざしなり」と申しけり。

はたして、矢四にあたりて失《う》せ給ひにけり。

第百四十七段

灸治《きうぢ》五、あまた所になりぬれば、神事六にけがれありといふこと、近く人の言ひ出《いだ》せるなり。格式《きやくしき》七等にも見えずとぞ。

一　久我大納言顕通の次男。「座主」は天台座主。

二　人相見。『源平盛衰記』（巻三十四）の「信西相ニ明雲言ニ」には、相人を通憲入道信西とする。

三　武器による災難。

四　寿永二年（一一八三）十一月十九日の法住寺合戦の時、明雲は流れ矢に当たって死去。享年六十九。

五　灸をすえて病気を治療すること。

六　神を祭ること。「灸治の穢《けがれ》は七日、灸を居《す》うるの人は三日、但し、膿血出づる間、神社に参るべからず」（『拾芥抄』触穢部）。

七　律令を部分的に修正補足する法典。「格」は律令の追加法令、「式」は律令の施行細則。

第百四十八段

四十以後の人、身に灸を加へて三里[一]を焼かざれば、上気《じやうき》[二]のことあり。必ず灸すべし。

第百四十九段

鹿茸《ろくじよう》[三]を鼻にあてて嗅《か》ぐべからず。[四]小さき虫有りて、鼻より入りて脳を食《は》むといへり。

第百五十段

能[五]をつかんとする人、「よくせざらんほどは、なまじひに人に知られじ。うちうちよく習ひえてさし出でたらんこそ、いと心にくからめ」と常に言ふめれど、かく言ふ人、一芸も習ひうることなし。いまだ堅固《けんご》[六]かたほ[七]なるより、上手の中にまじりて、毀《そし》り笑はるるにも恥ぢず、つれなく過ぎて嗜《たしな》

一 灸点。膝関節の下の外側にあるくぼんだところ。

二 頭に血がのぼってのぼせること。「気の上る」（第四十二段）に同じ。「明堂にいはく、人、年三十已上、若し三里に灸せざれば、気上り目を衝っかしむ。三里は以て気を下ぐる所なり」（梶原性全の『万安方』第五十七）。

三 鹿の袋角《ふくろづの》。古い角が落ちたあとに、茸《きのこ》のように新しく生え出た角。

四 「詵曰はく、鹿茸は鼻を以てこれを齅《か》ぐべからず。中に小白虫有り、これを視れども見えず。人の鼻に入り、必ず虫類と為る。薬も及ばざるなり」（明の李時珍著『本草綱目』五十一・鹿）。

五 芸能を身につけようとする人。

六 まったく、まるでの意の副詞。「さてこの程、人の百首とてよみ集むるをみれば、堅固えり歌にて侍り」（『桐火桶』）。「堅固田舎人にて」（『古事談』四）。

七 未熟なさま。「真秀《まほ》」の対で「片秀」。

む人、天性その骨《こつ》なけれども、道になづまず、みだりにせずして年を送れば、[一]堪能《かんのう》の嗜《たしな》まざるよりは、終《つひ》に上手の位にいたり、徳たけ、人に許されて、双《ならび》なき名をうることなり。

天下のものの上手といへども、始めは[二]不堪《ふかん》の聞えもあり、無下の[三]瑕瑾《かきん》もありき。されども、その人、道の掟《おきて》正しく、これを重くして[四]放埓《はうらつ》せざれば、世の博士にて、万人の師となること、諸道かはるべからず。

第百五十一段

ある人の言はく、年五十になるまで上手にいたらざらん芸をば捨つべきなり。励《はげ》み習ふべき行末もなし。老人のことをば、人もえ笑はず。衆に交りたるも、[五]あいなく、見ぐるし。

大方、万《よろづ》のしわざはやめて、暇《いとま》あるこそ、めやすく、あらまほしけれ。世俗のことに携はりて、生涯を暮らすは、[六]下愚《かぐ》の人なり。ゆかしく覚えんことは、学び聞くとも、その趣を知りなば、おぼつかなからずしてやむべし。[七]もとより望むことなくしてやまんは、第一のことなり。

一　才能があって巧みなこと。
二　下手なこと。「堪能」の反対。
三　欠点。きず。不名誉。
四　勝手気ままな振舞いをすること。
五　場ちがいでみっともない。
六　最も愚かな人。第八十五段に既出。
七　最初から関心を持たずにすませるとしたら。

第百五十二段

[一]西大寺静然上人《さいだいじのじやうねんしやうにん》[二]、腰かがまり、眉白く、誠に徳たけたる有様にて、内《だい》裏《り》へまゐられたりけるを、[三]西園寺内大臣殿、「あなたふとの気色や」とて、信仰《しんがう》のきそくありければ、[四]資朝卿《すけとものきやう》これを見て、「年のよりたるに候」と申されけり。

後日《ごにち》に、むく犬[五]のあさましく老いさらぼひて、毛はげたるをひかせて、「この気色たふとく見えて候」とて、[六]内府《だいふ》へまゐらせられたりけるとぞ。

第百五十三段

[七]為兼大納言入道《ためかねのだいなごん》[八]召し捕られて、武士どもうち囲みて、[九]六波羅《ろくはら》へ率て行きければ、[一〇]資朝卿《すけとものきやう》、[一一]一条わたりにてこれを見て、「あなうらやまし。世にあらん思い出、かくこそあらまほしけれ」とぞ言はれける。

一　奈良市西大寺町にある真言律宗の総本山。南都七大寺の一つ。

二　西大寺の長老、良澄《りようちよう》。元弘元年（一三三一）没。八十歳。

三　西園寺実衡《さねひら》（一二九〇—一三二六）。実兼の孫。公衡《きんひら》の子。元亨《げんこう》四年（一三二四）、三十五歳で内大臣となる。

四　日野資朝（一二九〇—一三三二）。後醍醐天皇の寵臣。天皇の北条氏追討計画が暴露したため、佐渡ヶ島に配流され、配所で斬られた。

五　むく毛の犬。毛の長くたれた犬。

六　内大臣の唐名。ここは実衡をさす。

七　京極為兼《ためかぬ》・《ためかね》（一二五四—一三三二）。藤原定家の曽孫。延慶三年（一三一〇）に権大納言。京極派の代表的な歌人。『玉葉和歌集』の撰者。歌論書に『為兼卿和歌抄』。

八　為兼は永仁六年（一二九八）に佐渡へ、正和四年（一三一五）に土佐に配流された。ここは後者の時。

九　京都にあった幕府の政庁。

一〇　前段参照。

一一　一条大路のあたり。

第百五十四段

[一]この人、東寺《とうじ》[二]の門に雨宿りせられたりけるに、[三]かたはものどもの集りゐたるが、手も足もねぢゆがみ、うちかへりて、いづくも不具《ふぐ》に異様《ことやう》なるを見て、とりどりにたぐひなき曲者《くせもの》[四]なり、尤《もつと》も愛するに足れりと思ひて、まもり給ひけるほどに、やがてその興つきて、見にくく、いぶせく覚えければ、ただすなほにめづらしからぬ物にはしかずと思ひて、帰りて後、[五]この間、植木を好みて、異様に曲折《きよくせつ》あるを求めて目を喜ばしめつるは、かのかたはを愛するなりけりと、興なく覚えければ、鉢に植ゑられける木ども、皆掘り捨てられにけり。さも有りぬべきことなり。

第百五十五段

世に従はん人は、先づ機嫌《きげん》[六]を知るべし。ついで悪しきことは、人の耳にもさかひ、心にもたがひて、そのことならず。さやうの折節《をりふし》を心得《う》べきなり。但し、病をうけ、子うみ、死ぬることのみ、機嫌をはからず、ついで

一　前々段からの日野資朝をさす。
二　京都市南区九条大宮西の真言宗東寺派の総本山、教王護国寺の通称。
三　不具者たち。門の辺にたむろする乞食や浮浪者。
四　変わり者。「世をかろく思ひたる曲者にて」(第六十段)。
五　この日頃。最近。
六　頃合い。時機。

悪しとてやむことなし。生《しやう》[一]・住《ぢゆう》・異《い》・滅《めつ》の移りかはる、実《まこと》の大事は、たけき河のみなぎり流るるが如し。しばしもとどこほらず、ただちに行ひゆくものなり。されば、真俗《しんぞく》[二]につけて、必ず果し遂《と》げんと思はんことは、機嫌をいふべからず。とかくのもよひなく、足をふみとどむまじきなり。

春暮れてのち夏になり、夏果てて秋の来るにはあらず。春はやがて夏の気をもよほし、夏より既に秋[三]はかよひ、秋は則ち寒くなり、十月は小春《こはる》[四]の天気、草も青くなり、梅もつぼみぬ。木の葉の落つるも、先づ落ちて芽ぐむにはあらず。下よりきざしつはる[五]に堪へずして落つるなり。迎ふる気、下に設けたる故に、待ちとるついで甚だはやし。

生[六]・老・病・死の移り来ること、又これに過ぎたり。四季はなほ定まれるついであり。死期《しご》はついでを待たず。死は前よりしも来らず、かねて後に迫れり。人皆死あることを知りて、待つこと[七]、しかも急ならざるに、覚えずして来る。沖の干《ひ》[八]潟《かた》遙《はる》かなれども、磯より潮の満つるが如し。

一　仏教語。四つの有為転変、四相。物が生じ(生)、ある期間存続し(住)変化し(異)、やがて滅しゆく(滅)という変化の相。

二　仏道修行においても、俗世間のことを処理するにしても。「真」は「真諦」で真実の道理。「俗」は「俗諦」で俗世間の道理。

三　秋の気配が入り混じり。「夏と秋と行きかふ空のかよひぢはかたへ涼しき風や吹くらむ」(『古今集』夏)。

四　冬の初めの、春に似た陽気な気候。「十月は、天気和暖にして、春に似る。故に小春といふ」(『荊楚歳事記』)。

五　芽が出る。この考えは、京極為兼の「この葉なきむなしき枝に年くれてまためぐむべき春ぞちかづく」(『玉葉集』冬)と通い合う。

六　仏教語。人間にふりかかる四つの苦しみ。

七　死を予期する気持が切迫していないうちに。

八　潮の干たところ。

第百五十六段

大臣の大饗《だいきやう》は、さるべき所を申しうけておこなふ、常のことなり。宇治左大臣殿は、東三条殿《とうさんでうどの》にておこなはる。内裏にてありけるを、申されけるによりて、他所へ行幸《ぎやうがう》ありけり。させることのよせなけれども、女院《にようゐん》の御所など借り申す、故実なりとぞ。

第百五十七段

筆をとれば物書かれ、楽器をとれば音《ね》をたてんと思ふ。盃《さかづき》をとれば酒を思ひ、賽《さい》をとれば攤《だ》打たんことを思ふ。心は必ずことに触れて来る。かりにも不善の戯れをなすべからず。

あからさまに聖教《しやうげう》の一句を見れば、何となく前後の文《もん》も見ゆ。卒爾《そつじ》にして多年の非を改むることもあり。かりに今、この文をひろげざらましかば、このことを知らんや。これ則ち触るる所の益なり。心更に起らずとも、仏前にありて数珠《ずず》をとり、経をとらば、怠るうちにも、善業《ぜんごふ》おのづから修せられ、散乱《さんらん》の心ながらも、縄床《じようしやう》に座せば、覚えずして禅定《ぜんぢやう》成るべし。事理《じり》もとより二つならず。外相《げさう》もし背かざれば、内証必ず熟す。強ひて

一　大臣に任ぜられた人が、他の大臣以下の殿上人を招待して行なう披露の宴会。
二　藤原頼長《よりなが》（一一二〇―一一五六）。忠実の子。保元の乱のとき、流れ矢を首に受けて死去。
三　二条通りの南、町口通りにあった邸宅で、摂関家の首長の伝領する所。頼長は保延二年（一一三六）十二月、大臣の大饗をここで行なっている。
四　三后・女御・内親王などで院号を受けた人の称。
五　双六《すごろく》や賭博《とばく》に用いる賽子《さいころ》。
六　平安以降行なわれた遊戯の一つ。賽を用いて、出た目によって優劣を争う。
七　なにかに触発されて生ずる。「心は孤り生ぜず、必ず縁に託して起る」（『摩訶止観』巻一下）。
八　仏教の経典。第一四一段に既出。
九　よい結果をもたらす行為。
一〇　縄や木綿などを張って作った脚掛け。主に禅僧が座禅のとき用いる。
一一　心を統一して、真理を悟ること。
一二　「事」は外相たる現象。「理」は本質たる真理。「事理不二」とも説く。

不信を言ふべからず。仰ぎてこれを尊むべし。

第百五十八段

「盃《さかづき》[一]のそこを捨つることは、いかが心得たる」と、ある人の尋ねさせ給ひしに、「凝当《ぎようたう》[二]と申し侍るは、そこに凝《こ》りたるを捨つるにや候ふらん」と申し侍りしかば、「さにはあらず。魚道《ぎよたう》[三]なり。流れ[四]を残して、口のつきたる所をすすぐなり」とぞ仰せられし。

第百五十九段

「みなむすび[五]といふは、糸を結びかさねたるが、蜷《みな》[六]といふ貝に似たればいふ」と、あるやんごとなき人仰せられき。「にな」[七]といふは、あやまりなり。

第百六十段

一 自分の飲んだ盃を人に差し出す時に、盃の底に飲み残した酒を捨てること。

二 「当」は底の意。飲み残した酒を捨てること。

三 魚が旧道を過ぎるように、盃の口のついたところをすすぐ意。

四 盃に残った酒。お流れ。『下学集』(下)に「余瀝《よれき》を以て盃痕《はいこん》を洗ふ。是を魚の旧道を過ぐるに喩ふ。仍つて魚道といふ也」とある。

五 装飾としての組紐の結び方の一つ。正徹本・常縁本は「になむすひ」。

六 カワニナ科の巻き貝。「かわにな」の古名。正徹本・常縁本は「にな」。

七 正徹本・常縁本は「みな」。

門に額《がく》かくるを、「うつ」といふはよからぬにや。勘解由小路《かでのこうぢの》[一]二品禅門《にほんぜんもん》は、「額かくる」とのたまひき。「見物の桟敷《さじき》うつ」もよからぬにや。「平張《ひらばり》[二]うつ」などは常のことなり。「桟敷構《かま》ふる」などいふべし。「護摩《ごま》[三]たく」といふも、わろし。「修《しゅ》する」、「護摩する」などいふなり。「行法《ぎやうぼふ》[四]も、法の字を清《す》みていふ、わろし。濁りていふ」と、清閑寺僧正《せいかんじのそうじやう》[五]仰せられき。常にいふことに、かかることのみおほし。

第百六十一段

花のさかりは、冬至《とうじ》[六]より百五十日とも、時正《じしやう》[七]の後、七日ともいへど、立春[八]より七十五日、おほやうたがはず。

第百六十二段

遍照寺《へんぜうじ》[九]の承仕法師《じようじほふし》[一〇]、池の鳥を日来《ひごろ》飼ひつけて、堂のうちまで餌《ゑ》をまき

一　藤原経尹《つねまさ》。鎌倉中期の世尊寺流の書道の宗家。延慶三年（一三一〇）、六十四歳で出家。没年未詳。底本「勘解由小路」を訂正。
二　仮屋を作るとき、柱を立て、その上に平らに張りわたす幕。
三　密教で祈禱《きとう》のために、火炉で護摩木をたくこと。
四　仏道修行の方法。
五　権僧正道我（一二八四―一三四三）。兼好の友人。家集『権僧正道我集』がある。「清閑寺」は京都市東山区、清水音羽山の中腹にある。
六　太陽が一年中で最も南に傾く日。北半球では昼が最も短く、夜が最も長い。
七　昼夜の長さが等しい日。春分・秋分の二日後の日。ここは春の時正。
八　陰暦で、冬から春に入る、始めの日。
九　京都市右京区嵯峨の、広沢の池の西にあった、真言宗の寺。
一〇　寺院内の雑役に奉仕する僧。

て、戸ひとつあけたれば、数も知らず入りこもりけるのち、おのれも入りて、たてこめて、捕へつつ殺しけるよそほひ、おどろおどろしく聞えけるを、草かる童《わらは》聞きて、人に告げければ、村のをのこどもおこりて入りて見るに、大雁《おほがん》ども[一]ふためきあへる中に法師まじりて、打ちふせ、ねぢ殺しければ、この法師を捕へて、所より[二]使庁《しちやう》へ出したりけり。殺す所の鳥を頸《くび》にかけさせて、禁獄《きんごく》せられにけり。[三]基俊大納言《もととしのだいなごん》、[四]別当《べつたう》の時になん侍りける。

第百六十三段

[五]太衡《たいしよう》の太の字、点うつ、うたずといふこと、陰陽《おんみやう》のともがら、相論のことありけり。[六]もりちか入道申し侍りしは、「[七]吉平《よしひら》が自筆の[八]占文《せんもん》の裏に書かれたる御記《ぎよき》、[九]近衛関白殿《このゑのくわんぱくどの》にあり。点うちたるを書きたり」と申しき。

第百六十四段

世の人あひ逢ふ時、暫《しばら》くも[一〇]黙止《もだ》することなし。必ず言葉あり。そのこと

一 翼をぱたぱた騒ぎあって。「羽をふためかして惑ふ程に」(『宇治拾遺物語』巻三)。
二 検非違使庁。都の治安をつかさどる役所。
三 堀川基俊(一二六一―一三一九)。第九十九段に既出。
四 検非違使庁の長官。
五 陰暦九月の異称。陰陽道の用語。
六 伝未詳。大蔵卿藤原盛親か。
七 安倍清明の子。陰陽博士。
八 吉凶を占って注進する文書。
九 近衛家の人で関白となった方。家平・経忠・基嗣などの諸説があるが、未確定。
一〇 だまっている。無言のままでいる。「世俗の黙《もだ》しがたきに随ひて」(第一一二段)。

を聞くに、多くは無益《むやく》の談なり。世間の浮説《ふせつ》[一]、人の是非、自他のために失多く、得少し。

これを語る時、互ひの心に無益のことなりといふことを知らず。

第百六十五段

あづまの人の都の人に交り、都の人のあづまに行きて身をたて、又、本[二]寺・本山を離れぬる顕密《けんみつ》[三]の僧、すべて我が俗[四]にあらずして人に交れる、見ぐるし。

第百六十六段

人間の営みあへるわざを見るに、春の日に雪仏《ゆきぼとけ》[五]を作りて、そのために金銀珠玉《しゆぎよく》の飾りを営み、堂[六]を建てんとするに似たり。その構へを待ちて、よく安置《あんぢ》してんや。人の命ありと見るほども、下より消ゆること、雪のごとくなるうちに、営み待つこと甚だ多し。

一　根拠もないうわさ話。風聞。

二　「末寺・末山」に対する語。一宗一派の中心的寺院をさす。

三　顕教と密教。仏教の諸宗の総称。

四　自分の生活圏に属する習俗。

五　雪で作った仏像。「同じ聖(瞻西上人)の、雪を丈六の仏につくりたてまつりて、供養しつるよしいはれて」(『康資王母集』)

六　雪仏を安置する御堂。

第百六十七段

[一]一道《いちだう》に携はる人、あらぬ道のむしろ[二]に臨《のぞ》みて、「あはれ、わが道ならましかば、かくよそに見侍らじものを」と言ひ、心にも思へること、常のことなれど、よにわろく覚ゆるなり。知らぬ道のうらやましく覚えば、「あなうらやまし。などか習はざりけん」と言ひてありなん。

我が智をとり出でて人に争ふは、角《つの》[三]あるものの角をかたぶけ、牙《きば》あるものの牙をかみ出だすたぐひなり。

人としては善[四]にほこらず、物と争はざるを徳とす。他に勝ることのあるは、大きなる失なり。品《しな》の高さにても、才芸のすぐれたるにても、先祖の誉《ほまれ》にても、人に勝れりと思へる人は、たとひ言葉に出でてこそ言はねども、内心にそこばくのとがあり。慎《つつし》みてこれを忘るべし。をこにも見え、人にも言ひ消たれ、禍《わざはひ》をも招くは、ただ、この慢心なり。

一道にも誠に長じぬる人は、みづから明らかにその非を知る故に、志《こころざし》[五]常に満たずして、つひに物にほこることなし。

一 一つの専門の道に従事する人。
二 「筵」。会合の席。
三 自己抑制できないで、他人と争うさまを、角や牙で争う動物の類に比喩したもの。
四 『論語』(公冶長)に「顔淵曰く、願はくは、善に伐《こほ》ること無く」とみえる。第一三〇段に既出。
五 望みがいつも満足することなく。『礼記』(曲礼)に「志は満つ可からず、楽は極む可からず」とみえる。

第百六十八段

年老いたる人の、一事すぐれたる才《ざえ》のありて、「この人の後には、誰にか問はん」など言はるるは、老の[一]方人《かたうど》にて、生けるもいたづらならず。さはあれど、それも[二]すたれたる所のなきは、一生このことにて暮れにけりと、つたなく見ゆ。「今は忘れにけり」と言ひてありなん。

大方《おほかた》は、知りたりとも、すずろに言ひ散らすは、さばかりの才にはあらぬにやと聞え、おのづから誤りもありぬべし。「さだかにも弁《わきま》へ知らず」など言ひたるは、なほまことに、[三]道の主《あるじ》とも覚えぬべし。まして、知らぬこと、したりがほに、おとなしく、[四]もどきぬべくもあらぬ人の言ひ聞かするを、「さもあらず」と思ひながら聞きゐたる、いとわびし。

第百六十九段

「[五]何事《なにごと》の式といふことは、[六]後嵯峨《ごさが》の御代までは言はざりけるを、近きほど

一　老人のための心強い味方。「方人」は、元来、歌合や競馬など、二組に分かれた場合の同じ側に属する人。
二　衰えたところ。「老いぬる人は、精神おとろへ」（第一七二段）。
三　その道の権威者。専門の大家。
四　こちらがさからうこともできない人。「もどく」は、非難する。「さすがに人の上をばもどき、ものをいとよう言ふよ」（『枕草子』三巻本・第一二〇段）。
五　何々という事のやり方・しきたり。
六　第八十八代の天皇。仁治三年（一二四二）から寛元四年（一二四六）まで在位。

よりいふ詞《ことば》なり」と人の申し侍りしに、建礼門院《けんれいもんゐん》[一]の右京 大夫《うきやうのだいぶ》、後鳥羽院《ごとばのゐん》[二]の御位の後《のち》、又内裏《うち》住《ず》みしたることをいふに、「世[三]のしきもかはりたることはなきにも」と書きたり。

第百七十段

さしたることなくて人のがり[四]行くは、よからぬことなり。用ありて行きたりとも、そのこと果てなば、とく帰るべし。久しく居たる、いとむつかし。

人とむかひたれば、詞《ことば》多く、身も草臥《くたび》れ、心も閑《しづか》ならず。万のことさはりて時をうつす、互ひのため益《やく》なし。いとはしげに言はんもわろし。心づきなきことあらん折は、なかなかそのよしをも言ひてん。同じ心に[五]むかはまほしく思はん人の、つれづれにて、「いましばし、今日は心閑に」など言はんは、この限りにはあらざるべし。阮籍《げんせき》[六]が青き眼、誰もあるべきことなり。

そのこととなきに人の来りて、のどかに物語して帰りぬる、いとよし。

一　世尊寺伊行《これゆき》の女。建礼門院（高倉天皇中宮徳子）と後鳥羽院に仕えた女房。家集に『建礼門院右京大夫集』がある。

二　第八十二代の天皇。

三　『建礼門院右京大夫集』の引用文。但し、現存諸本は「世のけしきも、変りたる事なきに」とある。

四　人のもとに。「人のがり言ふべきことありて」（第三十一段）。

五　お互いによく気が合って、話していたいと思う人。「おなじ心ならん人としめやかに物語して」（第十二段）。

六　中国三国時代の晋の人。竹林の七賢の一人。「籍、礼教に拘《かか》はらず、能く青白眼を為す。礼俗の士を見れば、白眼を以て之に対す。嵆喜《けいき》来り弔するに及び、籍、白眼を作《な》す。喜、懌《よろこ》ばずして退《しりぞ》く。喜の弟、康、之を聞き、乃ち、酒を齎《もたら》し、琴を挾《わきばさ》んで造《いた》る。籍、大いに悦び、乃ち、青眼を見《あらは》す」（『蒙求』の「阮籍青眼」）。この故事より、青眼は人を歓迎する目つきの意。

又、文も、「久しく聞えさせねば」などばかり言ひおこせたる、いとうれし。

第百七十一段

[一]貝をおほふ人の、我がまへなるをばおきて、よそを見わたして、人の袖のかげ、膝《ひざ》の下まで目をくばる間《ま》に、前なるをば人におほはれぬ。よくおほふ人は、余所《よそ》までわりなく取るとは見えずして、近きばかりおほふやうなれど、多くおほふなり。碁盤《ごばん》のすみに石[二]を立ててはじくに、向ひなる石をまぼりてはじくは、あたらず。我が手もとをよく見て、ここなる聖目《ひじりめ》[三]を直《す》ぐにはじけば、立てたる石必ずあたる。

万のこと、外《ほか》に向きて求むべからず。ただ、ここもとを正しくすべし。[四]清献公《せいけんこう》が言葉に、「[五]好事《かうじ》を行《ぎやう》じて、前程《ぜんてい》を問ふことなかれ」と言へり。世を保たん道もかくや侍らん。内をつつしまず、軽《かろ》く、ほしきままにしてみだりなれば、遠き国必ず叛《そむ》く時、はじめて謀《はかりごと》を求む。「[六]風にあたり、湿《しつ》にふして、病を神霊《しんれい》に訴ふるは、愚かなる人なり」と医書に言へるが如し。目

一　「貝おほひ」をする人。「貝おほひ」は平安末期から行なわれた遊戯。遊び方の詳細は不明。

二　碁石を置いて。

三　碁盤の目の中にしるしてある九つの黒点。

四　中国宋の趙抃《ちょうべん》の諡名《おくりな》。仁宗・英宗・神宗の三代に仕えた徳行の政治家。

五　善行を行なって、将来どうなるかを問題にしてはならない。『皇朝類苑』(第三十六・宋の江少虞編)の「詩賦歌詠」に、馮瀛王《ふえいおう》の詩に「但知る、好事を行じて、前程を問ふを要する莫《なか》れ」とある。

六　「真誥《しんかう》曰く、常に能く上に事《つか》ふるを慎まざる者は、自ら百痾の本を致し、咎《とが》を神霊に怨むか。風に当り、湿に臥して、反りて他人を失覆に責むるは、皆癡人なり」(『本草経』序)。

の前なる人の愁《うれへ》をやめ、恵みをほどこし、道を正しくせば、その化《くわ》遠く流れんことを知らざるなり。禹[一]《う》の行きて三苗[二]《さんべう》を征《せい》せしも、師《いくさ》を班《かへ》して、徳を敷くにはしかざりき。

第百七十二段

若[三]き時は、血気うちにあまり、心、物にうごきて、情欲多し。身を危《あやぶ》めて砕《くだ》けやすきこと、珠《たま》を走らしむるに似たり。美麗を好みて宝をつひやし、これを捨てて苔[四]の袂にやつれ、勇める心盛りにして、物と争ひ、心に恥ぢうらやみ、好む所日々に定まらず。色にふけり情《なさけ》にめで、行ひをいさぎよくして百年[五]《ももとせ》の身を誤り、命を失へるためし願はしくして、身の全《また》く久しからんことをば思はず、好ける方に心ひきて、ながき世語《よがた》りともなる。身をあやまつことは、若き時のしわざなり。

老いぬる人は、精神おとろへ、淡くおろそかにして、感じ動く所なし。心おのづから静かなれば、無益《むやく》のわざをなさず。身を助けて愁なく、人の煩ひなからんことを思ふ。老いて智の若き時にまされること、若くして、

一　中国古代の聖天子。

二　苗族ともいう。古代中国で、湖南・湖北地方を領した異民族。しばしば中央政府に反抗して乱を起した。

三　「孔子曰はく、君子に三戒あり。少《わか》き時は、血気未だ定まらず、これを戒むること色に在り。その壮なるに及びてや、血気方《さま》に剛なり。これを戒むること闘にあり」（『論語』季氏）。

四　僧侶や隠遁者の着る衣。

五　我が身の将来を誤ること。「君が一日の恩の為めに、妾が百年の身を誤る」（『白氏文集』巻四の「井底に銀瓶を引く」）。

かたちの老いたるにまさるるが如し。

第百七十三段

[一]小野小町《をののこまち》がこと、きはめてさだかならず。衰へたるさまは、[二]玉造《たまつくり》と言ふ文《ふみ》に見えたり。この文、[三]清行《きよゆき》が書けりといふ説あれど、[四]高野大師《かうやのだいし》の御作《ごさく》の目録に入れり。大師は[五]承和《じようわ》のはじめにかくれ給へり。小町が盛りなること、その後の事にや、なほおぼつかなし。

第百七十四段

[六]小鷹《こたか》によき犬、[七]大鷹に使ひぬれば、小鷹にわろくなるといふ。大につき小を捨つることわり、誠にしかなり。人事《にんじ》多かる中に、[八]道を楽しぶより[九]気味深きはなし。これ、実の大事なり。一たび道を聞きて、これにこころざさん人、いづれのわざかすたれざらん。何事をか営まん。愚かなる人といふとも、賢き犬の心におとらんや。

一　平安前期の女流歌人。伝記未詳。
二　『玉造小町壮衰書』のこと。
三　三善清行（八四七―九一八）。文章博士。
四　空海（七七四―八三五）。弘法大師。真言宗の開祖。金沢文庫蔵『御作目録大師』には「玉造小町形衰記一巻有レ疑。或云二善相公作一」とみえる。
五　承和二年（八三五）三月二十一日に死没。小町の出生は、八二〇年から八三〇年の間と推定されている。
六　「小鷹狩」の略。小形の鷹類を使い、鶉・雀・鴫などの小鳥を捕える猟。
七　「大鷹狩」の略。大鷹を使い、鶴・雁・鴨・雉などを捕える猟。
八　仏道。
九　味わい深い。「林下の幽居は気味深し」（『和漢朗詠集』巻下・閑居）。

第百七十五段

世には心得ぬことの多きなり。[一]ともあることには、まづ酒をすすめて、強ひ飲ませたるを興《きよう》とすること、如何《いか》なるゆゑとも心得ず。飲む人の顔、いと堪へがたげに眉をひそめ、[二]人目をはかりて捨てんとし、逃げんとするを、捕へて、ひきとどめて、すずろに飲ませつれば、[三]うるはしき人も、忽《たちまち》に狂人となりてをこがましく、[四]息災《そくさい》なる人も、目の前に大事の病者《びやうじや》となりて、前後も知らず倒れ伏す。祝ふべき日などは、あさましかりぬべし。あくる日まで頭《かしら》いたく、物食はず、[五]によひふし、[六]生《しやう》を隔てたるやうにして、昨日のこと覚えず、公《おほやけ》・私《わたくし》の大事を欠きて、煩《わづら》ひとなる。人をしてかかる目を見すること、慈悲もなく、礼儀にもそむけり。かく辛《から》き目にあひたらん人、ねたく、口惜しと思はざらんや。[七]人の国にかかる習ひあなりと、[八]これらになき人事《ひとごと》にて伝へ聞きたらんは、あやしく不思議におぼえぬべし。

　人の上にて見たるだに心憂し。思ひ入りたるさまに、心にくしと見し人も、思ふ所なく笑ひののしり、詞《ことば》多く、[九]烏帽子《えぼし》ゆがみ、[一〇]紐《ひも》はづし、脛《はぎ》高く

一　何かことがあるたびに、第三十七段に既出。
二　他人の見る目を盗んで。
三　礼儀正しい人も。
四　身体が健康である。達者。
五　うめきながら臥す。第八十七段に既出。
六　酒を飲んだ昨日の記憶が全然ないことをいう。仏教語の「隔生即忘」による表現。
七　よその国。中国など。
八　我が国。第十八段に既出。
九　元服した男子が常用した冠の一種。
一〇　装束の結び紐を解きはずし。くつろいださま。

かかげて、用意なき気色《けしき》、日来《ひごろ》の人とも覚えず。女は[一]額髪《ひたひがみ》[二]はれらかにかきやり、まばゆからず顔[三]うちささげてうち笑ひ、盃《さかづき》持てる手に取りつき、よからぬ人は肴《さかな》取りて口にさしあて、みづからも食ひたる、さまあし。声の限り出して、おのおの歌ひ舞ひ、年老いたる法師召し出されて、[四]黒くきたなき身を肩抜ぎて、目もあてられず[五]すぢりたるを、興じ見る人さへ、うとましく憎し。あるは又、我が身いみじきことども、かたはらいたく言ひきかせ、あるは酔《ゑ》ひ泣きし、下《しも》ざまの人は、罵《の》りあひ、いさかひて、あさましくおそろし。恥ぢがましく、心憂きことのみありて、はては許さぬ物どもおし取りて、縁《えん》より落ち、馬・車より落ちて、[六]あやまちしつ。物にも乗らぬきはは、大路《おほち》を[七]よろぼひ行きて、築土《ついひぢ》・門の下などに向きて、[八]えもいはぬことどもしちらし、年老い、袈裟《けさ》かけたる法師の、小童《こわらは》の肩をおさへて、聞えぬことども言ひつつ、よろめきたる、[九]いとかはゆし。

かかることをしても、この世も後《のち》の世も益《やく》有るべきわざならば、いかがはせん。この世にはあやまち多く、財《たから》を失ひ、病をまうく。[一〇]百薬《ひやくやく》の長《ちやう》とはいへど、万《よろづ》の病は酒よりこそおこれ。[一一]憂《うれへ》忘るといへど、酔ひたる人ぞ、過ぎにし憂さをも思ひ出でて泣くめる。後の世は、人の智恵をうしなひ、[一二]善《ぜん》

一　婦人の額から両頰と両肩へ切って垂らした髪。「歯をいみじう病みて、額髪もしとどに泣きぬらし」(『枕草子』三巻本・第一八三段)。

二　むきだしに。

三　顔を上に向けて。遠慮のないさま。

四　老人の皮膚が黒くて汚いのをいう。

五　身をくねらせる。「翁、のびあがり、かがまりて、舞ふべきかぎり、すぢりもぢり、ゑい声をいだして」(『宇治拾遺物語』巻一の三)。

六　けがをしてしまう。

七　よろめきながら歩いて。

八　口にだせないようなこと。嘔吐や立小便などをすること。

九　見ていられない。

一〇　『漢書』(食貨志)に「夫れ塩は食肴《しよっこう》の将、酒は百薬の長」とある。

一一　「何を以てか憂を忘れむ、ただ杜康《とこう》(酒の異名)有り」(『古楽府』)など、酒を「忘憂《ぼうゆう》」と異称する。

一二　善い果報をもたらす善行。

根《こん》を焼くこと火のごとくして、悪を増し、万の戒《かい》を破りて、地獄におつべし。「[一]酒を取りて人に飲ませたる人、五百《ごひやく》 生《しやう》が間、手なき者に生る」とこそ、仏は説き給ふなれ。

かくうとましと思ふものなれど、おのづから捨てがたき折もあるべし。[二]月の夜、雪の朝《あした》、花の本《もと》にても、心長閑《のどか》に物語して盃出したる、万の興をそふるわざなり。つれづれなる日、思ひの外に友の入りきて、とりおこなひたるも、心なぐさむ。なれなれしからぬあたりの御簾《みす》の中より御果物《おんくだもの》[三]・御酒《みき》など、よきやうなる気はひしてさし出されたる、いとよし。冬、狭き《せば》所にて、火にて物煎《い》り[四]などして、隔てなきどちさし向ひて、多く飲みたる、いとをかし。旅の仮屋《かりや》、野山などにて、「[五]御肴何がな」など言ひて、芝の上にて飲みたるもをかし。いたういたむ人の、強ひられて少し飲みたるも、いとよし。よき人の、とりわきて、「今ひとつ、上少し《うへすくな》[六]」など、のたまはせたるもうれし。近づかまほしき人の、上戸《じやうご》[七]にてひしひしと馴れぬる、又うれし。

さはいへど、上戸はをかしく、罪ゆるさるる者なり。酔ひ草臥《くたび》れて朝寝《あさい》したる所を、主《あるじ》の引き開けたるに、まどひて、ほれたる顔ながら、細き[八] 髻《もとどり》

一　『梵網経』(下)に「若し自身手づから酒器を過《わた》して人に与へて酒を飲ましむれば、五百世手無からん。何んぞ況んや自ら飲むをや」とある。

二　秋の月夜・冬の雪の朝・春の花の本。各季節を代表する景物を賞翫する、時と場を指定している。「雪月花の時に最も君を憶ふ」(『和漢朗詠集』交友)。

三　ここは酒の肴をさす。

四　火で何かを煎ったりして。

五　酒の肴が何かほしいなあ。「御肴に、何よけむ。鮑栄螺《さだを》か、石陰子《かせ》よけむ」(催馬楽「我家」)。

六　未詳。盃に酒が満ちていないことをいう語か。「うべ少し」とする説もある。

七　酒をよく飲む人。

八　烏帽子《えぼし》もつけず細い髻をむき出しにして。

さし出し、物も着あへず抱《いだ》き持ち、[一]ひきしろひて逃ぐる、[二]かいとり姿の後《うしろ》手《で》、毛生《お》ひたる細脛《ほそはぎ》のほど、をかしく、つきづきし。

第百七十六段

[三]黒戸《くろど》は、[四]小松御門《こまつのみかど》位につかせ給ひて、昔[五]ただ人におはしまし時、[六]まさなごとせさせ給ひしを忘れ給はで、常にいとなませ給ひける間《ま》なり。[七]御薪《みかまぎ》にすすけたれば、黒戸といふとぞ。

第百七十七段

[八]鎌倉中書王《かまくらのちゅうしょわう》にて、[九]御鞠《おんまり》ありけるに、雨降りて後、いまだ庭の乾かざりければ、いかがせんと沙汰ありけるに、[一〇]佐々木隠岐入道《ささきのおきのにふだう》、[一一]鋸《のこぎり》のくづを車に積みて、多く奉りたりければ、一庭《ひとには》に敷かれて、泥土《でいど》のわづらひなかりけり。「とりためけん用意ありがたし」と、人感じあへりけり。

このことをある者の語り出でたりしに、[一二]吉田中納言《よしだのちゅうなごん》の、「[一三]乾き砂子《すなご》の用意

一　ひきずって。
二　裾をたくしあげた後ろ姿。
三　清涼殿の北廂《ひさし》から弘徽殿《こきでん》に至る北廊の細長い部屋。
四　光孝天皇(八三〇―八八七)。仁明天皇の第三皇子。
五　親王ではあったが、臣下の身分にあったことをいう。
六　料理や煮炊きのまねごとをされたことをいうか。
七　炊事の燃料にする木の敬称。
八　宗尊《むねたか》親王(一二四二―一二七四)。後嵯峨天皇第一皇子。征夷大将軍・中務卿。家集『瓊玉和歌集』『柳葉和歌集』などがある。「中書」は中務の唐名。
九　蹴鞠御会。第一〇九段に既出。
一〇　佐々木政義(一二〇八―一二九〇)。幕府の近習。隠岐守義清の長男。法名真願。
一一　おがくず。
一二　未詳。藤原藤房・同冬方・同定資・同国俊などの諸説が提出され、決着をみない。
一三　乾燥した砂。

やはなかりける」とのたまひたりしかば、はづかしかりき。いみじとおもひける鋸のくづ、賤《いや》しく、異様《ことやう》のことなり。庭[一]の儀を奉行《ぶぎやう》する人、乾き砂子を設くるは、故実なりとぞ。

第百七十八段

ある所の侍《さぶらひ》ども、内侍所《ないしどころ》[二]の御神楽《みかぐら》を見て、人に語るとて、「宝剣[三]をばその人ぞ持ち給ひつる」などいふを聞きて、内なる女房の中に、「別殿《べちでん》[四]の行幸《ぎやうがう》には、昼御座《ひのござ》[五]の御剣《ぎよけん》にてこそあれ」と、しのびやかに言ひたりし、心にくかりき。その人、古き典侍《ないしのすけ》[六]なりけるとかや。

第百七十九段

入宋《につそう》[七]の沙門《しやもん》、道眼上人《だうげんしやうにん》[八]、一切経《いつさいきやう》[九]を持来して、六波羅《ろくはら》のあたり、やけ野[一〇]といふ所に安置《あんぢ》して、ことに首楞厳経《しゆれうごんきやう》[一一]を講じて、那蘭陀寺《ならんだじ》[一二]と号《かう》す。その聖の申されしは、「那蘭陀寺は大門北向きなりと、江帥《がうそち》[一三]の説とて言ひ伝へたれ

一　庭の諸事を担当する役人。

二　毎年陰暦十二月吉日に、天皇が出御されて「内侍所」の庭で神鏡に奉納された御神楽。「内侍所」は第十六段に既出。

三　三種の神器の一つの草薙《くさなぎ》の剣。

四　清涼殿以外の殿舎への行幸。

五　清涼殿の天皇が日中においでになる御座所に置かれた剣。

六　内侍司に属する女官。

七　宋（中国）へ渡航してきた僧。

八　延慶二年（一三〇九）頃に入宋した禅僧。伝未詳。第二三八段にもみえる。

九　『大蔵経』。経・律・論にわたる仏典の総称。

一〇　未詳。鳥部野をさすかともいう。

一一　禅の根本義を説く、十巻の経典。

一二　中インドのマガダ王朝の首都王舎城の北西方にあった寺の名。

一三　太宰権帥大江匡房《まさふさ》（一〇四一―一一一一）。『江家次第』『江談抄』『江帥集』などの著書がある。この「説」は、『古事談』（巻五）や『十訓抄』（巻一）の説話類に見える。〔補注二十一〕。

ど、[一]西域伝《さいゐきでん》・[二]法顕伝《ほつけんでん》などにも見えず、更に所見なし。江帥は如何《いか》なる才覚にてか申されけん、おぼつかなし。唐土《たうど》の[三]西明寺《さいみやうじ》は北向き勿論なり」と申しき。

第百八十段

[四]さぎちやうは、正月に打ちたる[五]毬杖《ぎちやう》を、[六]真言院《しんごんゐん》より[七]神泉苑《しんぜんゑん》へ出して、焼きあぐるなり。「[八]法成就《ほふじやうじゆ》の池にこそ」とはやすは、神泉苑の池をいふなり。

第百八十一段

「[九]『ふれふれこゆき、たんばのこゆき』といふこと、[一〇]米《よね》つきふるひたるに似たれば、粉雪《こゆき》、といふ。『たまれ粉雪』と言ふべきを、あやまりて、『たんばの』とはいふなり。『[一一]垣や木のまたに』とうたふべし」と、ある物知り申しき。

昔よりいひけることにや。[一二]鳥羽院《とばのゐん》幼くおはしまして、雪の降るに、かく

一　『大唐西域記』(十二巻)。唐代の玄奘《げんじよう》が、印度・西域地方を旅行したときの記録。
二　『高僧法顕伝』。法顕の旅行記。第八十四段に既出。
三　唐の高宗が玄奘のために、長安に建てた大寺。
四　正月十五日・十八日に行なわれた火祭りの行事。「左義長」「三毬杖」「三毬打」などと書くが、意味は未詳。
五　木製の鞠を打つ、槌《つち》の形をした杖。
六　平安京の大内裏内にあった、朝廷の御修法を行なう道場。
七　大内裏の南にあった禁苑。京都市中京区御池通神泉苑町に、その跡がある。
八　焼くときのはやし詞。『太平記』(巻十二・神泉苑の事)に「法成就の後」とみえる。
九　雪の降るときに歌う童謡。「たんば」は、京都の北の「丹波」を連想させるのを問題にする。
一〇　米をついて篩《ふるい》にかけた粉。
一一　先の童謡の続き。
一二　第七十四代天皇(一一〇三—一一五六)。堀河天皇の第一皇子。

仰せられけるよし、讃岐典侍《さぬきのすけ》[一]が日記《にき》に書きたり。

第百八十二段

四条大納言隆親卿《しでうのだいなごんたかちかのきやう》[二]、乾鮭《からざけ》[三]といふものを、供御《ぐご》[四]に参らせられたりけるを、「かくあやしき物、参るやうあらじ」と、人の申しけるを聞きて、大納言、「鮭といふ魚《うを》、参らぬことにてあらんにこそあれ、鮭のしらぼし[五]、なんでふことかあらん、鮎のしらぼしは、参らぬかは」と申されけり。

第百八十三段

人突く牛[六]をば角《つの》を切り、人食ふ馬をば耳を切りて、そのしるしとす。しるしをつけずして人をやぶらせぬるは、主《ぬし》のとがなり。人食ふ犬[七]をば養ひ飼ふべからず。これ皆、とがあり。律《りつ》[八]の禁《いましめ》なり。

第百八十四段

一 藤原顕綱《あきつな》の娘長子。典侍《ないしのすけ》として、堀河・鳥羽の二帝に仕えた。『讃岐典侍日記』がある〔補注二十二〕。

二 藤原隆親（一二〇三—一二七九）。四条家は庖丁の家として著名で、隆親も調理の専門家。

三 内臓を除き、塩を用いず干した鮭。

四 天皇の召し上る食物。第四十八段に既出。

五 「白乾」。塩につけずに干した魚肉や野菜。

六 『養老令』（三十・雑令）に「畜産、人を觝っかば、両角を截《き》れ。人を齧《く》はば、両耳を截れ」とある。（中略）

七 『養老令』（五・厩庫律《きゆうこりつ》）に「狂犬殺さざる者は、笞《ちむ》三十。故を以て人を殺傷する者は、過失を以て論ず」とある。

八 律令制国家の刑罰に関する規定。

[一]相模守時頼《さがみのかみときより》の母は、[二]松下禅尼《まつしたのぜんに》とぞ申しける。守《かみ》を入れ申さるることありけるに、すすけたる[三]明《あか》り障子《さうじ》のやぶればかりを、禅尼手づから、小刀して切りまはしつつ張られければ、兄《せうと》の[四]城介義景《じやうのすけよしかげ》、その日の[五]けいめいして候ひけるが、「給はりて、なにがし男に張らせ候はん。さやうのことに心得たる者に候ふ」と申されければ、「その男、尼が細工《さいく》によもまさり侍らじ」とて、なほ[六]一間《ひとま》づつ張られけるを、義景、「皆を張りかへ候はんは、はるかにたやすく候ふべし、まだらに候ふも見苦しくや」とかさねて申されければ、「尼も、後はさはさはと張りかへんと思へども、今日ばかりは、わざとかくてあるべきなり。[七]物は破れたる所ばかりを修理《しゆり》して用ゐることぞと、若き人に見ならはせて、心つけんためなり」と申されける、いとありがたかりけり。

世を治《をさ》むる道、倹約を本《もと》とす。女性《によしやう》なれども[八]聖人の心にかよへり。天下を保つ程の人を、子にて持たれける、誠に、ただ人にはあらざりけるとぞ。

一　北条時頼（一二二七—一二六三）。鎌倉幕府第五代執権。時頼善政と称された政治家で、簡素な生活や部下思いの人柄は、第二一五段参照。

二　秋田城介安達景盛《あだちかげもり》の娘。北条時氏の室で、経時・時頼らの母。「禅尼」は仏門に入った女性の称。

三　今の障子に同じ。

四　秋田城介安達義景（一二一〇—一二五三）。時頼より十七歳年長。

五　「経営」の音転。接待する。準備につとめる。

六　障子の桟と桟との間。

七　『貞永式目』の「小破の時は、しばらく修理を加ふ」とあるのにも通ずる。

八　『論語』（里仁《りじん》）に「子曰はく、約を以てこれを失ふ者は鮮《すくな》し」。同じく「述而《じゆつじ》」に「子曰はく、奢《おご》れば則ち不孫、倹なれば則ち固《いや》し。其の不孫ならん与《より》は、寧《むし》ろ固しかれ」などとある。

第百八十五段

[一]城陸奥守泰盛《じやうのむつのかみやすもり》は、さうなき馬乗りなりけり。馬を引き出《いだ》させけるに、足をそろへて閾《しきみ》[二]をゆらりと越ゆるを見ては、「是《これ》は勇める馬なり」とて、鞍《くら》[三]を置きかへさせけり。又、足をのべて閾に蹴あてぬれば、「是はにぶくして、あやまちあるべし」とて、乗らざりけり。

道を知らざらん人、かばかり恐れなんや。

第百八十六段

[四]吉田と申す馬乗りの申し侍りしは、「[五]馬ごとにこはきものなり。人の力、[六]あらそふべからずと知るべし。乗るべき馬をば、まづよく見て、強き所、弱き所を知るべし。次に、轡《くつわ》[七]・鞍《くら》の具に、あやふきことやあると見て、心にかかることあらば、その馬を馳《は》すべからず。この用意を忘れざるを馬乗りとは申すなり。これ秘蔵《ひさう》[八]のことなり」と申しき。

第百八十七段

一　安達泰盛（一二三一―一二八五）。前段の義景の三男。弘安八年に執権北条貞時に滅ぼされた。

二　家屋（ここは厩舎）の、内と外との境に敷いておく横木。

三　鞍を別の馬に置きかえさせる。

四　伝未詳。

五　「馬毎に」。どの馬も。「馬、殊に」とも解せる。

六　馬の力と張り合うことができない。

七　馬の口にかませ、手綱を付けるのに用いる金具。

八　（乗馬の際の）秘訣。

万《よろづ》の道の人、たとひ不堪《ふかん》[一]なりといへども、堪能《かんのう》[二]の非家《ひか》[三]の人にならぶ時、必ずまさることは、たゆみなく慎みて軽々《かるがる》しくせぬと、ひとへに自由なるとの等しからぬなり。

芸能・所作《しよさ》[四]のみにあらず、大方のふるまひ・心づかひも、愚かにして慎めるは得《とく》[五]の本《もと》なり。巧みにしてほしきままなるは、失《しつ》の本なり。

一　下手。無器用。次の「堪能」とともに、第一三四段・第一五〇段に既出。

二　上手。巧みなこと。

三　非専門家。素人。

四　仕事・生業。「常に狩り、漁捕《すなどり》を以て、所作とする国なり」（『今昔物語集』巻三の二十六）。「芸のしわざ」と解する説もある。

五　成功。次の「失」の対。

第百八十八段

ある者、子を法師になして、「学問して因果の理《ことわり》[六]をも知り、説教《せつきやう》[七]などして世わたるたづきともせよ」と言ひければ、教《をしへ》のままに、説教師にならんために、先づ馬に乗りならひけり。輿《こし》・車は持たぬ身の、導師《だうし》[八]に請《しやう》ぜられん時、馬など迎へにおこせたらんに、桃尻《ももじり》[九]にて落ちなんは、心憂かるべしと思ひけり。次に、仏事ののち、酒などすすむることあらんに、法師の無下《むげ》に能なきは、檀那《だんな》[一〇]すさまじく思ふべしとて、早歌《さうか》[一一]といふことを習ひけり。二つのわざ、やうやう境《さかひ》に入りければ、いよいよよくしたく覚えて嗜《たしな》みけ

六　因果応報の道理。仏教の根本思想の一つ。

七　経文や仏教の道理を説き聞かせ、民衆を教化すること。「説教師」はそれを職業とする法師。

八　法会のとき、一座を教導する僧。第一二五段に既出。

九　すわりの悪い尻つき。第一四五段に既出。

一〇　僧を招き財物を施す人。施主。

一一　鎌倉期から流行した歌謡の一種。宴席でも謡われたので、宴曲とも言われた。

るほどに、説経習ふべきひまなくて、年寄りにけり。

この法師のみにもあらず、世間の人、なべてこのことあり。若き程は、諸事につけて、身を立て、大きなる道をも成《じやう》じ、能をもつき、学問をもせんと、行末久しくあらますことども心にはかけながら、世を長閑《のどか》に思ひてうち怠りつつ、まづさしあたりたる目の前のことにのみまぎれて月日を送れば、[一]ことごと成《な》すことなくして、身は老いぬ。終にものの上手にもならず、思ひしやうに身をも持たず、悔《く》ゆれども取り返さるる齢《よはひ》ならねば、[二]走りて坂をくだる輪のごとくに衰へゆく。

されば、一生のうち、むねとあらまほしからんことの中に、いづれかまさるとよく思ひくらべて、第一のことを案じ定めて、その外は思ひ捨てて、一事をはげむべし。一日の中《うち》、一時の中にも、あまたのことの来らんなかに、少しも益《やく》のまさらんことを営みて、その外をばうち捨てて、大事を急ぐべきなり。何方《いづかた》をも捨てじと心に執《と》り持ちては、一事も成るべからず。

たとへば、碁をうつ人、[三]一手《ひとて》もいたづらにせず、人にさきだちて、[四]小を捨て大につくが如し。それにとりて、三つの石をすてて、十の石につくことはやすし。十を捨てて、十一につくことはかたし。一つなりともまさら

一 どれもこれも成就できないで。『白氏文集』(巻十七・酔吟二首)に「事々成す無く、身は老いぬ。酔郷去らず、いづくにか帰らんと欲する」とある。『和漢朗詠集』(述懐)にも引く。

二 勢いよく早く過ぎ去る比喩。出典未詳。

三 碁を打つとき、石を一つ置くこと。

四 利益の小さい石を捨て、利益の大きい石に力を集中すること。『群書拾唾』の『碁十訣第五』に「小を捨て大に就く」とある由(『徒然草参考』)。

んかたへこそつくべきを、十まで成りぬれば、惜しくおぼえて、多くまさらぬ石にはかへにくし。是をも捨てず、かれをも取らんと思ふ心に、かれをもえず、是をもうしなふべき道なり。

京にすむ人、いそぎて[一]東山に用ありて、既に行きつきたりとも、[二]西山に行きてその益まさるべきことを思ひえたらば、門より帰りて西山へ行くべきなり。ここまで来つきぬれば、このことをば先づいひてん。[三]日をささぬことなれば、西山のことは、帰りて又こそ思ひ立ためと思ふ故に、[四]一時の懈怠《けだい》、すなはち一生の懈怠となる。これを恐るべし。

一事を必ず成《な》さんと思はば、他のことの破るるをもいたむべからず。人の嘲《あざけ》りをも恥づべからず。万事にかへずしては、一《いっ》の大事成るべからず。

[五]人のあまたありける中にて、あるもの、「[六]ますほの薄、まそほの薄などいふことあり。[七]わたのべの聖《ひじり》、このことを伝へ知りたり」と語りけるを、[八]登蓮《とうれん》法師、その座に侍りけるが、聞きて、雨の降りけるに、「蓑《みの》・笠《かさ》やある、貸し給へ。かの薄のことならひに、わたのべの聖のがり尋ねまからん」と言ひけるを、「あまりに物さわがし。雨やみてこそ」と人のいひければ、「無下のことをも仰せらるるものかな。人の命は、雨のはれ間をも待つものか

一　京都の賀茂川の東に南北に連なる山々。

二　京都の西方を南北に走る山々。

三　日を定めていない。「さす」は定める、指定する。

四　その一時の怠り。「懈怠」は、なまけ・怠り。第九十二段に既出。

五　これ以下の逸話は、鴨長明の歌論書『無名抄』にみえる〔補注二十三〕。

六　「ますほ」は「まそほ」の転訛《てんか》したもので同一。穂に赤みを帯びた薄とされる。

七　「渡部（辺）の聖」。摂津の国の渡部に住む聖。具体的に誰を指すか不明。

八　俊恵《しゅんえ》の歌林苑《かりんえん》に参集していた隠遁歌人。家集『登蓮法師集』がある。『詞花集』以下の勅撰集にも入集。生没年未詳。

は。我も死に、聖も失せなば、尋ね聞きてんや」とて、走り出でて行きつつ、習ひ侍りにけりと申し伝へたるこそ、ゆゆしくありがたう覚ゆれ。[一]「敏《と》きときは則ち功あり」とぞ、論語と言ふ文にも侍るなる。この薄をいぶかしく思ひけるやうに、[二]一大事の因縁《いんねん》をぞ思ふべかりける。

第百八十九段

今日は、そのことをなさんと思へど、あらぬ急《いそ》ぎ、先づ出で来てまぎれ暮し、待つ人はさはりありて、[三]頼めぬ人は来り、頼みたる方のことは違《たが》ひて、思ひよらぬ道ばかりはかなひぬ。わづらはしかりつることはことなくて、やすかるべきことはいと心苦し。日々に過ぎ行くさま、かねて思ひつるには似ず。一年《ひととせ》の中《うち》もかくの如《ごと》し。一生の間も又しかなり。

かねての[四]あらまし、皆違《たが》ひゆくかと思ふに、おのづから違はぬこともあれば、いよいよ物は定めがたし。[五]不定《ふぢやう》と心得ぬるのみ、まことにて違はず。

第百九十段

一 『論語』(陽貨)に「敏なれば則ち功あり。恵なれば則ち以て人を使ふに足る」とある。

二 仏道で悟りを開く機縁。

三 来るのを期待していない人。

四 予想。期待。「さかゆく末を見んまでの命あらまし」(第七段)。

五 定めがない。不確かである。第三十九段・第九十一段に既出。

妻《め》といふものこそ、をのこの持つまじきものなれ。「いつも[一]独り住みにて」など聞くこそ、心にくけれ。「[二]誰がしが婿《むこ》になりぬ」とも、又、「[三]如何《いか》なる女を取りすゑて、相住《あひす》む」など聞きつれば、無下《むげ》に心おとりせらるるわざなり。ことなることなき女をよしと思ひ定めてこそ添ひゐたらめと、賤《いや》しくもおしはかられ、よき女ならば、[四]この男をぞらうたくして、[五]あが仏とまもりゐたらめ、たとへば、さばかりにこそと覚えぬべし。まして、家のうちをおこなひをさめたる女、いと口惜《くちを》し。子など出で来て、かしづき愛したる、心憂し。男なくなりて後、尼になりて年よりたるありさま、なき跡まであさまし。

いかなる女なりとも、明暮《あけくれ》添ひ見んには、いと心づきなく、にくかりなん。女のためにも[六]半空《なかぞら》にこそならめ。よそながら、ときどき通ひ住まんこそ、年月へても絶えぬなからひともならめ。あからさまに来て、泊《とま》り居などせんは、めづらしかりぬべし。

一　独身で暮らすこと。特定の女性と同居していないこと。「世に心の染まぬにやあらむ、独り住みにてのみなむ」(『源氏物語』若紫)。
二　これは婿入婚のケース。
三　これは、嫁を迎える婚姻形式のケース。
四　正徹本など「この男をぞ」がない。このほうが文意は通じやすいが、一応、底本のままとする。
五　自分の信仰する仏の意から、大切な人を意味する。「あが仏、などからく、思はぬ様にてはものし給ふ」(『宇津保物語』あて宮)。
六　中途半端な状態。どっちつかずの状態。

第百九十一段

「夜に入りて物のはえなし」といふ人、いと口惜《くちを》し。万《よろづ》のものの[一]綺羅《きら》・飾り・色ふしも、夜のみこそめでたけれ。昼は、ことそぎ、[二]およすけたる姿にてもありなん。夜は、きららかに、はなやかなる装束《さうぞく》、いとよし。人の気色《けしき》も、夜の[三]ほかげぞ、[四]よきはよく、ものいひたる声も、暗くて聞きたる、用意ある、心にくし。にほひも、[五]ものの音も、ただ夜ぞ、ひときはめでたき。

さしてことなることなき夜、うち更《ふ》けて参れる人の、清げなるさましたる、いとよし。若きどち、心とどめて見る人は、時をもわかぬものなれば、ことに、うち解けぬべき折節《をりふし》ぞ、[六]褻《け》・晴《はれ》なく、ひきつくろはまほしき。よき男の日暮れて[七]ゆするし、女も、夜ふくる程に[八]すべりつつ、鏡とりて、顔などつくろひて出づるこそをかしけれ。

第百九十二段

神・仏にも、[九]人のまうでぬ日、夜まゐりたる、よし。

一　綾織りの絹と薄絹の意から、きらびやかさを意味する。「火はあなたにほのかなれど、もののきらなど見えて」（第一〇四段）。
二　地味にする意。
三　灯火に照らされた姿。「昼よりもあかく照りみちたる火影《ほかげ》に見えたる姿、限りなくめづらし」（『宇津保物語』祭の使）。
四　りっぱな人はひときわりっぱに見え。「持てる調度まで、よきはよく」（第十五段）。
五　楽器の音をさす。
六　平生と晴れの区別もなく。
七　洗髪して櫛けずること。
八　そっと座をはずして。
九　神社の縁日や祭日などでない日に。

第百九十三段

[一]くらき人の、人をはかりて、その智《ち》を知れりと思はん、さらにあたるべからず。

[二]つたなき人の、碁うつことばかりにさとく巧みなるは、かしこき人の、この芸におろかなるを見て、己《おのれ》が智に及ばずと定めて、[三]万《よろづ》の道の匠《たくみ》、我が道を人の知らざるを見て、己すぐれたりと思はんこと、大きなる誤りなるべし。[四]文字《もんじ》の法師・[五]暗証《あんしよう》の禅師《ぜんじ》、たがひにはかりて、己にしかずと思へる、ともにあたらず。

己が[六]境界《きやうがい》にあらざるものをば、あらそふべからず、是非すべからず。

第百九十四段

[七]達人《たつじん》の人を見る眼《まなこ》は、少しもあやまる所あるべからず。

たとへば、ある人の、世に虚言《そらごと》をかまへ出して人をはかることあらんに、

一　暗愚の人。愚かな人。

二　つまらない人。「愚かにつたなき人も」（第三十八段）。

三　あらゆる領域の職人。

四　仏教の教理を知識的に研究して、修行のことを忘れている僧。「世間の文字の法師と共ならず、亦《たま》事相禅師と共ならず」（『摩訶止観』七下）。

五　座禅を専ら修行し、教理にうとい僧。「闇証《あんしよう》の禅師」とも。「闇証の禅師は智恵無く、文字の法師は定無し」（『雑談集』巻一）。

六　専門の領域。

七　広く物事の道理に通じた人。

すなほにまことと思ひて、言ふままにはからるる人あり。あまりに深く信[一]をおこして、なほわづらはしく虚言を心得そふる人あり。又、何としも思はで、心をつけぬ人あり。又、いささかおぼつかなくおぼえて、たのむにもあらず、たのまずもあらで、案じゐたる人あり。又、まことしくは覚えねども、人のいふことなれば、さもあらんとてやみぬる人もあり。又、さまざまに推《すい》し心得たるよしして、賢《かしこ》げにうちうなづき、ほほゑみてゐたれど、[二]つやつや知らぬ人あり。又、[三]推し出して、「あはれ、さるめり」と思ひながら、なほ誤りもこそあれと怪しむ人あり。又、ことなるやうもなかりけりと、手を打ちて笑ふ人あり。又、心得たれども、知れりとも言はず、おぼつかなからぬは、とかくのこともなく、知らぬ人とおなじやうにて過ぐる人あり。又、この虚言の本意《ほい》を、はじめより心得て、少しもあざむかず、かまへ出したる人とおなじ心になりて、力をあはする人あり。

[四]愚者の中の戯《たはぶれ》だに、知りたる人の前にては、[五]このさまざまの得たる所、詞《ことば》にても顔にても、かくれなく知られぬべし。まして、[六]明らかならん人の、まどへる我等を見んこと、掌の上の物を見んが如《ごと》し。但し、かやうの推《お》しはかりにて、[七]仏法までをなずらへ言ふべきにはあらず。

一 信用して。第七十三段に既出。
二 全く。第五十四段に既出。
三 嘘の実体をあれこれ推察して。
四 愚かな人間同士のふざけたことについてさえも。
五 以上述べたような、嘘についてのさまざまな反応具合。
六 明識のある人。「達人」に同じ。
七 仏法に関する話まで、普通の嘘に準じて、かれこれあげつらってはならない。第七十三段の末尾参照。

第百九十五段

ある人久我縄手《こがなはて》[一]を通りけるに、小袖に大口《おほくち》[二]着たる人、木造《きづく》り[三]の地蔵《ぢざう》を田の中の水におしひたして、ねんごろに洗ひけり。心得がたく見るほどに、狩衣《かりぎぬ》の男二三人《ふたりみたり》出できて、「ここにおはしましけり」とて、この人を具していにけり。久我内大臣殿《こがのないだいじんどの》[四]にてぞおはしける。尋常《よのつね》におはしましける時は、神妙《しんべう》にやんごとなき人にておはしけり。

第百九十六段

東大寺の神輿《しんよ》[五]、東寺《とうじ》の若宮[六]より帰座《きざ》の時、源氏の公卿《くぎやう》まゐられけるに、[七]この殿、大将にて、さきをおはれけるを、土御門《つちみかどの》[八]相国《しやうこく》、「社頭にて警蹕《けいひつ》[九]いかが侍るべからん」と申されければ、「随身《ずいじん》のふるまひは、兵仗《ひやうぢやう》[一〇]の家が知ることに候」とばかり答へ給ひけり。

さて、後に仰せられけるは、「この相国、北山抄《ほくざんせう》[一一]を見て、西宮《せいきゆう》[一二]の説をこそ

一　京都市伏見区にある、長さ約八キロメートルの直線道路。「縄手」は、田の中の小道。
二　「大口袴」の略。表袴《うえのはかま》の下に重ねてはく袴。
三　木で造った地蔵菩薩の像。
四　源通基《みちもと》（一二四〇―一三〇八）。通忠の子。正応元年（一二八八）七月内大臣に、同年辞任。
五　東大寺の鎮守神、手向山《たむけやま》八幡宮の神輿。
六　東寺の鎮守神、若宮八幡宮。
七　前段に登場の源通基。
八　源定実《さだざね》（一二四一―一三〇六）。正安三年（一三〇一）に太政大臣。第一二八段に登場の「雅房大納言」の父。
九　貴人の通行の際、声を立てて人を戒め、先払いをすること。
一〇　武官の家柄。
一一　藤原公任の著書で、有職故実書。
一二　西宮左大臣源高明《たかあきら》著の『西宮記』の説。

知られざりけれ。[一]眷属《けんぞく》の悪鬼《あくき》・悪神《あくじん》をおそるる故に、神社にて、ことにさきをおふべき理《ことわり》あり」とぞ仰せられける。

第百九十七段

諸寺の僧のみにもあらず、[二]定額《ぢやうがく》の女孺《によじゆ》といふこと、[三]延喜式《えんぎしき》に見えたり。すべて、数さだまりたる[四]公人《くにん》の通号にこそ。

第百九十八段

[五]揚名介《やうめいのすけ》にかぎらず、[六]揚名目《やうめいのさくわん》といふものもあり。[七]政事要略《せいじえうりやく》にあり。

第百九十九段

[八]横川《よかは》の[九]行宣法印《ぎやうせんほふいん》が申し侍りしは、「唐土《たうど》は[一〇]呂《りよ》の国なり。[一一]律《りつ》の音《おん》なし。和国《わこく》は[一二]単律の国にて、呂の音なし」と申しき。

一　ここは、八幡宮の祭神につき従う悪鬼や悪神をさす。
二　後宮職令で定められた人数の女孺。「定額」は、ある一定の員数の意。「女孺」は、宮中に奉仕し、内侍司に属する下級の女官。
三　律令の施行細則。五十巻。
四　宮中や院に仕える下級の役人。
五　職務・俸禄もない名目だけの国司の次官。従って、特定の任国もない。「揚名の介なる人の家になむ侍りける」(『源氏物語』夕顔)。
六　国司の四等官。
七　惟宗允亮《これむねときすけ》の撰になる平安朝時代の法制書。その巻六十七に「諸国の揚名の掾・目等」とみえる。
八　比叡山の北部にあり、三塔の一つ。
九　伝未詳。「仰木《あふき》に、行宣法師とて、ふるき者侍りしが」(『井蛙抄』巻六)。
一〇　雅楽の音階の一つ。呂旋法。
一一　雅楽の音階の一つ。律旋法。
一二　音階に律旋法だけが行なわれている国。

第二百段

[一]呉竹《くれたけ》は葉ほそく、[二]河竹《かはたけ》は葉ひろし。[三]御溝《みかは》に近きは河竹、[四]仁寿殿《じじゆうでん》のかたに寄りて植ゑられたるは呉竹なり。

第二百一段

[五]退凡《たいぼん》・下乗《げじよう》の卒都婆、[六]外なるは下乗、内なるは退凡なり。

第二百二段

十月を[七]神無月《かみなづき》と言ひて、神事《しんじ》にはばかるべきよしは、記《しる》したる物なし。[八]もと文も見えず。但し、[九]当月《たうげつ》、諸社の祭なき故《ゆゑ》に、この名あるか。

この月、万の神達《かみたち》、[一〇]太神宮《だいじんぐう》へ集り給ふなどいふ説あれども、その[一一]本説《ほんせち》なし。さることならば、伊勢にはことに祭月《さいげつ》とすべきに、その例もなし。十

一　中国から移植した淡竹《はちく》の異名。唐竹ともいう。
二　真竹、または女竹《めだけ》の異名か。
三　「御溝水《みかわみず》」の略で、清涼殿の東庭を流れる溝。
四　紫宸殿の北、清涼殿の東の殿舎。
五　釈迦が霊鷲山《りょうじゅせん》で説法したとき、摩訶陀国王の頻婆沙羅が、これを聞くために道を開き、その中間に建てたという二つの卒都婆。「退凡」は凡人を退けること。「下乗」は車馬で乗り入れるのを禁ずること。
六　山麓に近い、外のほうにあるのが。
七　陰暦十月の異称
八　「本文」か。古典籍の中にある根拠となるべき文献。
九　十月。『延喜式』の「四時祭」にも、十月祭の項はない。
一〇　伊勢の皇太神宮。
一一　正しい典拠。第六十一段に既出。

月、諸社の行幸《ぎやうがう》、その例も多し。但し、多くは不吉の例なり。

第二百三段

勅勘《ちよくかん》[一]の所に靫《ゆき》[二]かくる作法、今はたえて知れる人なし。主上《しゆしやう》の御悩《ごなう》、大《おほ》方《かた》、世中《よのなか》のさわがしき時は、五条の天神[三]に靫をかけらる。鞍馬《くらま》[四]にゆきの明神といふも、靫かけられたりける神なり。看督長《かどのをさ》[五]の負ひたる靫を、その家にかけられぬれば、人出で入らず。このこと絶えて後、今の世には、封《ふう》[六]をつくることになりにけり。

第二百四段

犯人《ぼんにん》を笞《しもと》[七]にて打つ時は、拷器《がうき》[八]に寄せて結《ゆ》ひつくるなり。拷器の様《やう》も、寄する作法も、今はわきまへ知れる人なしとぞ。

第二百五段

一　勅命によって譴責《けんせき》されること。
二　矢を入れて背負う筒形の箱。それを家の門にとりつけるのである。
三　京都市下京区天神前町にある神社。祭神は大己貴命《おおなむちのみこと》と少彦名命《すくなひこなのみこと》。疫病の神とされていた。
四　京都市左京区の鞍馬寺の鎮守明神。
五　検非違使庁の下官で罪人の追捕にあたった。
六　門に封印をする。
七　罪人を打つ細枝で作った棒または鞭。
八　拷問に用いる道具。看督長が犯人を拷器に寄せたことが、『西宮記』(巻二十三)にみえる。

比叡山《ひえのやま》に、[一]大師《だいし》[二]勧請《くわんじやう》の[三]起請《きしやう》といふことは、[四]慈恵僧正《じゑそうじやう》書き始め給ひけるなり。起請文といふこと、[五]法曹《ほふさう》にはその沙汰なし。いにしへの聖代、すべて起請文につきておこなはるる政《まつりごと》はなきを、近代、このこと流布したるなり。又、[六]法令《はふりやう》には、水火《すいくわ》に穢《けが》れをたてず。[七]入物《いれもの》には穢れあるべし。

第二百六段

[八]徳大寺右大臣殿《とくだいじのうだいじんどの》、[九]検非違使《けんびゐし》の別当《べつたう》の時、[一〇]中門《ちゆうもん》にて使庁の評定《ひやうぢやう》おこなはれける程に、[一一]官人《くわんにん》[一二]章兼《あきかね》が牛はなれて、庁のうちへ入りて、[一三]大理《だいり》の座の[一四]はまゆかの上にのぼりて、にれうちかみて臥したりけり。重き怪異《けい》なりとて、牛を[一五]陰陽師《おんやうじ》のもとへつかはすべきよし、各《おのおの》申しけるを、[一六]父の相国《しやうこく》聞き給ひて、「牛に分別なし。足あれば、いづくへかのぼらざらん。[一七]尫弱《わうじやく》の官人、たまたま出仕の微牛《びぎう》を取らるべきやうなし」とて、牛をば主に返して、臥したりける畳をばかへられにけり。あへて凶事《きやうじ》なかりけるとなん。

[一八]「あやしみを見てあやしまざる時は、あやしみかへりて破る」といへり。

一　伝教大師最澄。比叡山延暦寺の開祖。
二　大師の霊を迎えること。
三　神仏に誓い、違背することがあれば、罰を受ける旨を記した文書。
四　良源(九一二―九八五)。第十八代の天台座主。世に「元三大師」と称された。
五　法務・法学の専門家。
六　公の法律。
七　水や火を入れる容器をさすか。
八　藤原公孝《きんたか》(一二五三―一三〇五)。「右大臣」は、正徹本・常縁本の「故大臣」に従うべきか。第二十三段に既出。
九　検非違使庁の長官。
一〇　第六十六段に既出。ここは徳大寺邸の中門の廊。
一一　初位以上、六位以下の官位のある人。
一二　中原章兼。生没年未詳。類話を記した『左大史小槻季継記』、『官史記』では「官人章国」とする(補注二十四)。
一三　検非違使庁別当の唐名。
一四　畳を敷いた高さ二尺ほどの貴人の座所。
一五　陰陽寮に属し、吉凶の占いをする職員。
一六　太政大臣徳大寺実基(一二〇一―一二七三)。相国は太政大臣の唐名。
一七　微禄の役人。章兼をさす。
一八　「怪を見て怪しまざれば、其の怪、自ら壊《やぶ》る」(宋の洪邁《こうまい》の『夷堅志』巳集第六)。

第二百七段

亀山殿《かめやまどの》[一]建てられんとて、地を引かれけるに、大きなる蛇《くちなは》、数も知らず凝《こ》り集りたる塚ありけり。この所の神なりといひて、ことのよしを申しければ、「いかがあるべき」と勅問[二]ありけるに、「古くよりこの地を占めたる物ならば、さうなく掘り捨てられがたし」と皆人申されけるに、この大臣[三]一人、「王土[四]にをらん虫、皇居を建てられんに、何のたたりをかなすべき。鬼《き》神《じん》[五]はよこしまなし。とがむべからず。ただ皆掘り捨つべし」と申されたりければ、塚をくづして、蛇をば大井河《おほゐがは》[六]に流してげり。さらにたたりなかりけり。

第二百八段

経文《きやうもん》[七]などの紐《ひも》を結ふに、上下《かみしも》よりたすきにちがへて、二筋《ふたすぢ》の中より、わな[八]の頭《かしら》を横さまに引き出《いだ》すことは、常のことなり。さやうにしたるをば、

一 後嵯峨院が嵯峨に造営された仙洞御所。第五十一段に既出。
二 天皇（ここは後嵯峨院）の御下問。
三 前段の太政大臣徳大寺実基。
四 天皇の統治される国土。
五 鬼神（万物の霊魂）は、不条理なことはしない。中世に広く用いられた諺。
六 亀山殿の傍を流れる川。第五十一段に既出。
七 仏教の経典。ここは巻子本をさす。
八 巻き残った紐の、輪の部分。

[一]華厳院《けごんゐんの》[二]弘舜僧正《こうしゆんそうじやう》、解きてなほさせけり。「これはこのごろやうのことなり。いとにくし。うるはしくは、ただくるくると巻きて、上より下へ、わなの先をさしはさむべし」と申されけり。

[三]古き人にて、かやうのこと知れる人になん侍りける。

第二百九段

人の田を論[四]ずるもの、訴《うた》へに負けて、ねたさに、「その田を刈りて取れ」とて、人をつかはしけるに、先《ま》づ、道すがらの田をさへ刈りもて行くを、[五]「これは論じ給ふ所にあらず。いかにかくは」と言ひければ、刈るものども、[六]「その所とても、刈るべき理なけれども、僻事せんとてまかる者なれば、いづくをか刈らざらん」とぞ言ひける。理いとをかしかりけり。

第二百十段

「[七]喚子鳥《よぶこどり》は春[八]のものなり」とばかり言ひて、如何《いか》なる鳥とも、さだかに記

一　仁和寺の院家の一つ。

二　九条家出身で、元応二年（一三二〇）、東寺長者。第八十二段、第八十四段の「弘融僧都」の師。

三　古老。ここは年功を積み、事物に通じた人として使用。

四　訴訟して領有を争う意。

五　「論じ給ふ」の主語は、人々を遣わした主人。この会話は、そこにいあわせた第三者か、従者をひきいる責任者のもの。

六　訴訟になった田。

七　古来、諸説あって実体不明。「をちこちのたづきも知らぬ山中におぼつかなくも喚子鳥かな」（『古今集』春上）と詠まれ、「百千鳥」「稲負鳥」とともに、『古今集』三鳥の秘伝とされてきた。

八　『八雲御抄』（三・鳥部）に、「喚子鳥……春物也」とみえる。

せる物なし。ある真言書[一]の中に、喚子鳥鳴く時、招魂《せうこん》[二]の法をばおこなふ次第あり。これは鵺《ぬえ》[三]なり。万葉集の長歌に、「霞立つ長き春日の」[四]などつづけたり。鵺鳥も喚子鳥のことざまに通ひて聞ゆ。

第二百十一段

万《よろづ》のことは頼むべからず。愚かなる人は、深くものを頼むゆゑに、恨み怒ることあり。

勢《いきほ》ひありとて頼むべからず。こはきもの先づほろぶ[五]。財多しとて頼むべからず。時のまに失ひやすし[六]。才《ざえ》ありとて頼むべからず。孔子《こうし》[七]も時にあはず。徳ありとて頼むべからず。顔回《がんくわい》[八]も不幸なりき。君の寵《ちよう》をも頼むべからず。誅《ちゆう》を受くること、速《すみや》かなり。奴《やつこ》従へりとて頼むべからず。背き走ることあり。人の志をも頼むべからず。必ず変ず。約をも頼むべからず。信あることすくなし。

身をも人をも頼まざれば、是《ぜ》なる時は喜び、非なるときは恨みず。左右《さう》広ければさはらず。前後遠ければ塞《ふさ》がらず。せばき時はひしげくだく。心

一 真言宗の行法を記した書か。

二 死者の霊魂を招いて祭る法。「真言秘法によぶこ鳥のなきし時、致修法有と云、則鵼也」（書陵部本『古今集注』）。

三 とらつぐみの異称。

四 『万葉集』（巻一）の長歌、「霞立つ長き春日の 暮れにける わづきも知らず 村肝の 心を痛み 奴要子鳥《ぬえこどり》 うらなけ居れば（下略）」をさす。

五 強力な者が、先に滅ぶ。「兵強《こは》きときは則ち滅ぶ。木強きときは則ち折る」（『淮南子』厚道訓）。

六 わずかな間。「時のまの煙ともなりなん」（第十段）。

七 「孔子、七十余君に干《もと》めて、遇《あ》ふ所なし」（『史記』儒林伝）。

八 「孔子曰はく、顔回といふ者あり。学を好み、怒りを遷《うつ》さず、過《あやまち》を弐《ふたたび》せず。不幸にも短命にして死せり」（『論語』雍也）。「顔回」は、第一二九段に既出。

を用ゐること少《すこ》しきにしてきびしき時は、物に逆《さか》ひ、争ひて破る。ゆるくしてやはらかなる時は、[一]一毛《いちまう》も損ぜず。[二]人は天地の霊なり。天地は限る所なし。人の性《しやう》なんぞことならん。寛大《くわんだい》にして極まらざる時は、喜怒《きど》これにさはらずして、物のために煩《わづら》はず。

第二百十二段

秋の月は、かぎりなくめでたきものなり。いつとても月はかくこそあれとて、[三]思ひ分《わ》かざらん人は、無下《むげ》に心憂《こころう》かるべきことなり。

第二百十三段

御前《ごぜん》の[四]火炉《くわろ》に火を置く時は、火箸《ひばし》してはさむことなし。[五]土器《かはらけ》より、ただちに移すべし。されば、ころび落ちぬやうに、心得て炭を積むべきなり。[六]八幡《やはた》の御幸《ごかう》に供奉《ぐぶ》の人、[七]浄衣《じやうえ》を着て、手にて炭をさされければ、ある有《いう》職《そく》の人、「白き物を着たる日は火箸をもちゐる、くるしからず」と申されけ

一　一本の毛。ほんのわずか。
二　人は天地の間で、最も霊妙なものだ。「惟《こ》れ、天地は万物の父母、惟れ、人は万物の霊」(『書経』泰誓)。
三　他の季節の月と識別できない人。
四　火鉢の類。
五　「炉に火を置くには、土器二《ふた》つを重ねて火を入れて打舗《うちしき》にすゑて取り出すべし。箸を具すべからざるなり。炭をさすとき、古は箸を以て指さずして、てづかみてこれを取る云々。然共近来此の儀無し。皆箸を以てこれを指す」(『門室有職抄』)。
六　石清水八幡宮。第五十二段参照。
七　白い布や生絹《すずし》で作った狩衣《かりぎぬ》に似た衣服。神事のとき着用。

り。

第二百十四段

想夫恋《さうぶれん》[一]といふ楽《がく》は、女、男を恋ふる故の名にはあらず。本《もと》は相府蓮《さうふれん》[二]、文字の通《かよ》へるなり。晋《しん》[三]の王倹《わうけん》、大臣として、家に蓮《はちす》を植ゑて愛せし時の楽なり。これより大臣を蓮府《れんぷ》[四]といふ。

廻忽《くわいこつ》[五]も廻鶻《くわいこつ》なり。廻鶻国[六]とて、夷《えびす》[七]の、こはき国あり。その夷、漢に伏《ふく》して後に来りて、おのれが国の楽を奏せしなり。

第二百十五段

平宣時朝臣《たいらののぶときあそん》[八]、老ののち、昔語りに、「最明寺入道《さいみやうじのにふだう》[九]、ある宵の間に呼ばるることありしに、『やがて』と申しながら、直垂《ひたたれ》[一〇]のなくてとかくせしほどに、又使来りて、『直垂などのさぶらはぬにや。夜なれば異様《ことやう》なりともとく』とありしかば、萎《な》えたる直垂、うちうちのままにてまかりたりしに、

一 雅楽の曲名。平調《ひょうじょう》の中曲で舞を伴わない。
二 「相府蓮」と文字の音が似通っているの意。
三 王倹（四五二―四八九）。南斉の人。字は仲宝。晋滅亡後の人であり、斉の高帝・武帝に仕えた。
四 大臣、または、その邸宅の異称。「時の人、倹が府を以て、蓮花池《れんくわち》と為す」（『南史』庾杲之伝）。
五 雅楽の曲名。平調の曲で舞を伴わない。
六 西域部族の名。ウイグル族。
七 未開の外国人。蛮族。
八 大仏宣時（一二三八―一三二三）。北条朝直《ともなお》の子。弘安十年（一二八七）に執権連署。歌人。
九 北条時頼。康元元年（一二五六）、最明寺で出家。弘長三年（一二六三）没。三十七歳。第一八四段に既出。
一〇 当時の武士の常用服。ここは外出用の直垂がなかったものか。

[一]銚子《てうし》に土器《かはらけ》とりそへて持て出でて、『この酒をひとりたうべんがさうざうしければ、申しつるなり。さかなこそなけれ、人はしづまりぬらん。さりぬべき物やあると、いづくまでも求め給へ』とありしかば、[二]紙燭《しそく》さして、くまぐまをもとめし程に、[三]台所の棚に、小土器《こかはらけ》に味噌《みそ》の少しつきたるを見出でて、『これぞ求め得て候』と申ししかば、『事足りなん』とて、心よく[四]数献《すこん》に及びて、興にいられ侍りき。[五]その世にはかくこそ侍りしか」と申されき。

第二百十六段

[六]最明寺入道《さいみやうじのにふだう》、[七]鶴岡《つるがをか》の社参《しやさん》の次《ついで》に、[八]足利左馬入道《あしかがのさまのにふだう》の許へ、先づ使を遣して、立ち入られたりけるに、あるじまうけられたりける様、一献《いつこん》にうち[九]鮑《あはび》、二献にえび、三献に[一〇]かいもちひにてやみぬ。その座には[一一]亭主夫婦、[一二]隆弁僧《りゆうべんそう》正《じやう》、あるじ方《がた》の人にて座せられけり。さて、「年毎《としごと》に給はる[一三]足利の染物《そめもの》、心もとなく候」と申されければ、「用意し候」とて、色々の染物[一四]三十、前にて女房どもに小袖に調《てう》ぜさせて、後につかはされけり。

一　酒を入れて注ぐ、長い柄のついた器。
二　松の木を細く削って、その先に油を塗って点火する、照明具の一つ。
三　台盤所。膳立てする所。
四　盃で三杯飲むのを一献という。
五　北条時頼が執権であった時代。
六　前段参照。
七　鶴岡八幡宮。鎌倉市雪の下に鎮座。祭神は神功皇后・応神天皇。
八　足利義氏（一一八九―一二五四）。鎌倉幕府の重臣。母は北条時政の娘、妻は北条泰時の娘。北条氏と深い姻戚関係にあった。
九　アワビの肉を細長く切り、干したもの。
一〇　ぼた餅とも、そばがきともいう。第二三六段にもみえる。
一一　義氏とその妻。
一二　鶴岡八幡宮の別当。四条大納言隆房の子。弘安六年（一二八三）没。七十六歳。歌人。
一三　足利地方で産する染織物。
一四　三十疋《ぴき》。一疋は布帛《ふはく》二反。

その時見たる人の、近くまで侍りしが、語り侍りしなり。

第二百十七段

ある大福長者《だいふくちやうじや》[一]の言はく、「人は万《よろづ》をさしおきて、ひたふるに徳[二]をつくべきなり。貧しくては生けるかひなし。富めるのみを人とす。徳をつかんと思はば、すべからく、まづその心づかひを修行すべし。その心と言ふは、他のことにあらず。人間常住《じやうぢゆう》[三]の思ひに住して、かりにも無常を観《くわん》ずることなかれ。これ第一の用心なり。次に万事の用をかなふべからず。人の世にある、自他につけて所願無量《しよぐわんむりやう》[四]なり。欲に随ひて志を遂げんと思はば、百万の銭《ぜに》ありといふとも、暫《しばら》くも住すべからず。所願は止《や》む時なし。財《たから》は尽《つ》くる期《ご》あり。限りある財をもちて、かぎりなき願ひにしたがふこと、得べからず。所願心にきざすことあらば、我をほろぼすべき悪念来れりと、かたく慎み恐れて、小要《せうえう》[五]をもなすべからず。次に、銭を奴《やつこ》のごとくして使ひもちゐる物と知らば、永く貧苦をまぬかるべからず。君のごとく、神のごとく畏《おそ》れたふとみて、従へもちゐることなかれ。次に、恥[六]に臨《のぞ》むといふとも、

一　大金持ち。大富豪。「千両の松原といふ所あり。昔、大福長者其の所に行きて、金千両を埋めり」（『十訓抄』第七の二十七）。

二　財産。富。

三　この世は永久不変だという信念を持って。

四　欲望は無限にあること。

五　ささやかな用事。

六　（金銭のことで）恥をかく。

怒り恨むることなかれ。次に、正直にして約を固くすべし。この義をまぼりて利を求めん人は、富の来ること、[一]火のかわけるにつき、[二]水のくだれるにしたがふがごとくなるべし。銭積りて尽きざる時は、宴飲《えんいん》・[三]声色《せいしょく》をこととせず、居所《きょしょ》を飾らず、所願を成《じゃう》ぜざれども、心とこしなへに安く楽し」と申しき。

抑《そもそも》人は、所願を成ぜんがために、財《たから》を求む。銭を財とすることは、願ひをかなふるが故《ゆゑ》なり。所願あれどもかなへず、銭あれども用ゐざらんは、全く貧者とおなじ。何をか楽しびとせん。このおきては、ただ人間の望みを断《た》ちて、貧を憂《うれ》ふべからずと聞えたり。欲を成じて楽しびとせんよりは、しかじ、財なからんには。[四]癰《よう》・疽《そ》を病む者、水に洗ひて楽しびとせんよりは、病まざらんにはしかじ。ここに至りては、貧富分《わ》く所なし。[五]究竟《くきやう》は理《り》即《そく》に等し。大欲は無欲に似たり。

第二百十八段

狐《きつね》は人に食ひつくものなり。[六]堀川殿《ほりかはどの》にて、[七]舎人《とねり》が寝たる足を狐に食はる。

一　『易経』（文言）の「水は湿に流れ、火は燥《かわ》けるに就き」による比喩。
二　『孟子』（告子上）の「人性の善なる、猶、水の下《ひく》きに就くが如し」による比喩。
三　美しい声を聞き、美しい容色を楽しむこと。
四　「癰・疽」は、ともに悪性のできもの。「誰か智有る者、水を灑《そそ》ぎて癰を洗ひ、少楽の生ずる有るを以て、癰を計して楽と為さんや」（『具舎論』第二十二）。
五　悟りの境地と迷いの境地とは等しい。天台宗で、真理に相即し、それと一体となってゆく段階を六つに分ける。「究竟即」は第六の仏の悟りの境地、「理即」は、第一の凡夫の迷いの境地。
六　源通具《みちとも》の子孫を堀川流と称し、その子孫の住んだ邸宅。
七　第一段に既出。ここは、牛車の牛飼い、馬の口取りなどにあたる者。

[一]仁和寺《にんなじ》にて、夜、[二]本寺《ほんじ》の前を通る[三]下法師《しもほふし》に、狐三つ飛びかかりて食ひつきければ、刀を抜きてこれをふせぐ間、狐二疋《ひき》を突く。ひとつは突き殺しぬ。二つは逃げぬ。法師はあまた所食はれながら、ことゆゑなかりけり。

第二百十九段

[四]四条《しでう》黄門《くわうもん》命ぜられて言はく、「[五]龍秋《たつあき》は、道にとりてはやんごとなき者なり。先日来りて言はく、『短慮《たんりよ》のいたり、きはめて荒涼《くわうりやう》のことなれども、[六]横笛の[七]五《ご》の穴は、聊《いささ》かいぶかしき所の侍るかと、ひそかにこれを存ず。その故《ゆゑ》は、干《かん》の穴は平調《ひやうでう》、五の穴は下無調《しもむでう》なり。その間《あひだ》に、勝絶調《しようぜつでう》を隔てたり。上《じやう》の穴、双調《さうでう》、次に鳧鐘調《ふしようでう》を置きて、夕《さく》の穴、黄鐘調《わうしきでう》なり。その次に鸞鏡調《らんけいでう》を置きて、中《ちゆう》の穴、盤渉調《ばんしきでう》、中と六とのあはひに神仙調《しんせんでう》あり。かやうに間間《まま》に皆[八]一律《いちりつ》をぬすめるに、五の穴のみ、上の間に調子を持たずして、しかも間をくばること等しきゆゑに、その声不快なり。されば、この穴を吹く時は、必ず[九]のく。のけあへぬ時は、物にあはず。吹きうる人難し』と申しき。[一〇]料簡《れうけん》のいたり、誠に興あり。[一一]先達《せんだち》、後生《こうせい》を畏《おそ》るといふこと、この

一 第五十二・五十三段に既出。
二 寺の本堂をさすか。
三 寺院の雑役に従事する、下級の法師。
四 藤原隆資《たかすけ》(一二九二—一三五二)と藤原隆蔭《たかかげ》(一二九五—一三六四)の両説がある。
五 豊原竜秋(一二九一—一三六三)。笙の名手。後光厳天皇の師範でもあった。
六 横吹きの笛で、特に雅楽の唐楽に用いる管楽器。
七 以下、笛の穴と名称と調子は、左の図を参照のこと。

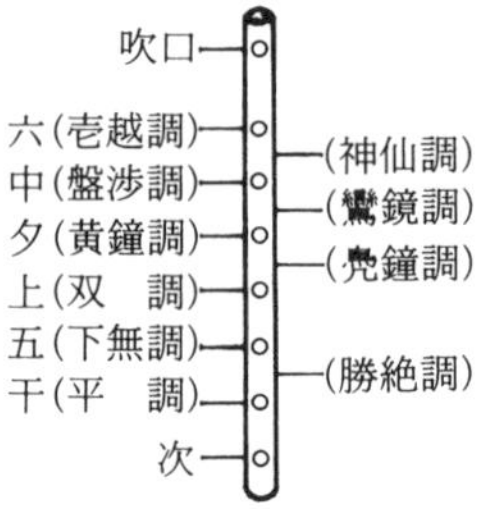

八 「一律」は、十二律の一。
九 「退く」で、吹き口から口を離すこと。
一〇 思慮の深さ。考え方の深さ。
一一 先進者が後進者を畏敬する意。『論語』(子罕《しかん》)の「子曰く、後生畏るべし。焉《いづく》んぞ来者の今に如《し》かざるを知らんや」による。

ことなり」と侍りき。

他日に、[一]景茂《かげもち》が申し侍りしは、「笙《しやう》は、調べおほせて持ちたれば、ただ吹くばかりなり。笛は、吹きながら、息《いき》のうちにて、かつ調べもてゆくものなれば、穴ごとに、口伝《くでん》の上に[二]性骨《しやうこつ》を加へて心を入るること、五の穴のみにかぎらず。ひとへにのくとばかりも定むべからず。あしく吹けば、いづれの穴も心よからず。上手はいづれをも吹きあはす。[三]呂律《りよりつ》のものにかなはざるは、人のとがなり。器《うつはもの》の失《しつ》にあらず」と申しき。

第二百二十段

「何事も辺土は、賤《いや》しく、かたくななれども、[四]天王寺《てんわうじ》の舞楽《ぶがく》のみ、都に恥ぢず」[五]と言へば、天王寺の[六]伶人《れいじん》の申し侍りしは、「当寺の楽は、よく図を調べあはせて、ものの音《ね》のめでたくととのほり侍ること、外《ほか》よりもすぐれたり。故《ゆゑ》は、[七]太子《たいし》の御時の図、今に侍るをはかせとす。いはゆる[八]六時堂《ろくじだう》の前の鐘なり。その声、[九]黄鐘調《わうしきでう》のもなかなり。寒暑に随ひて上《あが》り・下《さが》りあるべき故に、[一〇]二月涅槃会《ねはんゑ》より[一一]聖霊会《しやうりやうゑ》までの中間《ちゆうげん》を指南とす。秘蔵《ひさう》のことなり。

一　大神景茂（一二九二—一三七六）。笛の名手。

二　先天的な素質。天分。

三　音の調子。第一九九段に既出。

四　大阪市天王寺区にある四天王寺。聖徳太子の建立。本尊は、如意輪観音および四天王像。

五　この会話の主体は作者自身か。正徹本の「と云」だと、世間で言っているの意になる。

六　歌舞音楽を職とする人。

七　聖徳太子の御在世中の図。

八　六時（晨朝《じんちよう》・日中・日没・初夜・中夜・後夜）ごとに勤行する堂。

九　黄鐘調にぴたりと一致する。

一〇　釈迦入滅の二月十五日の法会。涅槃像を安置し、『遺教経《ゆいぎようきよう》』などを講ずる。

一一　聖徳太子の忌日の二月二十二日の法会。

この一調子《いちてうし》[一]をもちて、いづれの声をもととのへ侍るなり」と申しき。

凡そ鐘の声は黄鐘調なるべし。これ無常の調子、祇園精舎《ぎをんしやうじや》[二]の無常院[三]の声なり。西園寺《さいをんじ》[四]の鐘、黄鐘調に鋳《い》らるべしとて、あまた度《たび》鋳かへられけれども、かなはざりけるを、遠国《をんごく》より尋ね出されけり。浄金剛院《じやうこんがうゐん》[五]の鐘の声、又黄鐘調なり。

第二百二十一段

「建治《けんぢ》・弘安《こうあん》[六]のころは、祭の日の放免《はうべん》[七]のつけ物[八]に、異様《ことやう》なる紺《こん》の布四五反《たん》にて馬をつくりて、尾髪《をかみ》[九]には燈心《とうじみ》[一〇]をして、蜘蛛《くも》のいかきたる水干《すいかん》[一一]につけて、歌[一二]の心など言ひてわたりしこと、常に見及び侍りしなども、興ありてしたる心地にてこそ侍りしか」と、老いたる道志《だうし》[一三]どもの、今日も語り侍るなり。

このごろはつけ物、年を送りて過差《くわさ》ことのほかになりて、万の重き物を多くつけて、左右の袖を人に持たせて、みづからは鉾《ほこ》[一四]をだに持たず、息つき苦しむ有様、いと見苦し。

一　この一つの調子。つまり六時堂の鐘の音律。

二　中天竺の舎衛国舎衛城の南に、須達《しゅだつ》長者が建てた寺院。

三　精舎の西北角にあった堂。

四　第五十段に既出。

五　亀山殿の中、檀林寺の跡地に建てられた寺。

六　建治・弘安は一二七五年から一二八八年間。ともに後宇多天皇の代。

七　検非違使庁の下級職。

八　装束につけた飾り物。

九　馬の尻尾とたてがみ。

一〇　灯油に浸し、火をともすのに用いた紐状のもの。

一一　狩衣《かりぎぬ》の一種で、短小の仕立て。

一二　古歌を歌いつつ練り歩く。「蜘蛛の網に荒れたる駒はつなぐともふた道かくる人はたのまじ」という古歌の意か。

一三　大学の明法道出身で、衛門府の志《さかん》と検非違使の志とを兼ねた者。

一四　両刃の剣の柄のついた武器。

第二百二十二段

[一]竹谷乗願房《たけだにのじようぐわんばう》、[二]東二条院《とうにでうのゐん》へ参られたりけるに、「[三]亡者《まうじや》の追善《ついぜん》には、何事か勝利多き」と尋ねさせ給ひければ、「[四]光明真言《くわうみやうしんごん》・宝篋印陀羅尼《ほうけふいんだらに》」と申されたりけるを、弟子ども、「いかにかくは申し給ひけるぞ。念仏にまさることさぶらふまじとは、など申し給はぬぞ」と申しければ、「[五]我が宗《しゆう》なれば、さこそ申さまほしかりつれども、まさしく、[六]称名《しようみやう》を追福《ついふく》に修《しゆ》して巨益《こやく》あるべしと説ける経文を見及ばねば、何に見えたるぞと重ねて問はせ給はば、いかが申さんと思ひて、[七]本経《ほんぎやう》の確かなるにつきて、この真言・陀羅尼をば申しつるなり」とぞ申されける。

第二百二十三段

[八]鶴《たづ》の大臣殿《おほいどの》は、童名《わらはな》たづ君なり。鶴を飼ひ給ひけるゆゑにと申すは僻事《ひがこと》なり。

一　「竹谷」は京都市山科《やましな》区の地。「乗願房」は宗源。仁和寺で真言密教を学び、後に法然の弟子となる。建長三年（一二五一）没。八十四歳。

二　後深草天皇の中宮公子。西園寺実氏《さねうじ》の次女。嘉元二年（一三〇四）没。七十三歳。

三　死者の冥福を祈る仏事。

四　ともに真言密教で重視された呪文。これを唱えると、罪報を除き、地獄の苦を免れ、極楽に生まれるという。

五　自分の宗旨。浄土宗。

六　阿弥陀の名号《みょうごう》を唱えること。

七　確実な、根拠となる経文〔補注二十五〕。

八　九条基家《もといえ》（一二〇三―一二八〇）。摂政良経《よしつね》の三男。歌人。『続古今集』の撰者の一人。「基家鶴殿ト号ス」（『尊卑分脈』）。

第二百二十四段

陰陽師《おんやうじ》[一]有宗入道《ありむねのにふだう》[二]、鎌倉よりのぼりて、尋ねまうで来りしが、まづさし入りて、「この庭のいたづらに広きこと、あさましく、あるべからぬことなり。道を知る者[三]は植うることをつとむ。細道ひとつ残して、皆畠《はたけ》に作り給へ」といさめ侍りき。

誠に、少しの地をもいたづらに置かんことは、益《やく》なきことなり。食ふ物・薬種《やくしゆ》などを植ゑおくべし。

第二百二十五段

多久資《おほのひさすけ》[四]が申しけるは、通憲入道《みちのりのにふだう》[五]、舞の手の中に興あることどもをえらびて、磯《いそ》[六]の禅師《ぜんじ》といひける女に教へて舞はせけり。白き水干《すいかん》に、鞘巻《さうまき》[七]を差させ、烏帽子《えぼし》をひき入れたりければ、男舞《をとこまひ》とぞいひける。禅師が娘、静《しづか》と言ひける、この芸を継げり。これ白拍子《しらびやうし》[八]の根元《こんげん》なり。仏神の本縁《ほんえん》をうた

一 陰陽寮に属し、吉凶を占った者。第二〇六段に既出。
二 安倍有宗《あべのありむね》。安倍晴明《せいめい》の十世の子孫。正四位下陰陽頭《おんようのかみ》。生没年未詳。
三 道理をわきまえている者。
四 底本の「多久助」を正徹本により「多久資」に改めた。永仁三年（一二九五）没。八十二歳。楽人。
五 藤原通憲。信西と号す。平治の乱（一一五九）に横死。享年未詳。博覧宏才。編著書に『本朝世紀』『日本紀註』など。
六 義経の妾《しょう》静の母。舞女。
七 鍔《つば》のない短刀。
八 中世初期に盛行した歌舞、またそれを歌い舞う伎女《ぎじょ》。

ふ。その後、源光行《みなもとのみつゆき》[一]、多くのことをつくれり。後鳥羽院《ごとばのゐん》[二]の御作《ごさく》もあり。亀《かめ》[三]菊《きく》に教へさせ給ひけるとぞ。

第二百二十六段

後鳥羽院《ごとばのゐん》[四]の御時、信濃前司行長《しなののぜんじゆきなが》[五]、稽古《けいこ》の誉《ほまれ》ありけるが、楽府《がふ》[六]の御論義の番[七]に召されて、七徳《しちとく》[八]の舞を二つ忘れたりければ、五徳《ごとく》の冠者《くわじや》[九]と異名《いみやう》をつきにけるを、心憂きことにして、学問を捨てて遁世《とんぜい》したりけるを、慈鎮和尚《じちんくわしやう》[一〇]、一芸あるものをば下部《しもべ》までも召し置きて、不便《ふびん》にせさせ給ひければ、この信濃入道を扶持《ふち》し給ひけり。

この行長入道、平家物語《へいけのものがたり》を作りて、生仏《しやうぶつ》[一一]といひける盲目《まうもく》に教へて語らせけり。さて、山門《さんもん》[一二]のことを、ことにゆゆしく書けり。九郎判官《くらうはうぐわん》[一三]のことはくはしく知りて書きのせたり。蒲冠者《かばのくわんじや》[一四]のことは、よく知らざりけるにや、多くのことどもを記しもらせり。武士のこと・弓馬のわざは、生仏、東国のものにて、武士に問ひ聞きて書かせけり。かの生仏が生れつきの声を、今の琵琶法師《びはほふし》[一五]は学びたるなり。

一　歌人で古典学者。寛元二年（一二四四)没。八十二歳。『蒙求和歌』『百詠和歌』の著作があり、『源氏物語』河内本を校訂した。
二　第一六九段参照。
三　後鳥羽院が寵愛された舞女〔補注二十六〕。
四　寿永二年（一一八三）から承久三年（一二二一）までの後鳥羽院の治世。
五　中山行隆の子の下野守《しもつけのかみ》行長か。
六　『白氏文集』（巻三）「新楽府」に関する御前で行なう討議。
七　討論する組み合わせの一員。
八　唐の太宗が陣中で作った舞曲「秦王破陣楽《しんおうはじんらく》」の別名。ここは『白氏文集』（巻三）の「新楽府」の巻頭にある詩篇〔補注二十七〕。
九　元服して冠をつけた少年。ここは行長の未熟さを皮肉った称。
一〇　慈円の諡名《おくりな》。第六十七段参照。
一一　伝未詳。平曲語りの始祖。
一二　比叡山延暦寺。
一三　源義経の通称。検非違使の尉（判官）に任ぜられたから。
一四　源義経の兄の源範頼《のりより》の通称。義経とともに平家追討を行なったが、叛逆の疑いにより伊豆の修善寺で誅殺された。
一五　琵琶を弾じた法師姿の盲人。

第二百二十七段

六時礼讃《ろくじらいさん》[一]は、法然上人《ほふねんしやうにん》[二]の弟子、安楽《あんらく》[三]といひける僧、経文《きやうもん》を集めて造りて、勤《つと》めにしけり。その後、太秦善観房《うづまさのぜんくわんばう》[四]といふ僧、節博士《ふしはかせ》[五]を定めて、声明《しやうみやう》になせり。一念[六]の念仏の最初なり。後嵯峨院《ごさがのゐん》[七]の御代《みよ》より始まれり。法事讃《ほふじさん》[八]も、同じく善観房始めたるなり。

第二百二十八段

千本《せんぼん》[九]の釈迦《しやか》念仏は、文永《ぶんえい》[一〇]のころ、如輪《によりん》[一一]上人、これを始められけり。

第二百二十九段

よき細工《さいく》[一二]は、少しにぶき刀をつかふといふ。妙観《めうくわん》[一三]が刀はいたくたたず。

一　昼夜六時ごとに阿弥陀を礼拝讃嘆する偈頌《げじゆ》。善導の作。
二　第三十九段に既出。
三　法名遵西《じゆんさい》。中原師秀《もろひで》の子。
四　「太秦」は、京都市右京区。そこにある広隆寺の僧か。
五　詞章のそばに付した、調子の高低・長短を示す符号。
六　未詳。一念義の念仏か。
七　後嵯峨院の在位期間は、仁治三年（一二四二）から寛元四年（一二四六）まで。
八　善導の『転経行道願往生浄土法事讃』の略。
九　京都市上京区千本にある瑞王山大報恩寺で、毎年二月に行なわれた大念仏。
一〇　一二六四年から一二七五年頃。
一一　浄土門の澄空《ちようくう》。摂政、藤原師家《もろいえ》の子。大報恩寺の第二代。生没年未詳。
一二　細工師。細小な器具を作る職人。指物師《さしものし》。
一三　未詳。『元亨釈書』（第二十八）にみえる「仏師妙観」は同名異人か。

第二百三十段

[一]五条内裏《ごでうのだいり》には、妖物《ばけもの》ありけり。[二]藤大納言殿《とうのだいなごんどの》語られ侍りしは、殿上人ども[三]黒戸《くろど》にて碁をうちけるに、御簾《みす》をかかげて見るものあり。「誰《た》そ」と見向きたれば、狐《きつね》、人のやうについゐて、さし覗きたるを、「あれ、狐よ」ととよまれて、惑《まど》ひ逃げにけり。

未練《みれん》の狐、化け損じけるにこそ。

第二百三十一段

[四]園《その》の別当入道《べつたうにふだう》は、さうなき[五]庖丁者《はうちやうじや》なり。ある人のもとにて、いみじき鯉《こひ》を出だしたりければ、皆人、別当入道の庖丁を見ばやと思へども、たやすくうち出でんもいかがとためらひけるを、別当入道さる人にて、「この程、[六]百日の鯉を切り侍るを、今日欠き侍るべきにあらず。まげて申し請けん」とて切られける。いみじくつきづきしく、興ありて人ども思へりけると、ある人、[七]北山太政入道殿《きたやまのだいじやうにふだうどの》に語り申されたりければ、「かやうのこと、おの

一　五条大宮の内裏。亀山天皇の皇居。文永七年（一二七〇）に焼亡。
二　二条為世《ためよ》（一二五〇—一三三八）か。京極派の京極為兼と対立した、大覚寺統の歌道師範。『新後撰集』『続千載集』の撰者。
三　第一七六段に既出。
四　藤原基氏《もとうじ》（一二一一—一二八二）。権中納言基家の三男。寛喜四年（一二三二）、検非違使別当。園流の料理の祖。その孫の基藤《もとふじ》とする説もある。
五　魚鳥などの料理人。
六　百日間、毎日鯉を切る誓いを立てていること。修行、稽古のために行なう。
七　西園寺実兼《さねかね》（一二四九—一三二二）。第一一八段に既出。公経《きんつね》・実氏を指すとの説もある。

れはよにうるさく覚ゆるなり。『切りぬべき人なくは給《た》べ。切らん』と言ひたらんは、なほよかりなん。[一]何条《なでふ》、百日の鯉を切らんぞ」とのたまひたりし、をかしく覚えしと人の語り給ひける、いとをかし。

大方《おほかた》、ふるまひて興あるよりも、興なくてやすらかなるが、まさりたることなり。[二]まれ人の饗応《きやうおう》なども、ついでをかしきやうにとりなしたるも、誠によけれども、ただ、そのこととなくてとり出でたる、いとよし。人に物を取らせたるも、ついでなくて、「これを奉らん」と言ひたる、まことの志なり。惜しむよしして乞《こ》はれんと思ひ、[三]勝負の負けわざにことつけなどしたる、むつかし。

第二百三十二段

すべて人は、無智《むち》無能なるべきものなり。ある人の子の、見ざまなどあしからぬが、父の前にて、人とものいふとて、[四]史書の文《もん》を引きたりし、賢《さか》しくは聞えしかども、[五]尊者《そんじや》の前にては、さらずともと覚えしなり。

又ある人の許《もと》にて、[六]琵琶法師《びはほふし》の物語を聞かんとて、琵琶を召し寄せたる

一 「何といふ」の約。なんだって。

二 客人へのご馳走。

三 勝負に負けた側が、勝った側に馳走したり、物を贈ったりすること。「今日は去月の伏見殿御勝負の負態なり」（『花園院宸記』）。

四 中国の『史記』『漢書』のごとき歴史書の本文。

五 身分の尊い人。目上の人。

六 「琵琶法師」は、第二二六段に既出。「物語」は『平家物語』などをさす。

に、柱《ぢゅう》のひとつ落ちたりしかば、「作りてつけよ」と言ふに、ある男の、中にあしからずと見ゆるが、「古き[二]ひさくの柄《え》ありや」などいふを見れば、[三]爪をおふしたり。琵琶などひくにこそ。[四]めくら法師の琵琶、その沙汰《さた》にも及ばぬことなり。道に心得たるよしにやと、かたはらいたかりき。「ひさくの柄は[五]ひもの木《ぎ》とかやいひて、よからぬものに」とぞ、ある人仰せられし。

若き人は、少しのことも、よく見え、わろく見ゆるなり。

第二百三十三段

万《よろづ》のとがあらじと思はば、何事《なにごと》にもまことありて、人を分《わ》かず、うやうやしく、言葉少からんにはしかじ。男女《なんにょ》・老少《らうせう》、皆さる人こそよけれども、ことに、若くかたちよき人の、ことうるはしきは、忘れがたく、[六]思ひつかるるものなり。

万のとがは、馴《な》れたるさまに上手めき、所得《ところえ》たるけしきして、人を[七]ないがしろにするにあり。

一　琵琶の弦を支える平柱。第七十段に既出。
二　柄杓《ひしゃく》。水を汲みとる器。古い柄杓の柄で柱を作る。
三　爪をのばしている。琵琶を爪弾くための用意。
四　雅楽の琵琶に対して、「たかが盲《めく》ら法師の琵琶」と、貶《おと》しめた。
五　檜物木。曲げ物を作るための檜《ひのき》や杉の木材〔補注二十八〕。
六　心が引きつけられる。魅力を感ずる。
七　あなどり軽んずる。「あながちに習はむといひけれども、ないがしろに思ひて、許さざりける程に」（『今鏡』かざりたち）。

第二百三十四段

人のものを問ひたるに、知らずしもあらじ、ありのままに言はんはをこ[一]がましとにや、心惑《まど》はすやうに返事《かへりごと》したる、よからぬことなり。知りたることも、なほさだかにと思ひてや問ふらん。又、まことに知らぬ人もなどかなからん。うららかに[二]言ひ聞かせたらんは、おとなしく聞えなまし。

人はいまだ聞き及ばぬことを、わが知りたるままに、「さてもその人のことのあさましき」などばかり言ひやりたれば、「如何《いか》なることのあるにか」と、おし返し問ひにやるこそ、心づきなけれ[三]。世に古《ふ》りぬることをも、おのづから聞きもらすあたりもあれば、おぼつかなからぬやうに告げやりたらん、あしかるべきことかは。

かやうのことは、もの馴《な》れぬ人のあることなり。

第二百三十五段

ぬしある家には、すずろなる人[四]、心のままに入《い》り来ることなし。あるじ

一　ばからしいとでも思うのか。ここは答える側の気持。

二　こだわりなく。はっきりと。

三　不愉快なものだ。「おし返し問ひにやる」側の気持。

四　何のかかわりもない人。心ない人。「すずろならん者の、走り出で来たらむも」(『源氏物語』浮舟)。

なき所には、道行き人《びと》みだりに立ち入り、[一]狐《きつね》・ふくろふやうの物も、人気《ひとげ》にせかれねば、所得顔《ところえ》に入りすみ、[二]木霊《こたま》など言ふけしからぬかたちも、あらはるるものなり。

又、鏡には色・かたちなき故《ゆゑ》に、万《よろづ》の影《かげ》来りてうつる。鏡に色・かたちあらましかば、うつらざらまし。

[三]虚空《こくう》よく物をいる。我等が心に念々《ねんねん》のほしきままに来り浮ぶも、心といふもののなきにやあらん。心にぬしあらましかば、胸のうちに、[四]若干《そこばく》のことは入り来たらざらまし。

第二百三十六段

[五]丹波《たんば》に出雲《いづも》と言ふ所あり。[六]大社《おほやしろ》を移して、めでたく造れり。[七]しだのなにがしとかやしる所なれば、秋のころ、[八]聖海上人《しやうかいしやうにん》、その外《ほか》も、人あまたさそひて、「いざ給へ、出雲拝《をが》みに。[九]かいもちひ召させん」とて、具しもて行きたるに、各《おのおの》拝みて、ゆゆしく信おこしたり。

一　このあたりの描写は『白氏文集』（巻一・凶宅）の「梟《ふくろふ》は松桂の枝に鳴き、狐は蘭菊の叢《くさむら》に蔵《かく》る」、および、この詩の影響を受けた『源氏物語』（蓬生）によっている〔補注二十九〕。

二　樹木の精霊。

三　空間。

四　多くの。数多の。

五　京都府亀岡市千歳町出雲。この地に、丹波の国一の宮出雲大社がある。

六　「大社」は、島根県大社町の出雲大社。「移して」は、出雲大社の神霊を勧請《かんじよう》しての意。

七　未詳。「しだ」は「志太」か。元来は「はだ」（丹波の国に多い姓）か。

八　伝未詳。

九　ぼたもちとも、そばがきとも。第二一六段に既出。『古今著聞集』（十六）の「いされ高雄へ。かいもちゐくれう」などからみて、田舎へ人を誘うときの常套句か。

[一]御前《おまへ》なる獅子《しし》・狛犬《こまいぬ》、背《そむ》きて、後《うしろ》さまに立ちたりければ、上人いみじく感じて、「あなめでたや。この獅子の立ちやう、いとめづらし。深き故《ゆゑ》あらん」と涙ぐみて、「いかに殿原、殊勝のことは御覧じとがめずや。無下《むげ》なり」と言へば、各あやしみて、「誠に他《た》に異なりけり。[二]都のつとに語らん」など言ふに、上人なほゆかしがりて、おとなしく物知りぬべき顔したる[三]神官《じんぐわん》を呼びて、「この御社《みやしろ》の獅子の立てられやう、定めて習ひあることに侍らん。ちと承《うけたま》はらばや」と言はれければ、「そのことに候ふ。さがなき童《わらはべ》どもの仕りける、奇怪に候ふことなり」とて、さし寄りて、[四]据ゑなほして往《い》にければ、上人の感涙いたづらになりにけり。

第二百三十七段

[五]柳筥《やないばこ》に据ゆるものは、縦様《たてさま》・横様《よこさま》、物によるべきにや。「巻物などは縦様に置きて、[六]木の間《あはひ》より[七]紙ひねりを通して、結《ゆ》ひつく。硯《すずり》も縦様に置きたる、筆ころばず、よし」と、[八]三条右大臣殿《さんでうのうだいじんどの》仰せられき。

[九]勘解由小路《かでのこうぢ》の家の能書《のうじよ》の人々は、かりにも縦様に置かるることなし。必

一　神社の社殿にある獅子と狛犬の石像。悪霊を避ける力があるとされる。
二　都へのみやげ。「をぐろ崎みつのこじまの人ならば都のつとにいざといはましを」（『古今集』東歌）。
三　神職の人。
四　向き合うように置きかえて。
五　「ヤナギバコ」の音便。柳の細枝を編んで作った箱、または、その蓋《ふた》を台に仕立てたもの。ここは後者。
六　編み並べた木の間。
七　紙縒《こより》。
八　未詳。「右」は「内」または「故」の誤写とし、三条実量、その子の公茂《きんもち》、孫の実忠《さねただ》などをあてる諸説がある。
九　世尊寺家。藤原行成の子孫で、能書の家系。

ず横様に据ゑられ侍りき。

第二百三十八段

[一]御随身《みずいじん》[二]近友《ちかとも》が自讃とて、七箇条書きとどめたることあり。皆、馬芸、させることなきことどもなり。その例《ためし》を思ひて、自讃のこと七つあり。

一、人あまたつれて花見歩《あり》きしに、[三]最勝光院《さいしようくわうゐん》の辺にて、をのこの馬を走らしむるを見て、「今一度馬を馳《は》するものならば、馬倒《たふ》れて、落つべし。しばし見給へ」とて立ちとまりたるに、又馬を馳す。とどむる所にて、馬を引き倒して、乗る人泥土《でいど》の中にころび入る。[四]その詞のあやまらざることを、人みな感ず。

一、[五]当代、いまだ[六]坊《ばう》におはしましころ、[七]万里小路殿《までのこうぢどの》御所なりしに、[八]堀《ほり》川《かはの》大納言殿《だいなごんどの》伺候《しこう》し給ひし[九]御曹司《みざうし》へ、用ありて参りたりしに、論語の四、五、六の巻をくりひろげ給ひて、「ただ今御所にて、[一〇]紫の朱《あけ》うばふことを悪《にく》むと言ふ文《もん》を御覧ぜられたきことありて、御本《ごほん》を御覧ずれども、御覧じ出されぬなり。『なほよく引き見よ』と仰せ事にて、求むるなり」と仰

一　上皇・摂政・関白の護衛をする近衛府《このゑふ》の武官。第一四五段に既出。
二　中原近友。堀川・鳥羽天皇時代の人。兼武の子で競馬の名手。
三　建春門院の御願で、承安三年（一一七三）に建立された寺。今の三十三間堂のあたりにあった。
四　作者の言った「今一度……」をさす。
五　現在の天皇。ここは後醍醐《ごだいご》天皇（一二八八—一三三九）。
六　皇太子の位にあったとき。延慶元年（一三〇八）から文保二年（一三一八）の間。
七　冷泉万里小路の内裏。冷泉の北、万里小路の西にあった。
八　源具親《ともちか》か。元亨《げんこう》三年（一三二三）、権大納言。ほかに、具守説、師信説がある。
九　執務のための控室。
一〇　『論語』の「陽貨」（二十巻本では巻十七、十巻本では巻九）に「子曰く、紫の朱を奪ふことを悪む」とある。

せらるるに、「九の巻のそこその程に侍る」と申したりしかば、「あなうれし」とて、もて参らせ給ひき。

かほどのことは、児《ちご》どもも常のことなれど、昔の人はいささかのことをも、いみじく自讃したるなり。[一]後鳥羽院《ごとばのゐん》の、[二]「御歌に、袖《そで》と袂《たもと》と、一首のうちに悪《あ》しかりなんや」と、[三]定家卿《ていかのきやう》に尋ね仰せられたるに、「[四]『秋の野の草の袂か花薄穂《はなすすきほ》に出でて招く袖と見ゆらん』と侍れば、何事か候ふべき」と申されたることも、「時にあたりて本歌を覚悟す。道の冥加《みやうが》なり。高運なり」など、ことことしく記しおかれ侍るなり。[五]九条相国伊通公《くでうのしやうこくこれみちこう》の[六]款状《くわんじやう》にも、ことなることなき題目をも書きのせて、自讃せられたり。

[七]常在光院《じやうざいくわうゐん》の撞《つ》き[八]鐘の銘《めい》は、[九]在兼卿《ありかねのきやう》の草《さう》なり。[一〇]行房朝臣《ゆきふさのあそん》清書して、鋳型《いかた》にうつさせんとせしに、奉行《ぶぎやう》の入道、かの草を取り出でて見せ侍りしに、「[一一]花の外《ほか》に夕《ゆふべ》を送れば、声百里《はくり》に聞《きこ》ゆ」と言ふ句あり。「[一二]陽唐《やうたう》の韻と見ゆるに、百里あやまりか」と申したりしを、「よくぞ見せ奉りける。おのれが高名《かうみやう》なり」とて、筆者の許《もと》へ言ひやりたるに、「あやまり侍りけり。数行《すかう》となほさるべし」と返事侍りき。[一三]数行も如何なるべきにか、若し数歩《すほ》の心か、おぼつかなし。

一 第二二六段参照。
二 袖と袂を一首の中によみこむのは悪いだろうか。「歌病」を念頭にしての質問。
三 第一三九段参照。
四 『古今集』(秋上)の、在原棟梁《むねやな》の歌。
五 藤原伊通(一〇九三―一一六五)。
六 官位を望むとき、自分の勲功を列挙して提出する嘆願書。伊通の「款状」は不明。
七 洛東の知恩院の境内にあった寺ともいわれるが、不明。
八 鐘の表面に刻みつけた漢文体の文章。鐘銘。
九 菅原在兼(一二四九―一三二一)。伏見・後伏見・後二条・花園・後醍醐の五代の天皇の侍読を勤めた。文章博士。
一〇 勘解由小路《かでのこうじ》行房。能書家。延元二年(一三三七)、越前金崎城で戦死。
一一 鐘名の中の詩句の一節。「花外送ㇾ夕、声聞㆓百里㆒」の詩句であったか。
一二 陽韻と唐韻。
一三 「数行」も陽韻に合わぬこと。

数行《すぎやう》なほ不審《ふしん》。数《す》は四五なり。鐘四五歩不《いくばくならざる》レ幾なり。ただ、遠く聞ゆる心なり。

一、人あまたともなひて、三塔巡礼《さんたふじゆんれい》のこと侍りしに、横川《よかは》の常行堂《じやうぎやうだう》のうち、龍華院《りようげゐん》と書ける、古き額《がく》あり。「佐理《さり》・行成《かうぜい》のあひだ疑ひありて、いまだ決せずと申し伝へたり」と、堂僧《だうそう》ことことしく申し侍りしを、「行成ならば裏書《うらがき》あるべし。佐理ならば裏書あるべからず」と言ひたりしに、裏は塵《ちり》つもり、虫の巣にていぶせげなるを、よく掃《は》きのごひて、各《おのおの》見侍りしに、行成位署《ゐしよ》・名字《みやうじ》・年号、さだかに見え侍りしかば、人皆興に入る。

一、那蘭陀寺《ならんだじ》にて、道眼聖《だうげんひじり》談義せしに、八災《はちさい》と云ふことを忘れて、「これや覚え給ふ」と言ひしを、所化《しよけ》みな覚えざりしに、局《つぼね》の内より、「これこれにや」と言ひ出したれば、いみじく感じ侍りき。

一、賢助僧正《けんじよそうじやう》にともなひて、加持香水《かぢかうずい》を見侍りしに、いまだ果てぬほどに、僧正帰りて侍りしに、陣《ぢん》の外《と》まで僧都《そうづ》見えず。法師どもを帰して求めさするに、「同じさまなる大衆《だいしゆ》多くて、え求めあはず」と言ひて、いと久しくて出でたりしを、「あなわびし。それ、求めておはせよ」と言はれ

一　以下の文章は、常縁本・幽斎本にない。後人の加筆か。
二　比叡山延暦寺《えんりやくじ》の東塔・西塔・横川の三塔を巡回、礼拝すること。
三　阿弥陀を本尊に、念仏三昧を修する堂。
四　横川の四季講堂の別名。
五　藤原佐理(九四四―九八八)。能書家で三蹟の一人。
六　藤原行成。第二十五段参照。
七　額の裏に書いてある文字。
八　官と位を書きつらねたもの。
九　第一七九段参照。
一〇　第一七九段参照。
一一　人の心を散乱させる、憂・喜・苦・楽・尋・伺・出息・入息の、八種の災患。
一二　修行中の僧。「能化《のうけ》」の対。
一三　簾や几帳などで仕切った、聴聞のための特別席。
一四　太政大臣洞院公守の子。大僧正。東寺の一の長者。元弘三年（一三三三）没。五十四歳。正徹本・常縁本は「顕助僧正」（金沢貞顕の子、公茂の猶子）。この方が正しいとする説もある。
一五　真言密教で香水を清浄にする作法。第六十三段参照。
一六　真言院の外陣。

しに、帰り入りて、やがて具して出でぬ。

一、二月《きさらぎ》[一]十五日、月あかき夜《よ》、うちふけて、千本《せんぼん》[二]の寺に詣《まう》でて、後《うしろ》より入りて、ひとり顔深くかくして聴聞《ちやうもん》[三]し侍りしに、優《いう》なる女の、姿・にほひ、人よりことなるが、わけ入りて膝《ひざ》にゐかかれば、匂ひなども移るばかりなれば、便《びん》あしと思ひて、すりのきたるに、なほゐよりて、おなじ様なれば、立ちぬ。

その後、ある御所[四]さまの古き女房の、そぞろごと言はれしついでに、「無下《むげ》に色なき人におはしけりと、見おとし奉ることなんありし。情《なさけ》なしと恨み奉る人なんある」とのたまひ出《いだ》したるに、「更《さら》にこそ心得侍らね」と申してやみぬ。

このこと、後に聞き侍りしは、かの聴聞の夜、御局《みつぼね》の内より、人の御覧じ知りて、さぶらふ女房をつくり立てて出《いだ》し給ひて、「便よくは、言葉などかけんものぞ。その有様参りて申せ。興あらん」とて、はかり給ひけるとぞ。

一　釈迦入滅の日。陰暦では満月にあたる。

二　大報恩寺。第二二八段参照。

三　千本釈迦堂で行なわれる涅槃会の講釈を聞くこと。

四　皇室や摂関・将軍・大臣の御殿の敬称。

第二百三十九段

八月《はつき》十五日、九月《ながづき》十三日は、婁宿《ろうしゆく》[一]なり。この宿、[二]清明《せいめい》なる故に、月を翫《もてあそ》ぶに良夜《りやうや》とす。

第二百四十段

[三]しのぶの浦の蜑《あま》の見るめも所せく、[四]くらぶの山も守《も》る人しげからんに、わりなく通はん心の色こそ、浅からず、あはれと思ふふしぶしの、忘れがたきことも多からめ、親・はらから許して、ひたふるに迎へ据ゑたらん、いとまばゆかりぬべし。

世にあり侘《わ》ぶる女の、似げなき老法師《おいぼふし》、あやしの吾妻人《あづまびと》なりとも、にぎははしきにつきて、「[五]さそふ水あらば」など言ふを、仲人《なかうど》、何方《いづかた》も心にくきさまに言ひなして、[六]知られず、知らぬ人を迎へもて来たらんあいなさよ。何事をかうちいづる言の葉にせん。年月のつらさをも、「[七]分けこしは山の」などもあひ語らはんこそ、尽きせぬ言の葉にてもあらめ。

すべて、よその人の取りまかなひたらん、うたて心づきなきこと多かる

一　中国古代の天文学において、黄道に沿って、天球を二十八に区分して星座の位置を明らかにした。これを「二十八宿」といい、「婁宿」はその一つ。

二　この星座は清く明らかである。

三　「しのぶの浦の蜑の」は「見るめ」(海松布《みるめ》を掛ける)の序詞。「しのぶの浦」は陸奥の歌枕。「うちはへて苦しき物は人目のみ忍ぶの浦の海人たくなは」(『新古今集』恋二)の表現による。

四　闇にまぎれて逢うにも、見張る人が多いのに。「くらぶの山」は、歌枕で、鞍馬《くらま》山の異称という。

五　「わびぬれば身を浮草の根を絶えて誘ふ水あらばいなむとぞ思ふ」(『古今集』雑下)。

六　「うとくなる人をなにとて恨むらん知られず知らぬをりもありしに」(『新古今集』恋四)。

七　「筑波山は山しげ山しげけれど思ひ入るにはさはらざりけり」(『新古今集』恋一)を踏まえ、二人が結ばれるまでに、ずいぶんと障害を乗り越えてきたねの意。

べし。よき女ならんにつけても、品《しな》くだり、見にくく、年も長《た》けなん男は、かくあやしき身のために、あたら、身をいたづらになさんやはと、人も心劣りせられ、わが身は、向ひゐたらんも、影はづかしく覚えなん、いとこそあいなからめ。

[一]梅の花かうばしき夜の朧月《おぼろづき》にたたずみ、御垣《みかき》[二]が原の露分け出でん有明の空も、我が身さまにしのばるべくもなからん人は、ただ色好まざらんにはしかじ。

第二百四十一段

[三]望月《もちづき》のまどかなることは、暫《しばら》くも住《ぢゆう》せず、やがて欠《か》けぬ。心とどめぬ人は、一夜《ひとよ》の中《うち》に、さまで変るさまも見えぬにやあらん。病《やまひ》の重るも、住する隙《ひま》なくして、死期《しご》既に近し。されども、いまだ病急ならず、死におもむかざる程は、[四]常住平生《じやうぢゆうへいぜい》の念に習ひて、生《しやう》の中に多くのことを成《じやう》じて後、閑《しづ》かに道を修《しゆ》せんと思ふほどに、病を受けて[五]死門に臨む時、所願《しよぐわん》一事も成ぜず。言ふかひなくて、年月《としつき》の[六]懈怠《けだい》を悔いて、この度、若《も》したちなほりて

一　ここは『伊勢物語』（第四段）および『源氏物語』（末摘花）で、光源氏が、末摘花を訪れる場面などを念頭に置くか。

二　「御垣が原」は、貴人の邸宅の内。『源氏物語』（若菜上）に「一日、風にさそはれて、御垣の原を分け入りて侍りしに」とある。

三　満月のまん丸いさま〔補注三〇〕。

四　この世は不変で平穏な生活をいつまでも続けられるという思いに慣れて。「人間常住の思ひに住して」（第二一七段）。

五　死の入り口。「道に大きなる鳥あり。二つの羽折れて、すでに死門に入りぬ」（『宝物集』第六・九冊本）。

六　怠慢。第九十二段・第一八八段などに既出。

命を全くせば、夜を日につぎて、このことかのこと、怠らず成じてんと、願ひを起すらめど、やがて重りぬれば、我にもあらず、取り乱して果てぬ。このたぐひのみこそあらめ。このこと、まづ人々急ぎ心に置くべし。

所願を成じて後、暇《いとま》ありて道に向はんとせば、所願尽くべからず。如幻《にょげん》[一]の生の中に、何事をかなさん。すべて所願皆妄想《まうざう》[二]なり。所願心に来たらば、妄心迷乱《まうしんめいらん》すと知りて、一事をもなすべからず。直ちに万事を放下《はうげ》して道に向ふ時、さはりなく、所作《しょさ》なくて、心身《しんじん》ながくしづかなり。

第二百四十二段

とこしなへに違順《ゐじゅん》[三]に使はるることは、ひとへに苦楽のためなり。楽といふは、好み愛することなり。これを求むること、やむ時なし。楽欲《げうよく》する所、一には名なり。名に二種あり。行跡《かうせき》[四]と才芸との誉《ほまれ》なり。二には色欲、三には味《あぢはひ》なり。万《よろづ》の願ひ、この三にはしかず。これ、顛倒《てんだう》[五]の想よりおこりて、若干《そこばく》のわづらひあり。求めざらんにはしかじ。

一　仏教語。幻のような現象にすぎない人生。『維摩経《ゆいまきょう》』などにある十喩の一つ。
二　仏教語。迷った考え。
三　仏教語。逆境と順境。
四　振舞。行状。
五　仏教語。真実相をさかさまにして、反対に思いとる、煩悩による誤った考え。

第二百四十三段

八《やつ》になりし年、父に[一]問ひて言はく、「仏は如何《いか》なるものにか候ふらん」といふ。父が言はく、「[二]仏には人のなりたるなり」と。又問ふ、「人は何として仏には成り候ふやらん」と。父又、「仏の教へによりてなるなり」と答ふ。又問ふ、「教へ候ひける仏をば、なにが教へ候ひける」と。又答ふ、「それも又、さきの仏の教へによりて成り給ふなり」と。又問ふ、「その教へ始め候ひける第一の仏は、如何なる仏にか候ひける」といふ時、父、「[三]空よりやふりけん、土よりやわきけん」といひて、笑ふ。

「問ひつめられて、え答へずなり侍りつ」と、諸人《しよにん》に語りて興じき。

一　『尊卑分脈』によると、治部少輔《じぶしよう》卜部兼顕《うらべのかねあき》。生没年未詳。

二　人間が仏になったのだ。「仏も昔は人なりき、我等も終《つひ》には仏なり」(『梁塵秘抄』二)。

三　空から降ってきたのだろうか、それとも、土から湧いたのであろうか。「天従より降るに非《あら》ざるなり、地従り出づるに非るなり、人情のみ」(『礼記』問喪)。「此の如きの悪業は本自ら発明して、天従り降るにも非ず、亦《また》地従り出づるにも非ず」(『首楞厳経《しゆりようごんきよう》』第八)。

【補注】

一 自己の述作を卑下する態度は、「この草子目に見え心に思ふことを、人やは見むとすると思ひて、つれづれなる里居のほどに書きあつめたるを」（『枕草子』三巻本・跋文）、「つれづれなりしをり、よしなしごとに覚えしことども書きつけしに」（『和泉式部集』松井本）、「つれづれに侍るままに、よしなしごとども書きつくるなり」（『堤中納言物語』よしなしごと）などの、王朝以来の慣用的な表現を受継したもの。

二 増賀上人の奇行を扱った説話は多数あるが、代表的なものを以下に紹介する。

㊆ 増賀上人参リ二三條宮一ニ振舞ノ事

むかし、多武峰《たふのみね》に増賀上人とて貴き聖《ひじり》おはしけり。きはめて心武《たけ》う、きびしくおはしけり。ひとへに名利をいとひて、頗《すこぶる》物ぐるはしくなん、わざと振舞《ふるまひ》給ける。三條大《おほ》きさいの宮、尼にならせ給はんとて、戒師のために、めしにつかはされければ、「尤《もとも》たふとき事なり、増賀こそは誠になしたてまつらめ。」とて参《まゐり》けり。弟子共『此御使を嗔《いかり》て、打《うち》たまひなどやせんずらん』と思ふに、思の外に心安く参給へば、ありがたき事に思あへり。かくて宮に参《まゐり》たるよし申ければ、悦《よろこび》てめし入《いれ》給て、尼になり給《たまふ》に、上達部《かんだちべ》・僧共おほくまゐり集り、内裏《だいり》より御使などまゐりたるに、此上人は目はおそろしげなるが、躰も貴げながら、わづらはしげになんおはしける。さて御前に召《めし》いれて、御几帳《きちやう》のもとに参《まゐり》て、出家の作法して、めでたく長き御髪をかき出して、此上人に、はさませらる。御簾中に女房達見て、泣事かぎりなし。はさみはてて出《いで》なんとするとき、上人高声にいふやう、「増賀をしも、あながちにめすは何事ぞ。心えられ候はず。もし、きたなき物を大《あほき》なりときこしめしたるか。人のよりは大に候へども、今は練《ねり》ぎぬのやうにくた〳〵と成《なり》たる物を。」といふに、御簾の内ちかく候女房たち、外には公卿・殿上人・僧たち、これを聞《きく》にあさましく、目口はだかりておぼゆ。宮の御心ちもさらなり。貴さもみなうせて、おの〳〵身より汗あえて我にもあらぬ心ちす。さて上人、まかり出《いで》なんとて、袖かきあはせて、「年まかりよりて、風おもく成《なり》て、今はたゞ痢病のみ仕れば、まゐるまじく候つるを、わざとめし候つれば、相構《あひかまへ》て候《さぶらひ》つる。堪《たへ》がたくなりて候へば、いそぎまかりいで候なり。」とて、出ざまに、西臺《にしのだい》の簀子《すのこ》についゐて尻をかゝげて、楾《はんざふ》の口より水をいだすやうに、ひりちらす音高く臰事《くさきこと》かぎりなし。御前まできこゆ。わかき殿上人、笑《わらひ》のゝしる事おびただし。僧たちは、「かゝる物狂《ものぐるひ》をめしたる事。」と謗《そしり》申けり。か様《やう》に事にふれて、物狂に態《わざ》とふるまひけれど、それにつけても、貴きおぼえ彌《いよいよ》まさりけり。

（『宇治拾遺物語』巻十二）

〔五〕多武峰僧賀上人《たふのみねそうがしやうにん》遁世往生の事

僧賀上人は経平《つねひら》の宰相《さいしやう》の子、慈恵僧正の弟子なり。この人少《をさな》かりしに、碩徳《せきとく》人に勝《すぐ》れたりければ、「行末には、やんごとなき人ならん」と、普《あまね》くほめあひたりけり。然れども、心のうちには深く世を厭ひて、名利にほだされず、極楽に生れんことをのみぞ、人知れず願はれける。思ふばかり道心の発《おこ》らぬことをのみぞ嘆きて、根本中堂に千夜参りて、夜ごとに千遍の礼《らい》をして、道心を祈り申しけり。始めは礼《らい》の毎度に、いさゝかも声立つることもなかりけるが、六七百夜になりては、「付き給へ。〱」と忍びやかに言ひて、礼《らい》しければ、聞く人、「この僧は何ごとを祈り、天狗《てんぐ》付き給へと言ふか」なんど、且《かつ》は怪しみ、且は笑ひけり。終り方《をはりがた》になりて、「道心《だうしん》付き給へ」と、さだかに聞こえける時ぞ、かたへは、「哀なり」なんど言ひける。

かくしつゝ千夜満ちて後、さるべきにやありけん、世を厭ふ心いとゞ深く成りにければ、いかでか身をいたづらになさんと、ついでを待つ程に、ある時、内論議《ないろんぎ》といふことありけり。定まれることにて、論議すべき程の終りぬれば、論議する人の、饗《きやう》を庭になげすつれば、諸《もろく》の乞食《こつじき》方々に集りて、争ひ取つて食ふ習《なら》ひなるを、この宰相禅師俄かに大衆の中より走り出でて、これを取つて食ふ。見る人、「この禅師は、ものに狂ふか」と、ののしり騒ぐを聞きて、「我はものに狂はず。かく言はるゝ大衆達こそものに狂はるめれ」と言ひて、更に驚かず。「あさまし」と言ひあふ程に、これをついでとして、籠居しにけり。

後には大和国多武峰《たふのみね》といふ所に籠り居て、思ふばかり勤め行ひて、年を送りける。その後、貴き聞こえありて、時の后の宮の戒師に召しければ、なまじひに参りて、南殿の高欄《かうらん》のきはに寄《よ》りて、様々に見苦しきことどもを言ひかけて、空しく出でぬ。

又、仏供養せんと言ふ人のもとへ行く間に、説法すべきやうなんど、道すがら案ずとて、「これは、名利《みやうり》を思ふにこそ。魔縁便《たより》を得てげり」とて、行きつくやおそき、そこはかとなきことを咎めて、施主《せしゆ》といさかひて、供養をも遂げずして、帰りぬ。これらのあり様は、人にうとまれて、再びかやうのことを言ひかけられじとなるべし。

又、師の僧正悦《よろこ》び申し給ひける時、前駆《ぜんくう》の数《かず》に入つて、乾鮭《からざけ》といふものを太刀にはきて、骨の限りなる女牛《うし》のあさましげなるに乗つて、屋《や》形口《かたぐち》に打つ。人驚きて、様々に諫《いさ》めけれど、「我こそ、幼きよりの御弟子なれ。誰か今日の屋形口仕つらん」とて、おもしろく練《ね》り廻りければ、見物のあやしみ驚かぬはなかりけり。かくて、「名聞《みやうもん》こそ苦しかりけれ。乞児《かたゐ》の身ぞ楽しかりける」とうたひて、うち離れにけり。僧正も凡人《たゞびと》ならねば、かの「我こそ屋形口打ため」と宣ふ声の、僧正の耳には、「悲しきかな。我が師悪道に入りなんとす」と聞えければ、車のうちにて、「これも利生《りしやう》の為なり」となん答へ給ひける。

この聖人命終らんとしける時、先づ碁盤《ごばん》を取り寄せて、独碁《ひとりご》を打ち、次に障泥《あふり》を乞うて、これをかづきて、小蝶《こてふ》といふ舞のまねをす。弟子共怪しんで、問ひければ、「いとけなかりし時、この二つの事を人に諫《いさ》められて、思ひながら、空しくやみにしが、心にかゝりたれば、もし生死《しやうじ》の執《しふ》となることもぞあると思うて」とこそ言はれけれ。既に、聖衆《しやうじゆ》の迎《むか》へを見て、悦んで歌を詠《よ》む。

みつはさす八十《やそぢ》あまりの老の浪くらげの骨にあひに
　けるかな

と詠《よ》みて、終りにけり。

この人の振舞《ふるま》ひ、世の末には物狂ひとも言ひつべけれども、境界《きやうがい》離れんための思ひばかりなれば、それに付けても、ありがたき例《ためし》に言ひ置きけり。人にまじはる習ひ、高きに随ひ、下れるを哀むに付けても、身は他人のものとなり、心は恩愛の為につかはる。これ、この世の苦しみのみにあらず。出離《しゆつり》の大なる障《さは》りなり。境界を離れんよりほかには、いかにしてか乱れやすき心を鎮《しづ》めん。　（『発心集』第一）

第一　増《(僧)》賀上人之事　㈠

むかし、増《(僧)》賀上人といふ人いまそかりける。いとけなかりけるより、道心ふかくて、天台山根中堂に千夜こもりて、是をいのり給ひけれども、なほ《(を)》まことの心やつきかねて侍りけん。あるとき、只一人伊勢大神宮に詣《(まふ)》でて祈請《(きせひ)》し給ひけるに、夢に見給ふやう、道心お《(を)》こさむとおもはば、此身を身とな思《(おもふ)》ひそと、示現《じげん》を蒙《(かふむ)》り給ひける。打驚《(をどろ)》きておぼすやう、名利をすてよとこそ侍るなれ。さらばすてよとて、着《(き)》給ひける小袖衣《(ころも)》、みな乞食《(こじき)》どもにぬぎくれて、ひとへなる物をだにも身にかけたまはず、あかはだかにて下向し給ひける。見る人、不思議《ふしぎ》の思《おも》ひをなして、「物にくるふにこそ。見めさまなむどの、いみじきに、うたてや」などいひつゝ、うちかこみて見侍れども、つゆ心もはたゝき侍らざりけり。

道々物を乞《こ》ひつゝ、四日といふに山へのぼり、もとすみ給ひける慈恵《じゑ》大師の御室に入給ひければ、宰相のきみの物にくるふとて見《み》侍る同朋《どうぼう》もあり、又、かはゆしとて見《み》ぬ人も侍りけるとかや。師匠の大師、ひそかにまねき入《いれ》て、「名利をすて給ふとは知《し》り侍りぬ。たゞし、かくまでの振舞《ふるまひ》は侍らじ。はやたゞ威儀を正《まさ》《共》しくして、名利をはなれ給へかし」と諌《いさ》め給ひけれども、「名利をながく捨《す》てはてむ後には、さにこそ侍るべけれ」とて、「あら楽《たの》しの身や。をう〳〵」とて、立走《たちはし》り給ひければ、大師も、門のほかに出給ひて、はる〴〵と見送り侍りて、そゞろに涙をながし給へにけり。増《僧》賀は、つひ《ゐ》に大和《やまと》多武峯と云《いふ》所へさそらへ入て、智朗《ちらう》禅師の庵のかたばかり残りけるにぞ、居をしめ給へりける。

げにもうたてしきは名利の二なり。まさしく貧瞋癡《どんしんち》の三毒《どく》より事おこりて、身をまこと《實》ある物とおもひて、是をたすけんため、そこばくの偽《いつはり》をかまふるにや。武勇の家に生《むま》るゝ物は、胡籙《やなぐひ》の矢をはやくつがひ、三尺の剣《つるぎ》をぬい《ひ》て、一陣《ぢむ》をかけて命《いのち》をうしなふも名利勝他のため也。柳《やなぎ》のまゆずみほ《ほ》そくかき、蘭麝《らむじや》を衣にうつし、秋風《かぜ》のなごりを送るすがたともてあつかふも、名利の二にすぎず。又、墨染《すみぞめ》のたもとに身をやつし、念珠《ねむじゆ》を手にめぐらするも、詮《せん》はたゞ、人に帰依《きゑ》せられて世をすぎむとのはかりごと、あるひは、極位極官をきはめて公家の梵筵《ぼんゑむ》につらなり、三千の禅徒《ぜんと》にいつかれんと思《おも》へるも、名利の二をはなれず。此 理《ことはり》をしらざる 類《たぐひ》は申におよばず、唯識止観《ゆゐしきしくわん》に眼《まなこ》をさらし、法《ほう》文《もん》の至理をわきまへ侍るほどの人たちの、知《し》りながらすて侍らで、生死の海《うみ》にたゞよひ給ふぞかし。たれ〴〵も、是をもてはなれんとし侍れど、世々《よゝ》をへて思《おも》ひなれにし事の、あらためがたさに侍り。しかるに、此増《僧》賀上人の、名利の思《おも》ひをやがてふりすて給ひけん、ありがたきには侍らずや。これ又、伊勢太神宮の御たすけにあらずは、いかにしてか此こゝろもつき侍るべきや。貧癡《どんち》のむら雲《くも》ひきおほひ、名利の常闇《とこやみ》なる身の、五十鈴川の波《なみ》にすゝがれて、天照太神《あまてるおおむかみ》の御光《ひかり》にきえぬるにこそと、かへす〴〵かたじけなく貴《たふと》く侍り。此事いづれの世にか忘《わす》れ奉るべき。

（『撰集抄』第一）

三　顕基中納言の「配所の月、罪なくて見ばや」は、次のような説話にみえる。

〔五五〕　中納言顕基《あきもと》出家籠居《ろうきよ》の事

中納言顕基《あきもと》は大納言俊賢《としかた》の息、後一条の御門《みかど》に時めかし仕へ給ひて、若うより司位《つかさくらゐ》につけて恨みなかりけれど、心はこの世の栄えを好まず、深く仏道を願ひ、菩提《ぼだい》を望む思ひのみあり、常の言草《ことぐさ》には、かの楽天の詩に、「古墓《こぼ》いつの世の人ぞ。姓《しやう》と名とを知らず。化《け》して路傍《ろばう》の土《つち》と為つて、年年春草生ひたり」といふことを口付け給へり。いといみじき数寄人《すきびと》にて、朝夕琵琶を弾きつゝ、「罪なくして罪を蒙《かうぶ》りて、配所《はいしよ》の月を見ばや」となん願はれける。かの後一条隠れましくたりける時、嘆き給ふ様《さま》ことわりにも過ぎたり。御所のあり様、いつしかあらぬことになりて、果てには火をだにも点《とも》さゞりけるを尋ね給ひければ、「諸司《しよし》みな今の御ことを勤むる間に、仕《つかうまつ》る人なし」と聞こえけるに、いとゞ世の憂さ思ひ知されて、「さるべき人みな御門の御《おほ》方《んかた》へ参りけれど、忠臣は二君に仕へず」と言ひて、つひに参らず。御忌みのうちの業《わざ》など仕《つかうまつ》りて、やがて家を出で給ふ。その年ごろの上公達《うへきんだち》、袖をひかへて別れを悲しみけれど、更にためらふ心なかりけり。横川《よかは》に登りて、頭おろして、籠り給へりける時に、上東門院《じやうとうもんゐん》より問はせ給ひたりければ、

世を捨てゝ宿を出でにし身なれどもなほ恋しきは昔なりけり

とぞ聞こえ給ひける。後には大原に住みて、二心なく行ひ給ひけるを、時の一の人尊く聞き給ひて、忍びつゝかの室《しつ》に渡り給ひて、対面し給へることありけり。宵《よひ》より御物語など聞こえて、暁に及ぶまで、この世のこと一言葉も言ひ交《ま》ぜ給はず、いとめでたく尊く思《おぼ》されて、導き給ふべきことども返すく契り聞こえて、今、帰りなんとし給ひける時、「さても、渡り給へる、いと畏《かしこ》まり侍り。俊実《としざね》は不覚のものにて侍るなり」となん申し給ひける。その時は、なにとも思ひ分き給はず。帰り給ひて、このことを案じ給ふに、させるついでもなかりき。よも、我が子の為悪しき様のこと言はんとては宣はじ。勝れたることなくとも、見放たず方人《かたうど》せよとにこそはあらめ。世を背くといへども、なほ恩愛は捨てがたきものなれば、思ひ余られたるにこそと、哀れに覚されて、その後、ことにふれつゝ引き立て、取り申し給ひければ、みなしごなれど、早く大納言までぞ昇りにける。美濃《みのの》大納言と聞こゆるは、この君なりけり。　　　　　　　　　　　（『発心集』第五）

第五　中納言顕基発心ノ事　（三〇）略本なし

むかし、中納言顕基と申人いまそかりけり。後冷泉院の御時《(とき)》、朝に仕《(つか)》へ給ひて、寵愛《(てうあひ)》いやめづらかにして、

多《おほ》くの人を越《え》えなんどして、二品《しな》のくらゐにのぼり給へりける。常《つね》は、林下《りんか》のとぼそを求《もと》めて、世を遁《のが》るゝ心なんおはしけるなんめり。しかるを、心離《はな》るゝ縁《ゑん》いまだに盡《つき》ずして、捨《す》てやりたまはざりけるに、御門《みかど》はかなくならせ給ひしかば、中納言、天台山に登《のぼ》りて、頭《かしら》おろして、大原といふ所になん行《おこな》ひすましていまそかりける。朝に仕《つか》へしそのかみより、たゞ明暮《あけくれ》は「あはれ罪《つみ》なくして、配所《はいしよ》の月を見《み》ばや」とて涙《なみだ》をながし、「古塚《ふるつか》を、いづれの世の人ぞや、姓と名とを知《し》らず、年《とし》々春の草のみしげれり」とながめても、けしからず涙《なみだ》を落《おと》し給へりけるとかや。

　めでたく行《おこな》ひすまして、智行世に聞《きこ》え給へりしかば、宇治の大殿、結縁《けちえん》あらまほしく思《おぼ》しめして、かの大原にみゆきして、中納言入道の庵《いほり》に一夜を明《あか》させ給ひて、御物語の侍けるにも、此世の事をば、かけふし聞《きこ》えたてまつりて、後生の事のみにて侍りける也。暁《あかつき》になりて、今はとて出《いで》させ給へりけるに、入道、庵の外に見送りたてまつりて、「子息《しそく》にて侍る俊實は、不覺《ふかく》の物にてなん侍り」とばかり申されけり。世を捨《す》て給へど、恩愛《おんあひ》の道のあはれさは、俊實卿を見捨《みす》てさせ給ふなと申されけるにこそ。されば、宇治殿の御あはれみ《に》にて、大納言按察《あぜち》、心《こゝろ》のまゝにかけられけりとうけたまはり侍りき。

　さても、中納言入〔道〕は、草の戸ざししづかにして、いひ知《し》らずめでたく往生をなんし給《たま》へりと『遊心集』にのせられて侍るをみるに、その事となく涙《なみだ》の落《を》ち、あやしきまでに侍りき。発心《ほつしん》のはじめ、ことにすみて覺《おぼ》え侍る。忠臣二君に不仕《つかへず》と云。世俗《せぞく》の風儀を守《まぶ》りて、飾《かざり》をおろして、大原の奥《おく》に居《きよ》をしめ給ひけん、いとゞありがたくぞ侍る。所がらことにすみて覺《おぼ》え侍り。長山四方《よも》に廻《めぐ》りて、わづかにつま木こる斧《おの》の音《おと》の山彦《びこ》に響《ひゞ》き、峯《みね》のよぶ子鳥《どり》、ひめむすに鳴《な》きわたり、秋の草門《かど》を閉ぢて、ねやに葛《かづら》のしげりて、蟲《むし》の声《こゑ》まくらの下《した》に聞《きこ》えけん、さぞ心《こゝろ》もすみていまそかりけん。たゞ、人はいかにもよき所を求《もと》むべき也。心は所によりてすむべきにや。かの印度《(土)》の竹林寺、波羅提寺《はらだいじ》、もしは跋提河《ばつだいが》、尼連河《にれんが》、なんどのすめるやうを聞《き》くには、かしこに住《す》みたく、唐土の江州終南山《しゆうなんざん》、盧山《ろざん》の恵遠寺などのしづかなるやうを聞《き》くには、かしこに住《す》む身となどかならざりけんと、口惜《くちお》しく覺《おぼ》えて侍り。大原小野の里、吉野《よしの》の奥《おく》の住居《すまゐ》こそあらまほしく覺《おぼ》えて侍り。罪《つみ》なくして、配所《はいしよ》の月を見ばやと願《ねが》ひ給けん、げに〳〵あはれに侍り。元和十五年のむかし、思ひ出《いだ》されて、心の中そゞろに澄《す》みても侍るかな。ふるき〔世〕

の墓《はか》その姓名をしらず。年《とし》の移《うつ》るごとに、春の草のみ生《おひ》て、ふるき卒都婆《そとば》、霧《きり》〔に〕朽《く》ちてかたむきたてるさま、おもひ入て見侍れば、そゞろにあはれに侍るかな。しばしは名をば埋《うづ》まねども、それさへ末《すへ》は果《は》てもなく、とぶらひきざみし卒都婆《そとば》も跡形《あとかた》なく、同《おな》じ雲の上《うへ》にやきのぼり、同《おな》じおどろの下《もと》にうづみ重《かさ》ねて、焼《や》けば煙《けふり》と上《のぼ》り、埋《うづ》めば土《つち》となるさま、さこそ身にしみてあはれにも思《おも》ひ給ふらめと思はれて、今も又涙《なみだ》のいたくぞおつるに侍り。大原の奥《おく》の絲薄《いとすゝき》、露の夜すがの秋のくれば、さもこそ玉《たま》の緒をよわみ、末葉《すゑは》にすがり、かたぶくらめと覺《おぼ》え侍り。　（『撰集抄』巻四）

四　久米の仙人のこの逸話は、諸書に散見するが、「今昔物語集」のものを紹介する。

今昔《いまはむかし》、大和国《やまとのくに》、吉野《よしの》ノ郡《こほり》、竜門寺《りうもんじ》ト云《いふ》寺《てら》有《あ》リ。寺《てら》ニ二《ふたり》ノ人籠《ひとこも》リ居《ゐ》テ仙《せん》ノ法《ほふ》ヲ行《おこな》ヒケリ。其仙人《そのせんにん》ノ名《な》ヲバ、一人《ひとり》ヲアヅミト云《い》フ、一人《ひとり》ヲバ久米《くめ》ト云《い》フ。然《しか》ルニ、アヅミハ前《さき》ニ行《おこな》ヒ得《え》テ既《すで》ニ仙《せん》ニ成《なり》テ、飛《とび》テ空《そら》ニ昇《のぼり》ニケリ。

後《のち》ニ、久米《くめ》モ既《すで》ニ仙《せん》ニ成《なり》テ、空《そら》ニ昇《のぼり》テ飛《とび》テ渡《わた》ル間《あひだ》、吉野河《よしのがは》ノ辺《ほとり》ニ、若《わか》キ女衣《をむなきぬ》ヲ洗《あらひ》テ立《た》テリ。衣《ころも》ヲ洗《あら》フトテ、女《をむな》ノ肺脛《はぎ》マデ衣《きぬ》ヲ掻上《かきあげ》タルニ、肺《はぎ》ノ白《しろ》カリケルヲ見《み》テ、久米《くめ》心《こころ》穢《けが》レテ其女《そのをむな》ノ前《まへ》ニ落《おち》ヌ。其後《そののち》、其女《そのをむな》ヲ妻《め》トシテ有《あ》リ。其仙《そのせん》ノ行《おこな》ヒタル形《かたち》、于今《いまに》竜門寺《りうもんじ》ニ其形《そのかたち》ヲ扉《とびら》ニ北野《きたの》ノ御文《おほむふみ》ニ作《つくり》テ出《いだ》シ給《たま》ヘリ。其《そ》レ不消《きえず》シテ于今《いまに》有《あ》り。其久米《そのくめ》ノ仙《せん》、只人《ただびと》ニ成《なり》ニケルニ、馬《むま》ヲ売《うり》ケル渡《わた》シ文《ぶみ》ニ「前《さき》ノ仙《せん》、久米《くめ》」トゾ書《かき》テ渡《わた》シケル。

然《しか》ル間《あひだ》、久米《くめ》ノ仙《せん》、其女《そのをむな》ト夫妻《めおと》トシテ有《あ》ル間《あひだ》、天皇《てんわう》、其国《そのくに》ノ高市《たけち》ノ郡《こほり》ニ都《みやこ》ヲ造《つく》リ給《たま》フニ、国《くに》ノ内《うち》ニ夫《ぶ》ヲ催《もよほ》シテ其役《そのえだち》トス。然《しか》ルニ、久米《くめ》其夫《そのぶ》ニ被催出《もよほされいで》ヌ。余《ほか》ノ夫共《ぶども》、久米《くめ》ヲ、「仙人々々《せんにんせんにん》」ト呼《よ》ブ。行事官《ぎやうじのつかさ》ノ輩《ともがら》有《あり》テ、是《これ》ヲ聞《きき》テ云《いは》ク、「汝等《なむぢら》、何《なに》ニ依《より》テ彼《か》レヲ仙人《せんにん》ト呼《よ》ブゾ」ト。夫共答《ぶどもこたへ》テ云《いは》ク、「彼《か》ノ久米《くめ》ハ、先年《さきのとし》竜門寺《りうもんじ》ニ籠《こもり》テ仙《せん》ノ法《ほふ》ヲ行《おこなひ》テ、既《すで》ニ仙《せん》ニ成《なり》テ、空《そら》ニ昇《のぼり》飛《とび》渡《わた》ル間《あひだ》、吉《よし》□女《をむな》、衣《きぬ》ヲ洗《あら》ヒ立《た》テリケリ。其《その》女《をむな》ノ褰《かか》ゲタル肺《はぎ》白《しろ》カリケルヲ見下《みおろ》シケルニ□前《まへ》ニ落《おち》テ、即《すなは》チ其女《そのをむな》ヲ妻《め》トシテ侍《はべ》ル也《なり》。然《さ》レバ、其《そ》レニ依《より》テ、仙人《せんにん》トハ呼《よ》ブ也《なり》」ト。

行事官等《ぎやうじのつかさら》、是《これ》ヲ聞《きき》テ、「然《さ》テ止事無《やむごとな》カリケル者《もの》ニコソ有《あん》ナレ。本《もと》、仙《せん》ノ法《ほふ》ヲ行《おこなひ》テ既《すで》ニ仙人《せんにん》ニ成《なり》ニケル者也《ものなり》。其行《そのおこなひ》ノ徳定《とくさだめ》テ不失給《うしなひたまはじ》。然《さ》レバ、此《こ》ノ材木多《ざいもくおほ》ク自《みずか》ラ持《もて》運《はこ》バムヨリハ、仙《せん》ノ力《ちから》ヲ以《もつ》テ空《そら》ヨリ飛《とばし》メヨカシ」ト戯《たはぶ》レノ言《こと》ニ云《い》ヒ合《あ》ヘルヲ、久米《くめ》聞《きき》テ云《いは》ク、「我《わ》レ仙《せん》ノ法《ほふ》ヲ忘《わす》レテ、年来《としごろ》ニ成《なり》ヌ。今《いま》ハ只人《ただびと》ニテ侍《はべ》ル身也《みなり》。然計《さばかり》ノ霊験《れいげむ》ヲ不可施《ほどこすべからず》」ト云《いひ》テ、心《こころ》ノ内《うち》ニ思《おも》ハク、「我《わ》レ仙《せん》ノ法《ほふ》ヲ行《おこな》ヒ得《え》タリキト云《い》ヘドモ、凡夫《ぼむぶ》ノ愛欲《あいよく》ニ依《より》テ、女《によ》人《にん》ニ心《こころ》ヲ穢《けが》シテ、仙人《せんにん》ニ成《な》ル事《こと》コソ無《な》カラメ、年来《としごろ》、行《おこな》ヒタル法也《ほふなり》、本尊《ほんぞん》何《いかで》カ助《たす》ケ給《たま》フ事《こと》無《な》カラム」ト思《おもひ》テ、行事官等《ぎやうじのつかさら》ニ向《むかひ》テ云《いは》ク、「然《さ》ラバ、若《もし》ヤト祈《いの》リ試《こころみ》ム」ト。行事官《ぎやうじのつかさ》、是《これ》ヲ聞《きき》テ、「嗚呼《をこ》ノ事《こと》ヲモ云《い》フ奴《やつ》カナ」ト乍《おもひ》思《ながら》、「極《きはめ》テ貴《たふと》カリナム」ト答《こた》フ。　其後《そののち》、久米《くめ》一《ひとつ》ノ静《しづか》ナル道場《だうぢやう》ニ籠《こも》リ居《ゐ》テ、身心清浄《しんじむしやうじやう》ニシテ、食《じき》ヲ断《たち》テ、七日七夜《なぬかななよ》不断《ふだん》ニ礼拝恭敬《らいはいくぎやう》シテ、心《こころ》ヲ至《いた》シテ此事《このこと》ヲ祈《いの》ル。而《しか》ル間《あひだ》、七日既《なぬかすで》ニ過《すぎ》ヌ。行事官等《ぎやうじのつかさら》、久米《くめ》ガ不見《みえざ》ル事《こと》ヲ且《かつ》ハ咲《わら》ヒ、且《かつ》ハ疑《うたが》フ。然《しか》ルニ、八日《やうか》ト云《い》フ朝《あした》ニ、俄《にはか》ニ空陰《そらくも》リ、暗夜《あむや》ノ如《ごと》ク也《なり》。雷《いかづちな》鳴リ雨降《あめふり》テ、露物不見《つゆものみ(え)ず》エ、是《これ》ヲ怪《あやし》ビ思《おも》フ間《あひだ》、暫計有《しばしばかりあり》テ雷《いかづちとどま》止リ空晴《そらは》レヌ。其時《そのとき》ニ見《み》レバ、大中小《だいちうせう》ノ若干《そこばく》ノ材木《ざいもく》、併《しかしなが》ラ、南《みなみ》ノ山辺《やまのほとり》ナル杣《そま》ヨリ空《そら》ヲ飛《とび》テ、都《みやこ》ヲ被造《つくらる》ル所《ところ》ニ来《き》ニケリ。

其時《そのとき》ニ、多《おほく》ノ行事官《ぎやうじのつかさ》ノ輩《ともがら》、敬《うやまひ》テ貴《たふと》ビテ久米《くめ》ヲ拝《はい》ス。其後《そののち》、此事《このこと》ヲ天皇《てんわう》ニ奏《そう》ス。天皇《てんわう》モ是《これ》ヲ聞《きき》給《たまひ》テ、貴《たふと》ビ敬《うやまひ》テ、忽《たちまち》ニ免田《めんでん》三十町《さむじふちやう》ヲ以《もつ》テ久米《くめ》ニ施《せ》シ給《たま》ヒツ。久米《くめ》喜《よろこび》テ、此《こ》ノ田《た》ヲ以《もつ》テ、其郡《そのこほり》ニ一《ひとつ》ノ伽藍《がらむ》ヲ建《たて》タリ。久米《くめ》寺《でら》ト云《い》フ、是也《これなり》。

其後《そののち》、高野《かうや》ノ大師《だいし》、其寺《そのてら》ニ丈六《ぢやうろく》ノ薬師《やくし》ノ三尊《さむぞん》ヲ、銅《あかがね》ヲ以《もつ》テ鋳《い》居《す》ヘ奉《たてまつ》リ給《たま》ヘリ。大師《だいし》、其寺《そのてら》ニシテ大日経《だいにちきやう》ヲ見付《みつけ》テ、其《そ》レヲ本《もと》トシテ、「速疾《そくしつ》ニ仏《ほとけ》ニ可成《なるべ》キ教也《をしへなり》」ト、唐《たう》ヘ真言習《しんごんなら》ヒニ渡《わた》リ給《またひ》ケル也《なり》。

然《しか》レバ止事無《やむごとな》キ寺也《てらなり》トナム語《かた》リ伝《つた》ヘタルトヤ。

（巻二十四）

五　西行のこの逸話を記している『古今著聞集』を紹介しておく。

一四　西行法師後徳大寺左大臣実定中将公衡等の在所を尋ぬる事

西行法師、出家よりさきは、徳大寺左大臣《の》の家人《けにん》にて侍りけり。多年修行の後、宮こ《(都)》へ帰りて、年比《としごろ》の主君にておはしますむつまじさに、後徳大寺左大臣《の》の御もとにたどりまい《(ゐ)》りて、先《まづ》門外よりうちを見いれければ、寝殿《しんでん》の棟になは《(縄)》をはりけり。あやしう思《おもひ》て、人に尋《たづ》ねければ、「あれはとび《(鳶)》すへ《(ゑ)》じとて、はられたる」とこたへけるを聞《きき》て、「とびのゐる、なにかくるしき」とて、うとみて帰りぬ。次に「実家の大納言はいづくにぞ」と尋《たづね》きゝけるに、北のかたのおもふやうにもを《(お)》はせざりければ、「あながちに利をとめたる御ふるまひうたてし」とて尋《たづね》ゆかず。実守の中納言は、はやうせ給《たまひ》にけり。公衡の中将のあり所をたづねきゝて、菩提院へゆきぬ。うかゞひみれば、花だのしろうらのかり《(狩)》衣《ぎぬ》に、を《(お)》り物のさしぬきふみくゝみて、庭の桜をながめて、かうらむ《(高欄)》によりゐたるけしき、いと優にて、徳大寺の御あとは、此人《この》におはしけりとおもひて、左右《さう》なく桜のもとにたちよりたりければ、中将、「いかなる人にか」と尋《たづね》られけるに、「西行と申物《まうすもの》のまいり(ゐ)て候」と申《まうし》ければ、「年比《としごろ》見参したかりけるに」と、ことに悦《よろこび》給《たまひ》て、縁の上によびのぼせて、むかしいまのこと、かたられけり。日やう〳〵暮《くれ》にければ、西行も帰りぬ。其後《そのゝち》、つねに参《まゐり》て、物語しけり。かゝる程に任大臣あるべしときこえけり。蔵人頭《の》に、彼《かの》中将(公衡)なるべき仁にあたり給《たまひ》たりけるに、院は、中将成経朝臣をなさむとおぼしめしけり。殿下は又大蔵卿宗頼朝臣を推挙ありければ、両闕ともにかなふまじげにきこえけるを、西行きゝて、いそぎ中将(公衡)のもとにまうでゝ、そのよしをかたりて、「人にこえられたまひなば、さだめて世をのがれ給はんずらむ」など申《まうし》けるを、中将きゝて、「まことにさこそあるべけれども、母尼《の》堂をたつべき願ありて、そのあひだの事を申《まうし》つけたる。出家の身にて口入《くにふ》せむこと、すゝめ法師に似たらんずれば、その願とげて後《のち》、相計《あひはからふ》べし」とこたへられければ、西行心を(お)とりして帰りぬ。さて、任大臣のつゐ(い)でに、きこえしがごとく、宗頼、成経朝臣等、蔵人頭《の》に補《ふ》せられにけり。その朝西行、弟子を中将のもとへやりて、もしやとて事がらを見せけるに、あへて日来《ひごろ》にかわ(は)ることなかりければ、又文をもちて、「申候《まうしさぶらひ》し事はいかに」と尋《たづね》たりけるに、「見参の時、くはしうは申《まうす》べき」と返事せられたりければ、無下《むげ》の人にておはしけりとて、其後《そのゝち》は、むかはずなりにけり。世をのがれ身をすてたれども、心はなを(ほ)むかしにかはらず、たて〴〵しかりけるなり。

(巻十五・宿執)

六　この詩句を愛唱した顕基の説話は、〔補注三〕の引用説話にもみえる。

七　『花園院宸記』には、次のような記事が記述されている。

又今夜、造内裏・遷幸・幷《ビニ》掘井《ノ》日時定《ヲムル》也。遷幸来《ハ》月十九日、時《ハノ》亥二点。掘井《ハ》今月廿八日、時《ハ》卯若《シクハ》、申《ト》云々。(文保元年三月四日の条)

今度露台有《ニリ》二長押一。不《ト》レ可《カラ》レ然《ル》云々。玄輝門院仰《ノセ》也。是令《ムル》三御《ル》二覧《ゼ》建長閑院《ノヲ》一也。又鬼《ノ》間《ノ》櫛形穴、初如《メク》二鬢櫛《ノ》一離《ルトヲ》レ之云々。不《ル》レ可《カラ》レ然《ル》之由有《リ》レ仰《セ》。仍《ッテ》離直《リス》。又仰《セニ》云《ハク》、甚大《ダ》也《ト》云々。今度一尺許有《リル》歟。仁寿殿《ノ》東妻戸《ノ》有《リト》二相違事《ノ》一云々。(文保元年四月二十三日の条)

八　……たゞ、心の善悪をもかへりみず、罪の軽重をもわきまへず、意《こゝろ》に往生せんとおもひて、口に南無阿弥陀仏ととなへば、こゝろについて決定往生のおもひをなすべし。その決定によりて、すなはち、往生の業はさだまる也。かく意《こゝろ》えつればやすき也。往生は不定におもへば、やがて不定なり。一定とおもへば、やがて一定とする事なり。

（『和語燈録』第一）

たゞ、心の善悪をもかへりみず、罪のかろき・おもきをも沙汰せず、心に往生せんとおもひて、口に南無阿弥陀仏ととなへては、声につきて決定往生の思をなすべし。その決定心によりて、すなはち往生の業はさだまるなり。かく心えねば、往生は不定なり。往生は、不定とおもへばやがて不定なり。一定と思へば、一定する事にて候なり。

（『法然上人絵伝』第二十二）

又云、往生は、一定と思へば一定なり。不定と思へば不定也。

（『法然上人絵伝』第二十一）

又云、往生は、決定と思へば、定めて生る。不定とおもへば不定なり。

（『一言芳談』法然の言）。

九　遊行二十九代上人一華堂乗阿尊（一五〇一～六二）の説示を弟子が拾録したという『一遍上人念仏安心抄』に、「信心の心におこらぬをおこさんとすれ共、うまれつきあくぎやくの心ゆへ、念仏をも疑ながら申さば往生の業と成候まじきにや」の質問に対し、「疑ながら念仏申候へ共、名号の不思議によりてかならず極楽に往生す。され共、五百年の間宮殿の内にこもる大経に説給へり。さやうの大あくにんのための念仏なれば、信不信を論ぜず、唱れば仏には成也とかくごするを信心と定る也。」と答えているのがみえる。

一〇　『仁和寺諸師年譜』に次のような記述がみえる。

西院大僧正信証ハ、輔仁親王之息、後三条院之御孫也。称ス二三宮僧正ト一。又於テ二寺門ノ傍ニ一有リ二大榎一。因テレ之称ス二榎ノ木僧正ト一。僧正忌ミテレ之ヲ伐ル二其ノ木ヲ一。世又称ス二伐株僧正ト一。又嫌ヒテレ之ヲ掘ル二其ノ根ヲ一。世又称ス二堀池ノ僧正ト一。終ニ以テ為ス二称号ト一。大僧正寛助ノ付法、為リ二広沢西院一流之始祖一。大治五年正月廿八日、為ニ二女院ノ一御祈禱シ、於テ二大炊殿ニ一修ス二孔雀経法ヲ一。法験掲タリ焉。御願即時ニ成就シ、蒙ル二勧賞ヲ一。長承元年正月十七日、奉ジテレ勅ヲ修ス二大北斗法ヲ一。証又通ジ二教相学ニ一、著ハシ二大日経疏抄ヲ一、名ヅク二于栗多鈔ト一。古徳多ク依二用スノ其義ニ一。康治元年（注、一一四二）四月八日入滅ス。年五十五。

一一　『左大史小槻季継記』の記事を引く。

後鳥羽院御宇、海住山民部卿入道長房ノ卿、終日祇二候スル仙洞ニ一之間、院被レテ仰セ云ハク、長房カ終日候スルニ、何ニテモ給ト仰ケル間、御前祇候女房御愛物云々ノ陪膳ニテ、供御ノ御ワケヲ一膳、自リ二簾中一被レ下タルヲ、彼卿サハ〳〵ト食テ後、我前ヲ又簾中へ指入テ□ケリ。其時如法叡感アリケリ。無キ二陪膳一時ハ、我持テ出マシキ程ノ人ハ、本ノ方へ返トナム。但依レ人可レ依レ事者歟。

一二　『園太暦』の延慶四年三月の条の関連記事を引用し

ておく。

八日庚辰。雨下大風頻吹。自今朝有所労之気。如風咳。但温気以外興盛也。食事不通。々宵辛苦。凡此間俗号田楽病。如此病悩両三日云々。若此類歟。即此家中大略悉平臥了。頭少将即自昨日平臥云々。

九日辛巳、天晴陰不定。風猶不休。但自酉刻許止。今朝心神聊宜分也。自家君有指召之間、相扶参御前。凡此間諸人病悩。即前左府・右幕下・実衡・季衡等卿同時平臥云々。又上皇御不予。仍長講堂御八講延引。自去（来カ）十三日可被始行云々。

十日壬午。天晴。心神今日属尋常。長基朝臣参来以予御回答。終日無殊事。

一三　性空上人が六根浄を得ていたことを記述する説話を引用する。

二九二　性空、客人ノ蚤ヲ殺スヲ見テ悲歎スル事

（巻三ノ九六）

此聖人ハ得六根浄之人也。或時客人來臨對面之間、懐ノ中ニ蚤ヲトリテ捻ケリ。于時聖云、イカニサハノミヲバ捻殺サムトハシ給ゾトテ、大ニ悲歎給ケリ。客人恥テ退散云云。

（『古事談』巻三）

一四　法顕が故郷の「扇」を見て涙した話は、彼の旅行記『高僧法顕伝』に次のように見える。

於王城北跡起大塔。（中略）塔辺復起一僧伽藍。名無畏。山有五千僧。（中略）中有一青玉像。高三丈許。（中略）法顕去漢地積年、所与交接、悉異域人。山川草木挙目無旧。又同行分披、或流或亡。顧影唯己。心常懐悲。忽於此玉像辺、見商人。以晋地一白絹扇供養。不覚悽然涙下満目。

一五　法顕が「漢の食」を欲しがった話は、次の『法苑珠林』（第九十一）にもみえるが、『徒然草』のそれとは、ややずれている。

昔晋沙門法顕、励節西天、歴遊聖迹。往投一寺。大小逢迎。顕時遇疾。主人上座親事経理、勅沙弥為客僧覓本郷斎食。倏忽往還。脚有瘡血。云往彭城呉蒼鷹家求。為犬所嚙。顕怪基旋転之間而游数万里外。方悟寺僧非常人也。後随船還国。故往彭城追訪、得呉蒼鷹。具状問之、答有是事。便詣余血塗門之処。顕曰、此羅漢聖人血也。当時見為覓食耳。如何遂損耶。鷹聞慚悚。即捨宅為寺。（下略）

一六　この章段は『兼好自撰家集』にある、次の体験を核にして虚構化した可能性が強い。

冬の夜、荒れたる所の簀子《すのこ》に尻かけて、木高き松の木の間《ま》よりくまなくもりたる月を見て、

暁《あかつき》まで物語し侍りける人に、思ひ出づや軒のしのぶに霜さえて松の葉分《はわけ》の月を見し夜は

一七　『十訓抄』にみえる「凌雲の額」の話の引用されている説話を紹介する。

一條摂政、納言に任じ給ふ時、朝成おなじくのぞみ申けり。そのあひだ頗放言し申けり。摂政の後、朝成、大納言をのぞみ申て、彼殿へ参じたり。やゝ久しくありて面謁したまふ。朝成、大納言に成べきことはりを申されけるに、摂政の給はく、「世間はかりがたし。往年の比をひ、納言をのぞみ申時、放言ありといへども、貴閣の昇進わがこゝろにまかせたり。」とばかりのたまひて、入たまひにけり。朝成大にいかりて、門を出て車にのるとて、まづ笏を車になげ入ければ、われてふたつに成にけり。是より靈に成て、摂政終にうせ給ぬ。摂政の子孫、朝成が舊宅にいらざりけり。三條東洞院とぞ。かくまでうらみのふかゝりける罪業の因縁よしなくこそ。顯光左大臣も、小一條院の女御あらそひのことによりて、御堂關白を怨奉りて、悪靈となりて、ひと夜の内にことぐ〵く白髪に成給ふにけんこそ、いとおそろしけれ。かの凌雲の、忽にゆきをけづる首とへむぜるは、怨にはあらざりけり。（第九）

白川院御とき、九重塔の金物を、牛の皮にて作れりと云こと世に聞えて、修理したるひと定綱朝臣、事に逢べきよし聞たり。佛師何がしと云者を召て、「慥にまことにそらごとを見て、有の儘に奏せよ。」と被ㇾ仰ければ、承て上りけるをなからの程より返りおりて、涙を流して、色を失ひて、「身のあればこそ君にも仕奉れ。肝心うせて、黒白見わくべき心地も侍らず。」といひもやらずわなゝきけり。君聞食てわらはせ給て、ことなる沙汰なくてやみにけり。彼章《の》仲将が、凌雲臺に上りけん心地も、かくや有けんとおぼゆ。時の人、いみじきおこの例にいひけるを、顯隆卿聞て、「こやつは必、冥加有べきもの也。人の罪蒙るべき事のつみを知て、みづから嗚呼の者となれる、やん事なきおもんはかり也。」とぞ誉られける。寔に、久しく君につかへ奉て、事なかりけり。（第十）

十八　「むまのきつりやう……」は、鎌倉期の辞書である『名語記』（巻六）に次のようにみえる。

キソ　キツ

問　伊勢物語ニヨモアケハキツニハメナテトイヘルキツ如何

答　コレハ鶏ノ夜フカク鳴テ夫ヲカヘシツルカウラメシサハ

夜モアケハキツネニクハセテトイヘルスチニテハ狐也　キツハコヒタルコヒテルノ反　コヒハ媚也　フルキツカノキツネノコヒヲナス義ニヤトキコエタリ　又ノ尺ニハキツハ馬船ト申セル事アル歟

ワラハヘノアソヒニ馬ノキツリヤウキツニノヲカナカクホトイヘルモ馬ノキツト イヘル歟

十九　『四季物語』（四月）の該当部分を引用しておく。

古六帖の歌に、和泉式部、小野大将に忘られまゐらせて、またことかたのうへ宮人になれものし給ふをまのあたり見るがわびしきにとうち腹立ちて、六月の中の七日の夕さりがた、御階《みはし》の上の高欄に、わらはべの、御簾にありしをとうでてかなぐり捨てたりし葵の枯れ葉にそへて、少将の内侍のがりゆくにことづけて言ひ遣りけるとなん。『玉だれにのちのあふひはとまりけりかれてもかよへ人の面影《おもかげ》』といへるぞかし

二〇　次に『枕草子』（三巻本・三十七段）を引用する。

節《せち》は、五月にしく月はなし。菖蒲《さうぶ》、蓬《よもぎ》などのかをりあひたる、いみじうをかし。九重《ここのへ》の御《ご》殿《てん》の上をはじめて、言ひ知らぬ民のすみかまで、いかで、わがもとにしげく葺《ふ》かむと、葺きわたしたる、なほいとめづらし。いつかは、異《こと》をりに、さはしたりし。

空のけしき、曇りわたりたるに、中宮などには、縫《ぬひ》殿《どの》より、御薬玉《くすだま》とて色々の糸を組み下げてまゐらせたれば、御帳《みちやう》立てたる母屋《もや》の柱に左右《ひだりみぎ》に付けたり。九月九日の菊を、あやしき生絹《すずし》の衣《きぬ》に包みてまゐらせたるを、同じ柱に結《ゆ》ひ付けて月ごろある、薬玉にとりかへてぞ捨つめる。また薬玉は菊のをりまであるべきにやあらむ。されどそれは、皆、糸を引き取りて、もの結《ゆ》ひなどして、しばしもなし。

御節《おほむせ》供《く》まゐり、若き人々、菖蒲《さうぶ》の刺櫛《きしぐし》さし、物忌《ものいみ》付けなどして、さまざま、唐衣《からぎぬ》、汗衫《かざみ》などに、をかしき折枝《をりえだ》ども、長き根にむら濃《ご》の組《くみ》して結《むす》び付けたるなど、珍しう言ふべきことならねど、いとをかし。さて、春ごとに咲くとて、桜をよろしう思ふ人やはある。

土《つち》ありく童《わらはべ》などの、ほどほどにつけてはいみじきわざしたりと思ひて、常に袂《たもと》まぼり、人のにくらべなど、えも言はずと思ひたるなどを、そばへたる小《こ》舎人童《どねりわらは》などに引きはられて泣くも、をかし。

紫の紙に楝《あふち》の花、青き紙に菖蒲《さうぶ》の葉細く巻きて結《ゆ》ひ、また、白き紙を根してひき結《ゆ》ひたるも、をかし。いと長き根を文《ふみ》の中に入れなどしたるを見るここちども、いと艶《えん》なり。返事《かへりこと》書かむと言ひあはせ、かたらふどち

は見せかはしなどするも、いとをかし。人の女《むすめ》、やむごとなき所々に、御文《ふみ》など聞えたまふ人も、今日《けふ》は心異《こと》にぞなまめかしき。夕暮のほどに、郭公《ほととぎす》の名のりしてわたるも、すべていみじき。

二一　「江帥の説」のみえる『古事談』と『十訓抄』の説話を引用しておく。

匡房、大門ノ北面セル三國ノ寺ノ例ヲ即答スル事（巻五ノ四七）

宇治殿、令レ建二立平等院一給之時、地形事ナド為レ被二示合一、相二伴土御門右府一給。宇治殿被レ仰云、大門之便宜非二北向一者、無二他之便宜一。北向有二大門一之寺侍乎云云。右府被レ申下不二覺悟一之由上。但匡房卿イマダ無職ニテ江冠者トテアリケルヲ、後車ニ乗テ被レ具タリケルヲ彼コソ如レ然事ハウルサク覺テ候ヘトテ召出被レ問之處、匡房申云、有二北向大門一之寺ハ、天竺ニハ奈良陀寺、唐土ニハ西明寺、此朝ニハ六波羅密寺云云。宇治殿大令レ感給云云。（『古事談』巻五）

抑、匡衡四代にあたりて中納言匡房といふ人ありけり。師になりてのちは江帥といはれける。才智先祖をつげり。宇治關白平等院建立のとき、地形の事などしめしあはせむがために、土御門右府師房具平親王一男を相伴せ給ひたりける。「大門の四足、北面ならでは其便なし。大門北面なる寺やある。」ととはせたまひければ、右府おぼえざるよし答申されける。匡房卿はいまだ無官にて、江冠者とてありけるを、車のしりにのせて具せられたるを、「かれこそかゝる事はうるさく覺て候。」とて、めし出してとはれければ申やう、「天竺には那蘭陀寺、戒賢論師の住所。震旦には西明寺、圓測の道場。日本には六波羅蜜寺、空也上人の建立。これみな大門北面なり。」とぞ申ける。宇治殿ことに御感ありけり。（『十訓抄』巻一）

二二　『讃岐典侍日記』の当該部分を引用しておく。

「局にいきつきて見れば、ことどころに渡らせ給ひたるここちして、その夜は何となくあけぬ。つとめて起きて見れば、雪いみじく降りたり。今もうち散る。御《お》前《まへ》を見れば、別《べち》にたがひたる事なきここちして、おはしますらん有さま、事ごとに思ひなされてゐたるほどに、「降れ降れこゆき」と、いはけなき御気《おんけ》はひにて仰せらるる聞ゆる、「こは誰《た》ぞ、たが子にか」と思ふほどに、まことにさぞかし。思ふにあさましく、これを主《しう》とうち頼みまゐらせてさぶらはんずるかと、たのもしげなきぞあはれなる。

二三　『無名抄』の「ますほの薄」の話を引用しておく。

雨の降りける日、ある人の許に思ふどちさし集りて、古き事など語り出でたりけるついでに、「ますほの薄といふはいかなる薄ぞ」など言ひしろふほどに、ある老人の云はく、「渡辺《わたのべ》といふ所にこそ、この事知りたる聖はありと聞き侍りしか」と、ほのぼの言ひ出でたりけり。登蓮法師その中にありて、この事を聞きて詞少になりて、又問ふ事もなく、主に、「蓑、笠暫し貸し給へ」といひければ、怪しと思ひながら取り出でたりけり。物語をも聞きさして、蓑うち着、藁沓さし履きて急ぎ出でけるを、人々怪しがりてその故を問ふ。「渡辺にまかるなり。年比いぶかしく思ひ給へりしことを知れる人ありと聞きて、いかでか尋ねにまからざらん」といふを、人々、「さるにても雨やめて出で給へ」と諌めけれど、「いで、はかなき事をもの給ふかな。命は我も人も、雨の晴までと待つ物かは。何事も今静かに」とばかり言ひ捨てて往にけり。いみじかりける数寄物なりかし。さて本意のごとく尋ね合ひて問い聞きて、いみじう秘蔵しけり。

　この事、第三代の弟子にて伝へ習ひて侍るなり。この薄、同じさまにてあたま侍るなり。ますほの薄、まそをの薄、まそうの薄とて、三種侍るなり。ますほの薄といふは、穂の長くて一尺ばかりあるをいふ。かのます鏡をば万葉集には十寸の鏡と書けるにて心得べし。まそをの薄といふは真麻《まそ》の心なり。これは俊頼朝臣の歌にぞよみて侍る。「まそをの絲を繰りかけて」と侍るかとよ。糸などの乱れたるやうなるなり。まそうの薄とは、誠にすはうの薄といふべきを、詞を略したるなり。色深き薄の名なるべし。これ古集などに確かに見えたる事はなけれど、和歌の習ひ、かやうの古事を用ゐるも、又世の常の事なり。人周く知らず。みだりに説くべからず。

二四　本段とほぼ同じ事実を記録する『官史記』を引用しておく。

　実基公子《ノ》公孝、検非違使《ノ》別当ニテ庁始《メノ》日、官人章国乗《リ》タリケル牛放《レ》テ、大理乃座ノ上へ昇《リ》テ、糞ヲシタリケルホドニ、人々驚《キ》テ、今日《ノ》庁始可《キ》レ令《ム》ニ延引《セ》一哉、又、此《ノ》牛則《ハチ》可《キ》レ給《フ》ニ陰陽師《ニ》一カナド、面々ニ驚《キ》テ、先《ツ》、父ノ相国禅門ニ事《ノ》次第ヲ被レ申《サ》タリケル時、禅門云《ハク》、彼ガ拝趨ノ料ノ一牛ヲ可《キ》レ給《フ》ニ陰陽師《ニ》一之条、先《ツ》不便《ノ》事也。其《ノ》上、畜類ハ不レ知《ラ》ニ何《レノ》所《カヲ》一、敢《ヘテ》不レ可《カラ》レ有《ル》レ苦。今日《ノ》庁始《メ》速《カニ》可《シ》レ被レ行《ハ》トアリケル間、則《チ》庁始《メ》アリ。其《ノ》後、敢《ヘテ》無《シト》ニ殊《ナル》事一云々。

二五　竹谷乗願房の登場する話を紹介する。

　夫《ソレ》法ノ興癈《こうはい》、物ノ盛衰、是《これ》人ノシワザニ非ズ。必ズ天ノシカラシムル故《ゆえ》也。是以《コヽをもつ》テ思フニ、密教ノ末代ニ益アル事ヲ信ズベシ。故ニ醍醐《だいご》ノ竹谷《たけたに》ノ乗願坊《じようぐわんぼう》ノ上人《しやうにん》ハ、浄土宗ノ明匠《めいしやう》ト聞《きこ》ヘ《（エ）》キ。「亡魂《ばうこん》ノ菩提《ぼだい》ヲ弔《トブラふ》ニハ何《イツ》レノ法カ勝《すぐ》レタル」ト、勅宣ノ下《くだり》ケルニ〔八〕、寶篋印陀《ほうけういんだ》羅尼《らに》、光明眞言《くわうみやうしんごん》スグレタル由奏《そう》シ申サル。門弟本意《もんていほい》ナキ事ニ思《おもひ》テ、「浄土門ノ師《し》也。念佛コソ廣大ノ善根《ぜんこん》ナレ。無上《むじやう》ノ功徳《くどく》ナリ。何事ニ向《むかひ》テモ不足アルマジキニ、他宗ノ利益ヲ讃《ホメ》テ、我《わが》宗ヲ次《つぎ》ニセラル、事、然ルベカラズ」〔ト〕、申《まうし》アヒケレバ、「誠《まこと》ニ念佛ニ衆徳《しゆとく》ヲ具足《ぐそく》シテ、祈念《きねん》ニ随《したがひ》テ、願望《ぐわんもう》ヲ遂《とぐ》ベキ道理ハ、忽《すべ》テ善根《ぜんこん》ノ徳ナレバ疑《うたがひ》ナシ。何《いづ》レノ法ニカ其益《のやく》ナカラン。但《ただし》十悪五逆者《の》ノ往生ストイフモ、善知識《ぜんちしき》ニ逢《あひ》テ、我《わが》十念ヲ唱《となへ》テコソ、来迎《らいがう》ニアヅカリ、極楽《ごくらく》ニモ生ズル事ナレ。寶篋《ほうけう》印陀羅尼《いんだらに》ハ、「十悪五逆ノ罪人、悪道ニ堕《だ》シテ、免《マヌカ》ル期《ご》ナキニ、其《の》子孫アリテ、此神呪《のしんじゆ》ヲ僅《ワツカ》ニ七反《へん》ミテ、、彼《の》亡魂ニ廻向《ゑかう》スレバ、忽《たちまち》ニ其洋銅熱鐵《そのやうどうねつてつ》ノ変ジテ、八功徳《はちくどく》池《ち》トナル。蓮花《れんげ》生《しやう》ジテ趺《アナウラ》ヲウケ、寶蓋頂《ほうがいいただき》ニ留《トヾマ》リテ、其《の》蓮花トブガ如クシテ、須臾《しゆゆ》ノ間ニ極楽ニ生ジテ、一切ノ種智《しゆち》ヲ證《しよう》ジ、位ハ補處《ふしよ》ニ有《あり》」ト説《トカ》レタリ。光明眞《くわうみやうしん》言《ごん》ハ、儀軌《ぎき》ノ説《せつ》ニ、「地獄ニヲ《（オ）》チテ、苦患《くげん》ニ沈衆生《しづむしゆじゆう》ニ、此《の》眞言ヲ一反《へん》ミテ、、廻向《ゑかう》スレバ、無量壽《むりやうじゆ》、此魂《のたましひ》ニ手ヲ授《さづけ》テ、極楽世界ヘ引導《いんだう》シ給フ」トモ説《とけ》リ。況《いはん》ヤ「十反廿反誦《じゆ》セン功徳《くどく》、ハカルベカラズ」ト説《とか》レタリ。又、「亡魂《ばうこん》ノ墓所《むしよ》ニテ、此《の》眞言ヲ四十九反誦シテ廻向スレバ、無量壽如來、此聖靈《のしやうりやう》ヲ荷負《かふ》シテ、極楽世界ヘ引導《いんだう》シ給フ」ト説《とく》。又、不空絹索《ふくうけんさく》廿七巻經ノ中ニハ、「此《の》陀羅尼ヲ満《ミテ》テ、土沙《どしや》ヲ加持《かぢ》スル事一百八反シテ、此《の》土沙ヲ墓所《むしよ》ニ散《ちら》シ、死骸《シガヒ》ニ散《チラセ》バ、土沙ヨリ光ヲ放《ハナ》チ、靈魂ヲ救《すくひ》テ、極楽ニ送《おくる》」ト説《とか》レタリ。念佛ニハ是《コレ》程ノ文證《もんしよう》未ダ見及ビ侍ラズ。道理アレドモ文證ノナキ事ハ奏《ソウ》シガタシ。佛法偏頗《ヘンパ》アルベキ事ナケレバ、自他宗ト隔《へだつ》ベキ事非ズ。念佛ノ中ニモ、分明《ぶんみやう》ナル文證アラバ、追《おつ》テコソ奏シ申サメ」ト、申サレケルト承傳《うけたまはりつた》ヘタリ。

（『沙石集』巻二ノ下）

一。光明真言功徳ノ事 物語ニ云ク。東二条ノ女院問ヒタマヒテ二竹谷ノ乗願房ニ云ク、為ニ訪ハンガ二亡者ヲ一修スルニ二追善ヲ一、何ノ法カ為ル二最勝ト一哉ト云々。乗願云ク、不レ如カ三光明真言ト与ニハ二宝篋印陀羅尼ノ功徳一云々。其ノ時七十余人ノ門人等一揆シテ申サク、凡ソ浄土宗ハ阿弥陀超世ノ悲願、濁世相応之妙行也。サレバ、一念十念之間ニ億劫生死ノ重罪ヲ消シ滅シ、往生ノ素懐ヲ遂グ。若シ然ラバ者、念仏之妙行可キレ被ニ撰ジ申サ一者也。光明真言等ノ功能ヲ被ルル二注進セ一之条不トレ可カラレ然ル云ヒテ、門徒等悉ク有縁ノ方ヘ方赴キケル時、乗願房云ク、見ルニ二諸ノ経論ヲ一、只ノ行人ノ修行証果ノ相貌ヲ説キテ、未レタ説カ二亡者ノ追善ノ処ヲ一也。爰ニ光明真言土砂加持ノ功能幷ビニ宝篋印陀羅尼ノ功能ニハ不レル如カ也。仍ツテ住シニ仏説ニ所ニ注進スル一也。若シ浄土門経論ノ中ニ亡者ノ修セン二追善ヲ一文有ラバレ之者、被ヘサ二勘出シト一可ニ信受ス一被ルレ申サ之時、弟子門徒等悉ク

令レ閉レ口畢 云々。因 物語云、小川承澄僧正義云、真言師云、光明真言功能念仏功能勝劣判 時、光明真言、大日覚王法界遍照無二処 不レ至功能也。念仏者、顕応遍機仏功能也。不レ可レ及二真言一也云々。浄土宗義云、光明真言功能 者、云二滅罪一未レ云二出離称名功能一者。光明遍照十方世界、念仏衆生摂取不捨文。応レ知念仏者往生直因、出離妙業也云事。加レ之土砂功能者微微結縁也。念仏往生勝業也云々。承澄僧正判 云、真言師義、阿弥陀梵号翻名不レ知上事也。念仏宗義、悉曇字義不レ知上難破也。共以不レ知二案内一事也。我悉曇通達。然 者光明真言功能字義阿弥陀字義功能一体不二也。不レ可二遍執一事也云々。所詮、阿弥陀遍照光明云、光明真言功能一分也。真言光明者、法界之全体也。阿弥陀摂取光明者、利レ総慈悲之一分也。以二小分一不レ可レ斉二満分一者 耳。

（『渓嵐拾葉集』巻十五）

二六　白拍子の起源に触れたものを紹介しておく。

抑、我が朝に白拍子のはじまりける事は、昔、鳥羽院の御宇に、島《しま》の千歳《せんざい》、和歌《わか》の前《まへ》とて、これら二人が舞ひいだしたりけるなり。始めは、水干に立烏帽子、白鞘巻をさいて舞ひければ、男舞とぞ申しける。然るを、中比より、烏帽子・刀をのけられて、水干ばかりをもちゐたり。さてこそ、白拍子とは名付けけれ。

（『平家物語』巻一・祇王）

世に白拍子と云ふ者あり。漢家には、虞氏・楊貴妃・王昭君など云ひしは、是皆、白拍子也。吾朝には、鳥羽院の御宇に、島の千歳、若《わか》の前《まへ》とて、二人の遊女舞ひ始めけり。始には、直垂に立烏帽子《たてえぼし》、腰の刀を指して舞ひければ、男舞と申しけり。後には、事がら荒しとて、烏帽子・腰刀を止めて、水干に袴ばかりを著て舞ふ。

（『源平盛衰記』巻十七）

二七　この場面の論議は、次の『白氏文集』（巻三）の「七徳舞」、つまり「新楽府」の詩を対象としたものである。

七徳舞（美三撥レ乱陳二王業一也）―七徳舞七徳歌。伝自二武徳一至二元和一。元和小臣白居易、観レ舞聴レ歌知二楽意一。楽終 稽首 陳二其事一。太宗十八 挙二義兵一。白旄黄鉞定二両京一。擒レ充戮レ竇四海清。二十有四功業成。二十有九即二帝位一。三十有五致二太平一。功成理定 何神速。速在三推レ心置二人腹一。亡卒遺骸散レ帛収。飢人賣子分レ金贖。魏徴夢見天子泣。張謹哀聞 辰日哭。怨女三千放 出レ宮。死囚四百来帰レ獄。剪レ鬚焼レ薬賜二功臣一。李勣嗚咽 思レ殺レ 身。含レ血吮レ瘡撫二戦士一。思摩奮呼乞レ效レ 死。不二独善戦善乗レ時 。以レ心感レ人人心帰。爾来一百九十載。天下至レ今歌二舞之一。歌二七徳一舞二七徳一。聖人有レ作垂二無極一。豈徒耀二神武《ヲ》。豈徒誇《ルノミナランヤ》聖文《ニ》。太宗意《ノ》在《ハリ》陳《ジ》王業《ヲ》。王業《ノ》艱難《ヲ》示《スニ》子孫《ニ》。

二八　『木師抄』では、昔は使い古しの柄杓の柄で柱を作ったが、「ひさごのえは、ひものきといひて、目こまかにあかくやはらかにて、とくもつび又きしきしとなり、又また中々あぶらぎりたるもあれば、わろし」とし、今は「よく枯れたる木」を用いるとする。

二九　『源氏物語』（蓬生）の末摘花の屋敷の次の描写も下敷きとなっている。

もとより荒れたりし宮のうち、いとど、狐のすみかになりて、うとましう、け遠き木立に、梟《ふくろふ》の声を、朝夕に耳ならしつつ、人げにこそ、さ様の物もせかれて、影かくしけれ、木魂《こだま》など、けしからぬ物ども、所を得て、やう〳〵かたちをあらはし、物わびしきことのみ数知らぬに、まれ〳〵残りてさぶらふ人〳〵は、なほ、いとわりなし。

三〇　これに類似したことは、「日中《スレバ》則移《チリ》、月満《ツレバ》則虧《チケ》、物盛《リナレバ》則衰《チフ》」（『史記』蔡沢伝）、「日中《スレバ》則昃《チかたむき》、月満《ツレバ》則微《かく》」（『文選』巻二十八）、「日出《ツレバ》須臾《ニ》没《シ》、月満《チレバ》已復《タ》欠《ク》」（『往生要集』巻上本）などにもみえる。

兼好年譜

一　兼好の生年は不明であるが、かりに弘安六年をその年と推定して、年齢を記した。
一　兼好の事蹟と参考事項に分けて示した。参考事項には、主たる歴史的事件や文学関連事項のほか、『徒然草』に登場する人物について、その没年を示した。（　）内の漢数字は、登場する章段、算用数字は享年を示す。
一　南北朝併立の期間については、天皇・年号を並記し、南朝を右、北朝を左に記した。
一　この年譜は、主として、三木紀人氏の『徒然草㈣全訳注』（講談社学術文庫）の「兼好年譜」を参照させていただき作成した。

天皇	年号	西暦	年齢	兼好事跡	参考事項
後宇多	弘安六	一二八三	1	この年、卜部兼顕の子として誕生か（推定）。	8・15隆弁僧正（二一六）寂（76）。8無住『沙石集』を書き終える。9・4阿仏尼没（60余）。
	七	一二八四	2		4・4北条時宗没（34）。10・27延政門院（六二）入内。
	八	一二八五	3		2・2後二条天皇誕生。8・23延政門院（六二）出家。11・27安達泰盛（一八五）ら誅せらる（55）。
	九	一二八六	4		2・6安喜門院（一〇七）崩（80）。9・14二条為氏没（65）。

伏見	一〇	一二八七	5		10・21伏見天皇践祚。『為兼和歌抄』（京極為兼）この頃成立か。
	正応元	一二八八	6		3・3後伏見天皇誕生。12・2後醍醐天皇誕生。
	二	一二八九	7		1・22藤原資季（一三五）没（83）。頓阿誕生。
	三	一二九〇	8	父と仏に関して問答（二四三）。	6・17佐々木政義（一七七）没（83）。
	四	一二九一	9		12・25西園寺実兼、太政大臣となる。
	五	一二九二	10		『中務内侍日記』この年までの記事。
	永仁元	一二九三	11		北畠親房誕生。8・27為世・為兼・雅有・隆博に勅撰集撰進の命下る（実現せず）。
	永仁二	一二九四	12		
	三	一二九五	13		8・7・多久資（二二五）没（82）。9『野守鏡』成立。
	四	一二九六	14		5・15為兼権中納言を辞す。
	五	一二九七	15		5・10堀川基具（九九）没（66）。
後伏見	六	一二九八	16		3・16為兼佐渡に流さる。7・22後伏見天皇践祚。
	正安元	一二九九	17		5・5為道没（29）。円伊（八六）絵『一遍聖絵』成る。
	二	一三〇〇	18		4『遺塵和歌集』（高階宗成撰）成立。
後二条	三	一三〇一	19	蔵人として後二条天皇に奉仕。	1・21後二条天皇践祚。4・6藤原公世（四五）没（?）。11・23為世に『新後撰集』撰進の院宣下る。
	乾元元	一三〇二	20		9・28土御門雅房（一二八）没（41）。

天皇	年号	西暦	年齢	兼好事項	一般事項
	嘉元元	一三〇三	21		閏4・5為兼、佐渡から召還。12・19為世『新後撰集』奏覧。
	二	一三〇四	22		1・21東二条院（二三二）崩（73）。7・16後深草院崩（62）。
	三	一三〇五	23		7・12徳大寺公孝（二三・二〇六）没（53）。7・18無住『雑談集』成立。9・15亀山院崩（57）。足利尊氏誕生。12『続門葉集』成立。
	徳治元	一三〇六	24		3・30土御門定実（一九六）没（66）。
	二	一三〇七	25	この頃、左兵衛佐となるか。この年、関東下向か（一説）。	9斎宮（奘子内親王）、野宮に入る（二四）が、翌年8・26退下。
花園	延慶元	一三〇八	26	この年、関東より帰京か（一説）。12以後西華門院（後二条天皇御母源基子）に召され、後二条天皇反古供養に一首詠進。	8・25後二条天皇崩（24）。8・26花園天皇践祚。11・29久我通基（一九五・一九六）没（69）。
	二	一三〇九	27		延慶本『平家物語』書写。
	三	一三一〇	28		2・20世尊寺経伊（一六〇）出家。『夫木和歌抄』『柳風抄』成立。延慶両卿訴陳状。この頃、田楽能盛行。
	応長元	一三一一	29	この頃、東山に住むか（五〇）。	3疫病流行。鬼女上京の噂あり（五〇）。
	正和元	一三一二	30	この頃、関東下向か（一説）。	3・28為兼『玉葉集』一部撰進。10・10無住没（87）。
	二	一三一三	31	9山科小野庄の六条三位家相伝の田一町歩購入。これ以前に遁世。	10『玉葉集』完成・奏上。『とはずがたり』この年以前に成立。

	三	一三一四	32		
	四	一三一五	33	この頃、修学院に籠居か（一説）。	9・25西園寺公衡（八三）没（52）。12・28為兼、六波羅に拘禁（一五三）。
	五	一三一六	34	祭主大中臣定忠の追善和歌を詠む。	1・12為兼、土佐配流。1・19堀川具守（一〇七）没（68）。7・10北条高時執権となる。閏10・24玄上紛失（七〇）。
	文保元	一三一七	35	春、堀川具守を偲び、延政門院一条と和歌贈答。	4・19新造の二条冨小路殿に遷幸（三三）。8・5法成寺金堂、地震で倒壊（二五）。9・3伏見法皇崩（53）。幕府、大覚寺・持明院両統迭立の議を決定。北条顕時、金沢文庫を創建。
後醍醐	二	一三一八	36	この頃、関東下向か（一説）。	2・26花園天皇譲位（二七）、後醍醐天皇即位。4・25今出川院（六七）崩（67）。5・3倉栖兼雄（一説に兼好の兄）没。10・30二条為世に『続千載集』撰進の命下る。11・24清暑堂御神楽（一七〇）。
	元応元	一三一九	37	この頃、『徒然草』の一部成るか（一説）。	1・27他阿上人寂（83）。4・3堀川基俊（九九）没（59）。4・19為世『続千載集』四季部奏覧。4・25園城寺焼亡（八六）。7・2六条有房（一三六）没（69）。11・15談天門院崩（52）、諒闇（二八）。この年、後宇多院、『文保百首』を召す。

二	一三二〇	38	『続千載集』に一首入集。この頃、横川に籠居か。	1・8弘舜（二〇八）東寺一長者に任ぜられる。6・7九条師教（一〇七）没（48）。7・28頓阿、為世から古今伝授を受ける。8・4為世『続千載集』を撰進。二条良基誕生。
元亨元	一三二一	39		2・8西園寺公顕没（48）。6・23菅原在兼（一二三八）没（73）。
二	一三二二	40	4山科小野庄を柳殿の塔頭に売寄進。	8・16虎関師錬『元亨釈書』成立。9・10西園寺実兼（一一八・一三一）没（74）。
三	一三二三	41	この頃、京都に出たか。東宮邦良親王に和歌五首を奉る。	6・30大仏宣時（二一五）没（86）。7・2為藤に『続後拾遺集』撰進の下命。7・7『亀山殿七百首』。
正中元	一三二四	42	11・16二条家証本『古今集』を借りて書写、加点・校合する。12・13為世から『古今集』家説を受講。この頃『続現葉集』に五首入集。	5・15近衛家平（六六）没（43）。6・25後宇多院法皇（一三六）崩（58）。7・10為藤没（50）。その子為定『続後拾遺集』の撰集を持続。9・19正中の変で、日野資朝・俊基捕わる。『続現葉集』（為世撰か）この頃成立か。
二	一三二五	43	邦良親王から歌合の歌二首召される。12・18『続後拾遺集』に一首入集。	8日野資朝（一五二・一五三・一五四）佐渡に配流。12・18『続後拾遺集』奏覧。この年『飛月集』収録の月次歌会あり。
嘉暦元	一三二六	44		3・20邦良親王薨（27）。6・18為世『和歌庭訓抄』成立。11・18西園寺実衡（一五二）没（37）。
二	一三二七	45		8・15洞院実泰（八三）没（59）。
三	一三二八	46		7・17冷泉為相没（66）。11・8冷泉為守没（64）。

天皇	年号	西暦	年齢	事績	一般事項
	元徳元	一三二九	47		8・30玄輝門院（三三）崩（84）。為世出家。『一言芳談』この頃までに成立（九八）。
	二	一三三〇	48	この年より翌年頃までの間に『徒然草』成立かという（他に諸説あり）。	7・21顕助（二三八）没（37）。
後醍醐／光厳	元弘元	一三三一	49		2・18中院光忠（一〇二）没（48）。夏頃、『臨永集』成立か。8元弘の乱起る。後醍醐天皇笠置に遷幸。9・20北条高時、光厳天皇を擁立。10・7法成寺阿弥陀堂（二五）焼失。
	正慶元／二	一三三二	50	春、延政門院一条と和歌を贈答する。	2・10延政門院（六二）崩（74）。3・7後醍醐天皇、隠岐に遷幸。3・21京極為兼（一五三）没（79）。6・2日野資朝（一五二・一五三・一五四）佐渡で斬られる（43）。12・6九条忠教（一〇七）没（85）。
	二／三	一三三三	51	4金沢から上京するか。	閏2・24後醍醐天皇隠岐を脱出。5・22北条氏滅亡。6・5後醍醐天皇、京都に遷幸。賢助（二三八）没（54）。
後醍醐	建武元	一三三四	52		1・13足利直義執権となる。11・15護良親王を鎌倉に流す。『二条河原落書』あり。
	二	一三三五	53	内裏千首和歌に七首詠進。	7・22足利直義、護良親王を殺す。8・2西園寺公宗没（26）。10足利尊氏謀叛。

天皇	年号	西暦	年齢	事項	参考事項
後醍醐 光明	延元元 三	一三三六	54	3・13為定から『古今集』家説を受講。3・21一条猪熊旅所において、青表紙本『源氏物語』の書写、校合を始める。	1・10尊氏入京。後醍醐天皇、比叡山に遷幸。同日二条冨小路内裏（三三）焼亡。1・27官軍京都を復し、尊氏、九州に敗走。4・9後伏見法皇崩（49）。5・25湊川の戦、楠木正成討死。6・14尊氏、光厳院を奉じて入京。8・15光明天皇践祚。9・11三条公明（一〇三）没（55）。11・7尊氏、幕府を開く。12・21後醍醐天皇、吉野に遷幸、吉野朝廷成る。
	二 四	一三三七	55	3・25順徳院宸筆本で『八雲御抄』を校合。『徒然草』この頃までに成立か（一説）。	3・6世尊寺行房（二三八）没。
	三 暦応元	一三三八	56	春、二条為定邸歌合に二首詠む。閏7・9『古今集』を再び校合。	閏7・2新田義貞、越前で戦死。8・5二条為世（二三〇）没（89）。8・11尊氏征夷大将軍となる。12・27六条有忠没（58）。『増鏡』この年以後の成立。
後村上 光明	四 二	一三三九	57		1・16菊亭兼季（七〇）没（56、54とも）。6・10中原康綱（一〇一）没（50）。8・16後醍醐天皇（二三八）崩（52）。
	興国元 三	一三四〇	58		2北畠親房『職原抄』成立。7堀川具親（二三八）出家。この年に慈遍の『豊葦原神風和記』成立。
	二 四	一三四一	59		4・11青蓮院慈道法親王薨（60）。12・23足利直義、天竜寺船を元に派遣。
	三 康永元	一三四二	60	5『拾遺集』を書写。	5・7永福門院崩（72）。

	二四	一三四三	61		4・18平惟継（八六）没（78）。7『神皇正統記』成立。10・19道我（一六〇）寂（60）。
	三五	一三四四	62	10・8高野山金剛三昧院奉納和歌（五首）。『藤葉集』に二首入集。	『藤葉集』この年または翌年成立。
	貞和元六	一三四五	63	この年から翌年にかけて『兼好自撰家集』成立か（一説）。	
	正平二元	一三四六	64	閏9・6洞院公賢を訪ねて懇談。11・27から12・9まで、賢俊僧正に従って伊勢旅行。	7・24虎関師錬没（69）。11・9『風雅集』春部成立して竟宴。12・2雪村友梅没（57）。
	正平三二	一三四七	65		12・9『風雅集』四季部成立。玄恵『後三年合戦絵巻』の序を書く。
後村上 崇光	四三	一三四八	66	12・26高師直の使者として洞院公賢を訪ねる。	1・5四条畷の戦。11・11花園法皇崩（52）。
	五四	一三四九	67	2『風雅集』に一首入集。	9・7小倉実教没（86）。
	観応元五	一三五〇	68	4・21玄恵法印追善詩歌に和歌二首を詠む。8・5為世十三回忌和歌を詠出。	3・2玄恵法印没。
	二六	一三五一	69	12・3『続古今集』を感得。	2・26高師直殺さる。9・30夢窓疎石没（77）。10・24尊氏、南朝に帰順。11・7崇光院を廃す。

後村上 後光厳	七 文和元	一三五二	70	8・28『後普光園院殿（二条良基）御百首』に合点。以後の生存未確認。	2・26尊氏、直義を殺す。5・11四条隆資（二一九）戦死（61）。8・17足利義詮、後光厳天皇を擁立。

編者紹介

稲田　利徳（いなだ・としのり）

昭和一五年六月　愛媛県に生まれる

昭和三八年三月　広島大学文学部国文学科卒業

昭和四三年三月　広島大学大学院文学研究科博士課程単位修得

現　　　在　岡山大学名誉教授、文学博士

主　著　書　『正徹の研究中世歌人研究』（笠間書院）

『兼好法師全歌集総索引』（共編、和泉書院）

『徒然草上・下』（日本の文学　古典編、ほるぷ出版）

『和歌四天王の研究』（笠間書院）

『徒然草論』（笠間書院）

校注　徒然草

一九八七年九月三〇日初版第一刷発行

二〇二二年三月五日初版第一〇刷発行

（検印省略）

編　　者　稲田利徳

発 行 者　廣橋研三

印刷製本　株式会社　太洋社

発 行 所　有限会社　和泉書院

大阪市天王寺区上之宮町七―六

〒五四三―〇〇三七

電話　〇六―六七七一―一四六七

振替　〇〇九七〇―八―一五〇四三

ISBN978-4-87088-267-6　C3095

日比野浩信 著

はじめての古筆切

A5並製カバー装・一四四頁・定価一九八〇円

978-4-7576-0905-1

古筆切を取り扱う前提や着目点を、豊富なカラー図版をもとにわかりやすく解説した実践古筆学入門。古筆切学習以外にも、変体仮名解読・文献学演習・調査実習など幅広い利用が可能。古典・美術史を学ぶ方・書家必見。

藤井　隆
田中　登 著

国文学古筆切入門

四六上製カバー装・二四二頁・定価二四二〇円

978-4-87088-139-6

国文学研究を志す人々のために、古筆切の持つ資料的意義を、具体例を挙げながら平易に説いた古筆切入門書。写真版で収めた著者所蔵の百点に及ぶ古筆切は、各分野の専門家に新資料提供の意義をも併せ持つ。古写本読解のための入門としても最適。

藤井　隆
田中　登 著

続々国文学古筆切入門

四六上製カバー装・二六〇頁・定価二二〇〇円

978-4-87088-540-0

先に刊行した『国文学古筆切入門』正・続編に次ぐ第三弾。これまでと同一方針の下に著者所蔵の古筆切一〇〇点を写真版で収め、解説を付す。巻末には正・続編をも含めた筆者索引・切名索引・書目索引を掲載。

黒田　彰
黒田彰子 編

仏教文学概説

A5並製カバー装・三四四頁・定価二五三〇円

978-4-7576-0253-3

本書は、上代から中世に至る仏教文学について通史的に概説したものである。この分野における最新の研究成果を可能な限り取り入れるとともに、講読、日本文学史、日本文化史のテキストとして使用できるように、簡略な語注を付した例文を豊富に備える。

日本歌謡学会 編

古代から近世へ 日本の歌謡《うた》を旅する

A5上製カバー装・三六〇頁・定価三九六〇円

978-4-7576-0689-0

古代に始まり近世に至る豊かな歌謡から九十九首を選び、祝う・祈る・恋・わらべの歌・労働・動物・人生・雪月花・都鄙遠境・風俗等に分類し、口語訳とともに多くの図版を掲げ、鑑賞文を付した。豊かな歌謡の世界の旅案内となる画期的な一冊。

（定価は 10%税込）